總裁大人の求愛攻略
02
END
MR★RIGHT
NOT KISS
禁止接吻
請不要傷害!!!

But I'm not

Name 謝燮

職業◆　noble服飾的副總

生日◆　3月21日

星座◆　白羊座

血型◆　B型

身高◆　179cm

收入◆　年收入在百萬和千萬中浮動

興趣◆　看電影

擅長的事◆　腦補

不擅長的事◆　唱歌

穿著喜好◆　偏色彩鮮豔的衣服

家庭成員◆　父母俱全

喜歡的類型◆　性別女就好。

喜歡的食物◆　巧克力蛋糕。

Tag◆　總裁大人的好姐妹。

角色簡介◆　不是基佬，勝似基佬。

## 謝小副の六角分析圖

外貌……………… 算是美男子一枚哼哼～

家世……………… 算是世家之一～

工作狂熱……………… 認真上進！

智力……………… 輸給霍以瑾那麼一點點……

表面功夫……………… ☑工作事業☒面對霍以瑾

玻璃心程度……………… 直接爆表不解釋。

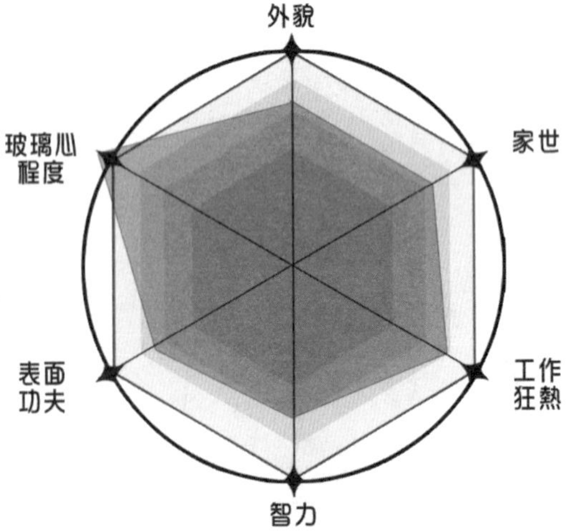

work
-life
balance

Name
# 阿羅

職業◆ 白齊娛樂金牌經紀人

生日◆ 9月3日

星座◆ 處女座

血型◆ 0型

身高◆ 180cm

收入◆ 年收入在百萬和千萬中浮動

興趣◆ 毒舌

擅長的事◆ 處理各種楚清讓造成的公關危機。

不擅長的事◆ 做飯。

穿著喜好◆ 極簡主義。

家庭成員◆ 一妻一子，還有個不爭氣的表外甥。

喜歡的類型◆ 溫柔大方的傳統女性。

喜歡的食物◆ 千葉豆腐。

Tag◆ 每天起床都想殺死自己帶的藝人怎麼辦？

角色簡介◆ 他真的是經紀人，不是楚清讓的保姆啊！

## 阿羅大叔の
## 六角分析圖

外貌……………………
是個男人。

家世……………………
小康之家。

工作狂熱………………
緊迫盯人，就怕藝人神隱！

智力……………………
有時會搭不上楚清讓特快車……

表面功夫………………
☑工作事業☒面對楚清讓

抓狂程度………………
被楚楚（衣食父母）整爆，
就去整爆謝燮！

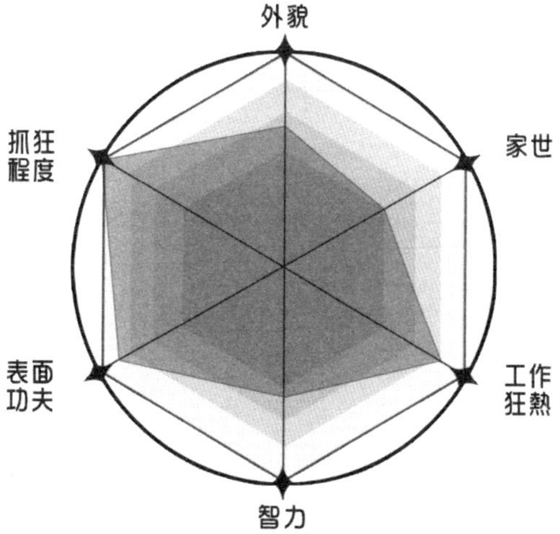

# CONTENTS

## 對總裁的印象……

Q……對總裁的印象……？
第十一印象
也會像小女生一樣期待睡衣派對。

「所以妳是在嘗試告訴我，就只是出去玩了一天回來，林樓就從妳的男友備選變成了妳的閨中密友？」謝副總的驚訝之情即便隔著手機也被他用聲音詮釋了個淋漓盡致，「妳這個女人身上到底自帶什麼奇怪的 buff 啊我說？『只要抱著戀愛的心態去追就會百分百變好姐妹』技能嗎？下次妳要不要試試找個女性朋友，說不定可以逆向展開什麼奇怪的劇情呢。」

謝副總和大部分男人一樣，對 girls kiss 有著十分奇怪又執著的熱情。

「你這個百合控給我適可而止一點！」霍以瑾惱羞成怒，「你再這樣我真的要開始懷疑你的性向了！」

「支持一件事，不代表我也會幹這件事，OK？我還支持素食主義呢，但妳什麼時候見我吃飯能少了肉？只有真正的直男才會愛看百合，這就跟萌耽美的大部分都是女生一樣。這是人類貪婪內心的最直觀體現，一個美人，肯定不如兩個美人看得爽。」

「你對攪基方面的『專業術語』瞭解得很多嘛，開明先生。」霍以瑾決定不再和謝副總廢話，挑明道：「最遲一個半小時之後我要在我家看到你。」

「有事？那妳吃完飯怎麼不直接來我家？」

謝副總無論在別人面前有多少面，在謝家面前卻永遠只有一面——離家出走這輩子都不想回去的叛逆中二。霍以瑾很清楚這點，所以一般都是她去望庭川找謝副總，而不是謝副總來謝家也在的南山半坡找她。

「因為我哥在家。」

雖然霍以瑾已經長大了，而謝燮在她眼中基本上沒有性別，但去另外一個男人家住這種事，除非他大哥去外地出差，否則一般她是不會想要挑戰保護欲過剩的大哥的底線的。

「很重要的事？」謝副總在做最後的掙扎，霍大哥在家他就更不想去了。

「不重要我叫你幹嘛？」

兩個小時之後，徹底被塞車虐死的謝副總連洗漱用品也沒帶的終於艱難到達霍家，「真不知道ＬＶ市大晚上的為什麼會比白天更塞……」

特別是在開往南山半坡的路上必經的商圈中心，簡直是一場大逃殺。

「真是辛苦了。」老管家一邊回答謝燮的話，一邊引著他去了霍以瑾的房間，敲了房門三聲後開口：「小姐，謝先生到了。」

「謝先生是我爸爸。」謝副總小聲嘟囔道，他一直很不喜歡別人把他和他爸聯想在一起。

「抱歉。」老管家縱容著笑了笑，哪怕人再大，霍以瑾幾個人在他眼裡依舊還是孩子。他開了門，說：「小姐，謝副總到了。」

「Thank you，趙叔~」謝燮對於「謝副總」三個字表示滿足。

進房之後，謝副總對霍以瑾說的第一句話則是：「我剛在大廳遇到妳哥了，救命！太可怕了！他眼神裡絕對有！殺！氣！」

「是吧？我就說不是我的錯覺，以瑾偏不信。」林樓接話道。

「……是啊、是啊，真的超可怕的，哪怕我認識霍大哥也有十幾年的時間了，但我見到他的時候還是會不自覺的腿軟。QAQ」謝副總在霍大哥面前就從來沒有過「出息」二字，「等等，為什麼你會在這裡！？」

「為什麼我不能在這裡？」穿著白色九分袖綢緞睡衣的林樓反問。

「那以瑾在哪兒？」謝燮莫名的想退出去看看他是不是走錯了房間。不過這裡確實是三樓沒錯啊，二樓才是客房。

「哦，她在換衣室裡找睡衣給你。」

「我有睡衣啊。」就在二樓他常住的房間裡，雖然他是「裸睡更健康」理論的忠實執行者，但萬能的管家先生依舊一直堅持有為他常備一套過夜用品。

林樓微笑道：「你之前的睡衣和今晚的主題不太符合。」

「主題？」

之後的很長一段時間裡，謝副總一直都在捫心自問，提示已經那麼明顯了，霍以瑾房間裡反常堆滿的公仔、靠墊和軟枕，以及林樓詭異的笑容，他為什麼還能熟視無睹的多此一問，而不是拔腿就跑。

那晚的主題——睡衣派對。Pillow Fight（枕頭大戰）是該派對上經典不衰的活動。眾所周知的，睡衣派對一般是高中女生在開，用來加深她們之間的友誼，雖然這幾年在年輕的ＯＬ間也悄然流行了起來，但無論如何都不應該屬於已經二十好幾、四捨五入的話就快三十的謝副總。

「這就是霍以瑾說的很重要的事？我可是個男的！」

「為什麼你每次都要跟我強調一遍你的性別？你是不是男的你自己還不知道嗎？」終於挑到一件滿意的睡衣的霍以瑾，正在試圖逼謝副總換上那充滿粉紅色桃心的兔子連身睡衣，「也對，連我都打不過，你大概也不太好意思說自己是男的。」

「那完全是因為妳太 MAN 了好嗎！？」被按在床上反抗不能，卻還在用雙手抱著自己徒勞掙扎的謝副總如是喊道，「妳真的有意識到妳是個女的嗎？」

「有啊，不然今晚留林樓在我這裡討論的時候，我為什麼非要叫你來陪著？」男女有別這事霍以瑾還是知道的，「於是我大哥就建議我說，難得有三個人，不如補辦個睡衣派對，好紀念我逝去的青春。」

霍以瑾沒什麼女性朋友，準確的說是沒什麼朋友，所以她根本沒想過開個只有她和謝燮的睡衣派對，但要是說她一點都沒羨慕過別的女生熱熱鬧鬧的睡衣派對，那絕對是在騙人。

「……所以就讓我穿著女性睡衣來充數嗎？」謝副總抵死不從，努力捍衛著自己男性最後的尊嚴，雖然在霍以瑾面前他早就沒有那玩意了，「還有，妳哪裡來的這種奇怪的小女生睡衣？」完全不像霍以瑾平時會選擇的實用簡潔風。話說，這玩意穿上之後怎麼上廁所？

「公司去年女生節的禮物啊，所有女性員工人手一個，連我也沒落下。身為公司副總的你竟然不知道？快給我向辛苦籌畫的部門經理道歉！」

「別家公司過節送 iPhone，我們公司送睡衣，妳覺得這合適嗎？」一點都不暴發戶！不高尚！根本不能凸顯霍家的有錢任性！

「本來她們打算送維多利亞的秘密（注：內衣品牌），但我總覺得當眾送這個不太合適。」

「妳現在和我討論這個也不合適！」謝副總被鬧了個大紅臉，內衣品牌什麼的真心不適合在大半夜由一男一女提起，太有暗示性了，「當然，最不合適的是妳扒我衣服的行為！」然後謝副總側頭對林樓道：「你就在旁邊看著不管嗎？」

林樓長嘆一聲，無奈上前幫忙，一抬手……就準確無誤的扣死了謝副總的手腕，快準狠的像是兩個鉗子一般壓好了活蹦亂跳的謝燮，然後果決的對霍以瑾道：「快脫！」

「！」靠！果然是個有異性沒人性的！

「誰讓我是以瑾的『好姐妹』呢？」林樓笑。

謝副總回以尷尬的笑容：「咳，我和以瑾的電話內容你都聽到了啊……」

「嗯，不多，卻足以捕捉到關鍵字了。」好姐妹林樓的手更狠了。

最終，霍以瑾還是去隔壁換衣室迴避了一下，由林樓輕鬆搞定了粉兔謝，他一邊開門把霍以瑾放出來，一邊道：「妳說對了，謝燮的身材真是毫無看點。」

「那當然，我大哥的話還能有錯？」

「……總覺得你這麼說很容易讓人往不好的方向浮想聯翩呢。」總是讓人浮想聯翩的粉兔謝，此時正縮在霍以瑾的公主大床上抱胸嚶嚶流淚，自帶蘑菇和陰影效果。

「這些年妳也是辛苦了。」林樓對霍以瑾道。

「是啊，我當初到底為什麼要和他成為朋友的？」霍以瑾無限感慨。

「等等，既然是小女生之間的睡衣派對，那憑什麼林樓能穿男式睡衣？」謝副總抱持著我不好過別人也不能好過的報復心理，終於從悲傷中堅強的站了起來，指著林樓一身再正常不過的九分袖白衣白褲表示不服。

沒有奇怪的花紋桃心，也沒有什麼緞帶蕾絲，只是很常見的真絲綢緞睡衣，反而把林樓露出來的手腳腕部分襯得更加白皙了，甚至已經到了一種毫無血色的地步。

「你在說我的睡衣是男式睡衣？」霍以瑾的睡衣有很多，替謝副總和林樓準備的都是她之前還沒穿過的，不過謝副總的這種是她死也不會穿的，而林樓的這種則是她平常會選擇的款式，簡簡單單，大方自然。

「……」對不起，請當我剛剛什麼都沒說過。/(ToT)/「不對！」謝副總指向霍以瑾，「那妳為什麼能穿著休閒服？」

「因為我不會在別人面前穿睡衣，哪怕我大哥都不行。」霍以瑾的完美主義總是會發揮在很奇怪的地方。

「我們穿成這樣就不失禮嗎？」謝副總覺得自己這樣不僅失禮，還傷眼。

「我覺得你最應該自我檢討的部分是為什麼以瑾的睡衣你能穿得這麼合適。」林樓在一邊幽幽的補刀。他好歹穿出了九分袖的效果。

不知道為什麼，從高中開始，林樓就看謝燮不順眼，雖然答應了霍以瑾不能再針對謝燮，但他覺得從精神上攻擊謝燮應該不算是針對，只是「開玩笑」而已。

「……」血槽已空，有事燒紙。BY：謝副總。

敲門聲響起，霍大哥來查哨，不過他嘴上找的理由是來送飲料和零食——謝燮和林樓一起吐槽，當你家的傭人一定很幸福。

「雖然明天不用上班，但也不要熬得太晚。以瑾的身體會受不了。」

最後這句話，霍大哥完全是說給霍以瑾以外的人聽的。

「您放心。」謝副總和林樓一起老實回答，不自覺的就帶上了敬語，即便他們其中一個是和霍大哥地位對等的合作夥伴。

「哥你要不要也留下？」霍以瑾表示她的睡衣還有很多，她大哥可以試試睡袍。

「我就不摻合你們小女生之間的事情了，玩得開心點。」霍大哥說得自然極了，「晚安，girls。」

「呵呵。」BY：「小女生」、「girls」範疇內的林樓和謝燮。

兩人表示，他們總算知道霍大哥為什麼能這麼放心好歹是大男人的他們和霍以瑾一個人在房間裡開睡衣派對了，不是出於對霍以瑾武力值的信任，而是他根本沒把他們看作是男人！

霍以瑾完全沒意識到她大哥話裡的問題，只是很愉快的向大哥揮手說晚安，她真的很興奮，能和朋友開一次睡衣派對。

Pillow Fight最終沒打成，替謝副總換睡衣的時候就已經可以算是玩過了，彼此的體力都消耗挺大。然後他們就進入了睡衣派對又一必不可少的環節——討論喜歡的男生和感情問題。

「住在我家樓下的影帝超帥的～」謝副總迅速進入角色，扭來扭去、嗲聲嗲氣道。

霍以瑾和林樓的回答是迅速離他三丈遠，臉上是共同的表情——前方變態出沒，注意。非戰鬥人員請儘快撤離！非戰鬥人員請儘快撤離！非戰鬥人員請儘快撤離！（重要的事情要說三遍）

「我只是為了配合妳。」謝副總表示很受傷。

「這件睡衣是不是打開了他什麼奇怪的開關？」霍以瑾完全不聽謝副總的解釋，只是偏頭問身邊的林樓。

「我覺得這不是開關的問題。而是有些人就是這樣，平時隱藏的很深，可關心則亂，一旦遇到自己很關注的事情，就會立刻因為情緒激動而掉馬。」林樓頭頭是道的分析給霍以瑾聽，「也許這就是謝變的裡人格，妹妹謝謝娃什麼的。」

「謝謝娃？」

「以俄語為代表的東歐語系裡，一般女性的名字都會是ＸＸ娃。」

「我知道，我只是以為你會說謝謝子。」霍以瑾對日語瞭解不多，但經常聽謝副總說，也就會比較傾向一點。

「我對日本沒什麼好感。」林樓道。

「謝謝娃」則表示，他下輩子絕對、絕對、絕對不要再和這兩個傢伙當朋友了！然後他難得MAN了一把，把霍以瑾和林樓重新按回原位坐著，塞給他們一人一個豬頭毛絨玩具表示懺悔。

話題終於重新回到正軌。

謝副總：根本從一開始就沒在軌道上好嗎！

「妳找他留宿到底要幹什麼？」

「這個。」霍以瑾拿出平板，一人發了一個。

「……」謝副總看著螢幕頁面上的《劍三獸人之契約王妃帶球跑》久久無法言語。還能更雷一點嗎這標題？這種麻辣燙式的把全部題材都雜糅在一起的文，是準備要集齊全部雷點好召喚神龍嗎？「我們大半夜的為什麼要來妳家看這種東西？」

「幫我再找找看還有沒有什麼言情模式，能找到合適的戀愛對象。」

「戀愛？」謝副總一愣，不是結婚嗎？

「嗯。」霍以瑾把餐廳裡和林樓的談話簡略的對謝副總說了一下，「我現在也覺得帶著只是單純為了結婚而結婚的目的去尋找結婚對象，根本是對結婚這件本應該很神聖的事情不尊重，所以我決定找個戀愛對象。」

「……」我當初也說過差不多類似的話啊渾蛋！為什麼最後反而要林樓說了才有效！？

「說起來，餐廳裡那對男女，你告訴我說他們是反面例子，但翻譯過來的意思不就是說即便那樣了，你也還是覺得他們之間是一種愛情方式？」霍以瑾看向林樓，終於想起來問那樣的委曲求全也能算是愛情？太可怕了吧。

「是啊，他們演出來的也是一種愛情。」林樓毫不猶豫的點點頭，「每個人對愛情的解讀方式都不同，沒什麼好壞對錯之分，只是大家不同的選擇，而我不太希望妳發展出那樣畸形的愛情，太沒尊嚴了。」

「我還以為那根本不算愛。」

「最起碼女方是愛著男方的，她愛他，才會不斷的退讓妥協，不想和他分開。男方的話，大概是演員演技的問題，我沒感覺到。」

謝副總插話進來：「我爸也跟我說過類似的話，愛情是需要互相妥協的，雖然不能毫無底線的退讓，沒自尊到失去了自己，但一步也不讓的話根本不能被稱之為愛情，頂多是當個玩意似的在喜歡。男人就應該多讓著女人一點。」

「為什麼不是女人讓著男人？」霍以瑾對於最後一句表達了不滿，這種說法總讓她有一種女性就是愛無理取鬧，被小看了的感覺。

「我也沒見妳讓著楚清讓啊。」謝副總立刻反駁，有時候他總覺得霍以瑾對女權太敏感了。

「我還不夠讓著他？」霍以瑾覺得自己之前對楚清讓已經是史無前例的各種妥協了。

「那你們為什麼沒在一起？」謝副總不依不撓。

「他騙了我，這是我絕對不會退讓的原則和底線！」

謝副總另一句話就這樣脫口而出：「要是妳哥為了妳好騙了妳，妳也準備這輩子都和他老死不相往來嗎？」

「但是楚清讓他沒……」霍以瑾反駁的話沒完全說出口就停住了，因為她意識到，楚清讓還真是為了她好才騙了她。雖然這麼想著，霍以瑾的嘴上還是逞強道：「一碼歸一碼，他怎麼能和我哥比。」

「這就是普通的喜歡和真正的感情之間的區別了。」林樓道，「《小王子》看過吧？正是妳在玫瑰身上花費的時間才會使她顯得彌足珍貴。我覺得這就是真正的感情，妳可以喜歡千千萬萬的人，就像是喜歡一件衣服，這件不行還能買到下一件；但妳最終卻只會愛上一個人，那個妳傾盡了全部精力的人，你們只有相處過了、付出了、得到了，才會有真正的感情，等到那個時候，哪怕再出現千千萬萬個比那人更好、更愛妳的人，妳也不會想著要換掉他了。」

「為什麼我感覺你是在替楚清讓說話？」空氣中彷彿都帶著那麼一份似有若無的偏向。謝副總瞇眼看向林樓。

「提起這個話題的可是你，不是我。」林樓舉起雙手表示了自己的無辜，「我只是順著你的話說了下去。」

「重點是我和楚清讓還沒有培養出感情我們就完了。」霍以瑾出聲表示話題就此打住，她不想再進行任何深入的討論，「現在看書，幫我找有用的模式。」

「為什麼不讓我們的情感專家直接給出意見？」謝燮瞪著林樓諷刺道。

「因為他也沒談過戀愛。」

「……」那你之前還鬼扯那麼多！謝副總徹底暴走了，他還以為林樓經驗多豐富呢，原來大家半斤八兩，「你加入除了炫富就是派對的超跑俱樂部之後，竟然什麼都沒學會？還真是讓人意外啊！」

世家子弟的圈子很多，其中最廣為人知的一個大概就是超跑俱樂部了，入會條件中最簡單粗暴的一點就是必須有一輛以上的超跑。最初創這個俱樂部的目的只是為了打開超跑愛好者的交際圈，後來性質卻變了，炫富、無窮無盡的派對以及肆無忌憚的富二代成為了新的組成分子。

林樓高中的時候就已經是ＬＶ市最著名的超跑俱樂部的成員之一，當時和他玩在一起的那一圈人基本上都是。國外也有類似的華人超跑圈，林樓依舊活躍其中，但他是真的愛車，各式各樣的車，跑車、ＳＵＶ、卡車，並不是什麼香檳美酒、泳衣美女。

然後他們就這樣熬夜看了一晚上的書，重新整理了不少梗，又全部被推翻否決，太不現實了，根本沒有什麼可操作性。

尋找戀愛對象這種事要是真的那麼容易，這世上也就不會有那麼多婚姻不幸的人了。

※◆※◆※◆※◆※

第二天早上霍大哥來敲門的時候，霍以瑾剛去跑完步回來睡下沒多久，謝副總和林樓更是根本沒睡，正在做最後的整理。

霍大哥進門前，謝副總在問林樓：「為什麼你會這麼積極的幫以瑾？」

「因為我們是朋友。」林樓不假思索道，然後他掏出手機，朝霍以瑾的梳粧檯拍了一張照，喀嚓，輕鬆搞定，很快指向性十分明確的照片就發送了出去，「當然，也是因為我能藉機『報復』一下楚清讓同學。」

手機那頭的楚清讓真心被刺激得不輕，一大早就看到這種照片，哪怕明知道林樓和霍以瑾之間不會有什麼，也還是會腎上腺素飆升，簡！直！不！能！忍！

阿羅在一邊默默想著，今天絕對不能再讓楚清讓碰自己的車了。

「想到什麼好主意了嗎？」霍大哥把兩人叫出去詢問道。

「去做義工。」林樓回答，「我覺得以瑾從一開始就找錯了方向，她要找的方向既不該是勵志女主角，也不該是門當戶對的高門子弟，最重要的是人品才對。」

像霍以瑾一樣，會在關鍵時刻站出來幫助別人又不會連累自己的人。

「做義工」也算是最早的言情小說中經常出現的經典橋段之一了，能幫總裁看到女主角的真善美，又能讓女主角意識到總裁也有溫柔體諒的另一面，還是讓反派洗白的不二良方。簡單粗暴，直白易懂，為各個言情小說寫手帶來了福音。

林樓對霍以瑾強烈推薦：「既然妳不在乎對方有沒有錢（『反正都不太可能比霍家有錢』謝副總充當著背景旁白的角色），也不覺得長相是妳的第一選擇標準（『這個絕對是在騙人！楚清讓當初是怎麼被看上的妳敢說實話嗎？』還是背景謝的吶喊），又希望最起碼在想法上能稍微對得上一點（『楚清讓血的教訓』BY：謝副總），那麼義工組織絕對是妳最好的選擇。」

很巧的，林樓回國後就認識了一個LV市本地的義工組織——紅領巾義工隊。其組織成員十分年輕化。

「會不會太年輕了一點？」謝副總聽到這個組織名字後就把眉毛擰在了一起，紅領巾義工隊什麼的總覺得像是在說小學生啊！

「國家規定，義工需要年滿十八歲以上的自然人，再小的那個只能叫愛心捐獻。」林樓鄙視的看向謝副總，「我們倆到底誰才是那個高中之後就出國的人？」

「……」謝副總覺得他上輩子一定欠了林樓很多錢，不然為什麼這輩子林樓總是在致力於找他的碴？

於是幾人就這麼愉快的決定了。

林樓早上的時候在網路上聯絡到了紅領巾義工隊的聯絡人，對方表示他們這週末正好在市郊的小天使孤兒院有活動，急缺人手，很歡迎他們今天就去幫忙。一天的體驗時間，算是一個雙向的考察期，畢竟不是所有的義工組織都很可靠，而很多參加義工活動的人也只是一時腦熱，根本堅持不了多久。

霍以瑾很滿意這樣能說去就去的效率，她只剩週末有時間，今天不去就要拖到下週。三月之期近在眼前，已經沒幾個週末可供她浪費了。

「經過短短幾個小時的深度沉睡，霍以瑾充電完畢。」——謝副總在霍以瑾醒後為她配了這樣的背景音。

然後……

霍以瑾把謝副總壓倒在地修理了一頓，然後她回了他一個背景音：「ＫＯ！」

※◆※◆※◆※◆※

習慣了日夜工作的霍以瑾恢復精力是十分迅速的，換上舒適寬鬆適合幹活的衣服——謝副總和林樓的衣服都是他們的助理早上送來的——霍以瑾一行三人就這樣精神飽滿的上路了。十五分鐘後，三人在約定時間準點到達了離南山半坡不算特別遠的市郊孤兒院。

一路上，謝副總負責開車，林樓則負責問霍以瑾一些問題，把早上替霍以瑾填寫的登記表格上他不知道的資料補充完整。

「之前有參加過義工活動嗎？如果有的話是什麼樣性質的呢？義工團體名稱是什麼？」林樓

連續提問。

霍以瑾沒先急著回答，反而是瞪向了謝副總，「你竟然不知道我有沒有參加過義工活動？這朋友沒法相處了！」

「我知道妳大一開始就在妳哥的公司實習當特助，肯定很忙沒時間參加義工活動，但之前的我就不太清楚了啊！」高中的時候謝副總還沒有和霍以瑾像現在這麼形影不離，雖然那時已經是在一起上學上廁所、一起放學回家的交情了，但週末他們還是不太會見面的。

「沒有。」霍以瑾無視謝副總，回答了林樓的問題。

「誒？」林樓不可思議的看向霍以瑾，他和謝燮都以為霍以瑾這種性格，在高中參加各種課外活動的時候肯定參加過。

「十八歲之前是學校帶領參加的，不算是我個人的義工活動吧？而且十六歲之後……」

準確的說是從上了高中開始，先是外祖母病逝，再是父母空難去世，最後是外祖父、祖父、祖母接連病逝，在很短的幾年裡霍以瑾就失去了她在這個世界上最重要的六個家人，手臂上戴孝的黑布條就好像沒有機會摘下來似的。那是她順風順水的日子裡最黑暗的時期之一，她根本顧不上別的。

不過，雖然霍以瑾沒有參加過義工活動，但她做的慈善倒是不少，主要擔任的是直接給錢的財神爺角色。

霍以瑾有一個在她很小的時候父母以她的名義成立的基金會，她的父母當時希望能透過這種幫助沒錢治療重病的兒童的方式，為得了氣喘的她積攢福氣。這個基金會一直運作良好的持續到今天，助理會定時把霍以瑾的錢匯過去，她需要做的就只是在支票上簽字。

當然，除了基金會以外，霍以瑾平時也會捐款給很多不同的慈善團體，以公司的名義、以個人的名義，這方面的支出絕對是一個常人很難想像的天價，但是她卻做得樂此不疲，不是為了面子，而是……

「不然我要這麼多錢幹什麼？」

對於即便什麼都不幹也能靠霍氏國際的股份分紅衣食優渥的過一輩子的霍以瑾來說，她工作後賺的錢真心就只是數字的變化而已。她堅持認為「與其把錢放在銀行裡落灰，還不如拿去做一些更有意義的事情來得划算」。

霍以瑾這樣的想法生成，肯定是和霍家幾個大家長的教育分不開的。霍以瑾的祖母伊莎貝拉晚年最大的樂趣除了收藏名畫就是做慈善，霍以瑾的母親生前更是一個國內知名慈善拍賣晚會的主辦人，每年一次的晚會收入都是天價，然後會全透明化的用在一年一個的慈善主題上。

霍家在全國乃至世界能有如今的口碑，與家裡幾位女性成員一直在致力於慈善事業是有些分不開的關係的。

無獨有偶，週日這天霍以瑾等人要去的小天使孤兒院，正是霍以瑾前不久剛捐過一批生活物資的孤兒院之一。而林樓聯絡的紅領巾義工隊這週末在孤兒院的工作，除了一般日常的打掃、做飯、幫孤兒院的孩子補課以外，最主要的就是整理分發這批貼著霍氏國際標籤的物資。

「為什麼妳捐的東西標的卻是霍氏國際的商標？」謝燮以前沒怎麼關心過霍以瑾這方面的私事，他知道她一直有在做慈善，卻不知道她打著的是霍氏國際的名義。

「肥水不流外人田啊。」霍以瑾理所當然道。

霍氏國際是個以吃喝玩樂為中心發展起來的綜合型集團，十分賺錢的行業基本上都有涉獵，兒童用品這種暴利更是不可能錯過。霍以瑾表示，反正同樣是買生活物資送給孤兒院，買哪家的東西不是買呢？為自己家打廣告總比為別家打廣告要划算。最重要的是她對自家企業生產的東西比較放心，出產的時候檢查得比國家標準還嚴，能保證絕對不會出現危害兒童健康、以次充好的情況。

「妳花錢買自己大哥的東西，再把標著妳大哥公司 LOGO 的東西捐出去，投進去的只有妳的錢，別人感謝的卻是霍氏國際，我第一天發現妳這麼會做『生意』。」謝副總道。

霍以瑾根本不會抓重點，謝副總很著急。

「首先，我做慈善不是為了讓誰感謝我。那種資助有才卻貧窮的大學生上大學，然後等他們畢業後來我們公司工作的事情，我當然會說清楚 noble 服飾的名字，也算是一種企業形象的宣傳嘛。但我私下的個人行為就沒必要了吧？」

「其次，我和我大哥什麼時候分過彼此了？他的我的有區別嗎？事實上，他和霍氏國際的形象提升了對我也有莫大好處。」

「最後，我大哥在我做慈善的事情上，可是給了我一個很不錯的折扣。」

錢是霍以瑾強烈要求給的，在商言商，她不需要她大哥為她的慈善買單，她早已經過了那個幹什麼都要張口向家裡要錢的年紀。

而霍大哥……他也是「妳有張良計，我有過牆梯」的主，他不可能真的要妹妹的錢，所以實際上霍氏國際收霍以瑾的錢甚至是在成本以下的，絕對的賠本賺名聲。更不用說什麼人工費、服務費，這些都是霍大哥在為妹妹掏腰包。自霍以瑾十八歲成年宣布她要經濟獨立後，霍大哥就酷愛變相的幹這種事來補貼她。

霍以瑾不是不知道她哥背後的付出，她同時也知道這是霍大哥能妥協的最底線，她要是再不接受，她哥就會不顧形象的碎碎唸了。霍以瑾實在受不了她哥像老媽子似的嘮叨，所以明知道價格被壓得過低了，她也不敢說什麼。

「這對肉麻兄妹你接觸久了就會習慣了。」謝副總是這麼對林樓解釋的。

「你習慣了嗎？」林樓反問。

「……每次霍大哥彷彿變了個人的時候我就告訴自己，這其實是霍以瑾不為人知的大姐。」

「我錄音了。」=V=

「嘿！」

霍以瑾惆悵的看著車窗外的風景，為自己的擇友眼光默默掬了一把同情淚。

小天使孤兒院終於到了，那是一家位於市郊的一座獨門獨戶的小院，不算有多好，但勝在乾淨整潔，有很大面積的草坪，生氣蓬勃。地理位置也不錯，離附近街區的小學、國中和高中都很近，不至於讓孩子們浪費太多時間在上學的路上。

這和霍以瑾捐助之前瞭解到的沒什麼差別，給她的資料上是寫什麼樣，現實就是什麼樣，沒有絲毫作偽和欺騙，這實在是太難得了。

「看來白家老爺子真的只是想做好事，以後可以考慮多合作。」她想著。

小天使孤兒院是一家私人孤兒院，由同為世家的白家三爺投資建立。白老爺子和霍以瑾的祖父是同輩人，樂善好施、熱心公益，是霍以瑾十分佩服的人。能偶然從側面得知對方真的是個好人，不是表裡不一，不會讓她的錢打了水漂，這讓霍以瑾的心情特別好。

捐款最怕什麼？被騙。你的一腔好意最終只是填了別人欲壑難平的肚子，根本幫不到真正需要幫的人。

霍以瑾的慈善攤子鋪得很大，上當受騙的事情沒少遇到，甚至已經到了只要對方沒有騙她，她就覺得值了的地步。但她還是沒有放棄繼續做慈善，因為還是那句話——

「萬一是真的呢？我們不能因為不一定會發生的錯誤就不去做正確的事。」

霍以瑾始終堅信著，這個世界上還是好人多，人們也總是會被這樣發自真心的柔軟和溫暖而感動。

一直在白三爺的小天使孤兒院做義工的紅領巾義工隊，其實也是基於類似的原因而選擇了這個地方。

換個意思就是說……

再次被一群世家小姐們團團圍住的霍以瑾無語問蒼天。

——How are you? How old are you?（中式英文：怎麼是你們，怎麼老是你們！？）

優質未婚夫人選的林樓和謝燮反而又一次被晾在了一邊，絕對是人生少有的體驗。

「這是什麼情況？」謝燮不解的問林樓。

林樓尷尬的笑了笑，「我回國才幾天？你猜我能接觸到的或者知道的義工團體，會是什麼樣的人組成的？」

世家子弟有好有壞，這種有錢有閒來做義工的自然也是有的。當然，來一次幹一會兒就受不了的比比皆是。

紅領巾義工隊的組織者宋媛媛，卻十年如一日的堅持了下來。宋媛媛是宋家二小姐，也是那個前不久在宴會上才邀請過霍以瑾一起去聽自家贊助的交響樂樂團的名媛，她看上去年紀不大，有一張圓圓的蘋果臉，五官很普通，卻給人一種活力四射的感覺。

——這不就是典型的言情小說女主角嘛！BY：這是遭受了一晚上言情小說荼毒的謝燮和林樓在見到宋媛媛後的第一反應。

而這個故事裡的總裁很顯然就是……

……霍以瑾。

「總裁大人妳喝點水。」世家小姐A道。

「總裁大人妳要不要嚐嚐我自己做的小點心？」世家小姐B不甘落後。

「總裁大人妳別動，放著我來！」明顯比霍以瑾要瘦小太多的宋媛媛搶下了霍以瑾手上的紙箱子，壓得她搖搖晃晃，卻依舊咬著牙不肯讓霍以瑾拿，「這個太重了，妳去拿別的。」

徒留在外面又套了一件印有紅領巾義工隊LOGO T恤的霍以瑾在風中凌亂。

「太受歡迎可真是一個奢侈的煩惱啊，嗯？」林樓搬著東西路過霍以瑾身邊道。

「我已經看穿了妳的未來。」百合之魂在燃燒的謝副總幸災樂禍的補充道，「需要我提前向妳哥打聲招呼，讓他做好妹夫變弟妹的心理準備嗎？」

「不要講話了好不好？動作快！還有一車的東西等著呢！」宋媛媛上前瞪了一眼謝副總。

對待謝燮和林樓，這位宋家的二小姐可是一點都不客氣，簡直是猶如冬天般寒冷。然而對上霍以瑾，那自然就是春天般的溫暖了。

「總裁大人累不累？要不要去休息一下？」

「她能累什麼？」嚴重缺乏運動的謝副總表示不服，「從一開始她手上就沒拿超過兩個手掌大的東西，還基本上是拿一趟休三次的節奏。」

「你一個大男人怎麼這麼斤斤計較啊？你手裡的東西還是我們家總裁大人捐的呢！」

「不，請務必給我一些工作吧。」先不說找對象的事，哪怕只是單純來幫忙，霍以瑾也覺得自己這樣閒著實在不好。

「唔，其實還真有一件十分重要的事情非總裁大人不可呢。」宋媛媛善解人意道。

「什麼？」

三分鐘後，霍以瑾搬著凳子，坐在另外一個小男孩旁邊，一起待在小院門口——看大家忙碌。

這就是霍以瑾被委託的非她不可的重要事情——陪小男孩一邊曬太陽，一邊聊天。

「……」

「照顧孩子可是很累的。」宋媛媛還在哄霍以瑾，「網路上都說了，陪孩子玩半個小時等於慢跑一小時消化的卡路里。」

霍以瑾覺得，雖然她沒在網路上看到這樣的言論，但她可以很肯定，那個言論說的小孩他最起碼是能到處亂跑的那種，而宋媛媛讓她照顧的小男孩……

小男孩叫小橋，不是東吳的那個大喬、小喬，而是拱橋的橋，因為他是被院長在橋下面發現的。數九寒天，孩子哭的聲音還不如一隻小貓大聲，院長再晚一會兒發現估計都救不回來了。

事實上，哪怕救回來了，這樣的孩子一般也活不長。小橋有很嚴重的先天性軟骨病，最初診斷時，醫生就斷言說這孩子活不過三歲。

院長不信邪，明明是那麼漂亮的一個男孩，雪白的皮膚，靈動的雙眼，智力也沒有任何問題，甚至是比一般孩子要更聰明早熟一點……最後，沒有放棄希望的院長迎來了一個喜憂參半的未來，小橋堅強的活了下來，但他每天都要被推出來曬足夠長時間的太陽，吃補充維生素D和鈣的藥——沒有藥物能夠治療這種病——忍著痛也要被人扶著做運動，然後等待著每一年被醫生斷言一次他活不過今年冬天。

「但我活下來了。」小橋笑著對霍以瑾說：「我已經七歲了。白爺爺說今年我就能做手術矯正了，我還會活很久，甚至站起來，和正常人一樣。所以先說好後不惱，妳要是敢用那種很可憐的眼神看著我，我一定會和妳翻臉。」

「我為什麼要同情一個肯定會好起來的人？」霍以瑾挑眉看向小橋，緩緩說道：「我小時候也做過手術，還好幾次呢，經常需要在春天住到醫院的特殊病房裡，但我現在已經二十五歲了。需要我教你一個手術一定會順順利利的咒語嗎？」

「妳沒騙我？」小橋抬眼看著自己旁邊漂亮的大姐姐，對方這樣的回答他還是第一次遇到。

「幹嘛騙你？我的咒語是我哥教的，當時我比你還小一點，但是我成功了，我真的變得和正常人一樣了，只要注意定時去醫院體檢就好。你也會這樣的。」

「咒語！」

「默唸你最喜歡的人的名字。」

「……就這樣？」

「就這樣。」霍以瑾篤定的點點頭，「他們會持續給予你力量。你會因為這些名字而不斷告訴自己，你不能死，你死了他們會很傷心。你不想他們傷心，對吧？」

「我不想院長傷心，不想白爺爺傷心，也不想媛媛阿姨傷心。」小橋如實回答。

「阿姨？」

「是啊，阿姨。我怎麼稱呼妳？總裁阿姨？」

「……你這個小鬼還真是不討人喜歡啊！」

任何一個女人在年輕的時候都不會喜歡被人稱呼為阿姨的，霍以瑾也一樣。

「彼此彼此，妳這個阿姨也不怎麼討人喜歡，凶巴巴的，還愛騙小孩玩。」什麼默唸最喜歡的人的名字，這哪是咒語，根本就是心理暗示。欺負他年紀小沒學過心理學嗎？

「小橋是孤兒院的吉祥物。」宋媛媛在休息空檔對謝燮介紹，「這裡的每個人都很喜歡他。他已經奇蹟般的活了七個年頭，每次看見他，我就總會有一種生活中有困難又怎麼樣？一切都不是問題，一定能有辦法解決的堅定感。」

「所以妳安排霍以瑾去的意思是……」謝副總的心猛的一跳。

「總裁大人也給了我相同的感覺。對她來說，好像這個世界上根本沒有難事，小橋只是精神上的，總裁大人卻能真的自己動手解決。」宋媛媛當霍以瑾的腦殘粉有段時間了，早在離姍事件之前，「你不覺得兩個吉祥物放在一起會讓人更有幹勁嗎？」

「……」霍以瑾果然是被當作吉祥物了啊，他就知道！

吉祥霍和吉祥橋此時正在做進一步的溝通，有關於整個紅領巾義工隊的。

「宋媛媛他們經常來嗎？」

「嗯，會固定過來。週一到週五是從下午到晚上的幾個小時，週末兩天是全天。妳呢？妳準備待多久？」

「如果我說只有這一天的話，你會不會就不再理我了？」霍以瑾記得她以前偶然在謝燮那裡看過一部動漫的片段，一個黑髮的小男孩對另外一個金髮的小女孩說，既然妳注定只能停留一天，那我還不如從一開始就不對妳抱有期待、不接近妳。

「為什麼不理妳？」小橋不解的反問，「能有一天總比一天都沒有好，不是嗎？」

小孩子其實有時候會比大人更有智慧，那是與大人積攢多年後才得到的經驗截然不同的通透，整個世界在他們眼中都是不一樣的。

「你說得對。」霍以瑾點頭，對這種今朝有酒今朝醉的態度表示贊同，「紅領巾義工隊裡除了媛媛以外，你還喜歡誰？」

霍以瑾決定讓很有智慧的小橋來為她推薦適合戀愛的人選。

「吳方大叔。」

按照小橋一貫的稱呼態度，當他說是「叔」的時候，霍以瑾就明白她一擊必中找到了一個和她年齡差不多的人。順著小橋的眼神看去，霍以瑾覺得自己的戀愛運果然要開始上升了，小橋說的正是一個外貌足夠出眾、身材十分有料的成年男子。

「……」所以說果然還是要看臉的吧摔！BY：謝副總。

午餐前，霍以瑾就已經充分掌握了吳方同學除了臉長得不錯、身材也很不錯以外的其他基本資訊——由八卦橋友情提供。

小橋平時不能動，只能坐在輪椅上被動的曬太陽。他最大的娛樂活動不是看電影，就是觀察別人，對整個孤兒院以及經常來的紅領巾義工隊的人都可以說是瞭若指掌，就好像沒有他不知道的人和事似的，誰和誰關係好、誰是世家圈子裡的、誰只是單純來當義工的普通人，他都知道。

普通人？

是的，普通人。

紅領巾義工隊也成立了有些年頭，雖然發起於世家圈子，但到底能真心實意幹下來的世家子弟並不多，都是嬌生慣養的，一、兩次熱血上頭很常見，真正堅持下來的實屬鳳毛麟角。於是發展到今天，紅領巾義工隊裡已經有了很多只是從網路上結識的普通人，人數甚至已經隱隱超過世家子弟的趨勢。

這個世界就是這麼奇怪，有錢有閒的人很少幫助別人，反而是自己本身還需要別人幫忙的人卻很樂於助人。

咳，話題有點偏，說回吳方。

不得不說，不管霍以瑾的戀愛運如何，她看人的眼光還是十分值得肯定的。連林樓都覺得吳方不錯。

吳方，男，三十歲，ＬＶ市小有名氣的服裝設計師。不是世家出身，也不是本地人，少孤，在孤兒院長大。剛來ＬＶ市時，小夥子全身上下只有一千多元，最貴重的物品是個不足兩千元的山寨手機。用這麼一手爛牌，卻能打出今日的成就，不得不說吳方真的是個人物。

從某意義上來說，他比楚清讓的起點還低，好歹楚清讓當年出國的時候是衣食無憂。

「他那是運氣好」有人這樣說。

吳方對於這個說法也沒否認過，他確實是運氣好。他當初來ＬＶ市其實是為了參加一檔設計師的真人秀節目，他的參賽名言就是「來了我就沒打算回去」，並最終因為這份信念和傑出的才華，奪得了該節目的冠軍，贏得了百萬創業資金、一輛商務車以及一次在當年時裝周舉辦個人秀的機會，在ＬＶ市一舉成名，躋身新貴。

「運氣也是實力的一部分。」霍以瑾這樣說。只有運氣，沒有實力，根本不可能支撐吳方從千萬人中衝殺出來走到冠軍的位置，說到底靠的還是他的才華。

吳方是難得專攻男裝領域並取得了不錯成就的一個人，設計理念十分新穎。

從網路上搜索了一下吳方最有名的幾項服裝設計，霍以瑾終於想起了她其實之前就和吳方有過接觸。

霍以瑾經營的是一家走高端訂製服的奢侈品服飾公司，注定了她要對設計師這個行業有充分的瞭解，無論是成名已久的名宿，還是最近崛起的新秀，她都要下功夫。吳方作為一匹在ＬＶ市迅速躥紅、被不少知名設計師誇獎過的黑馬，霍以瑾自然也看過他的相關資料。

事實上，和noble服飾有著穩定合作關係的獵人頭公司以及noble服飾的人事部經理，都向霍以瑾強烈的推薦過吳方。

noble服飾一直有往男裝領域發展的意向，不然他們也不會請楚清讓來代言了。

「最後吳方為什麼沒來我們公司？」霍以瑾蹙眉問謝副總。她怎麼想都對這件事沒印象，所以她覺得應該是後期有關於吳方的資料就沒再拿到她面前。這種情況挺多的，畢竟她負責的是總決策，一些謝副總能處理的小事根本不會遞到她面前。

「哦，這事啊，妳不知道是因為他在我這裡就被踢除了。」謝燮對吳方的印象不可謂是不深刻，因為……「當時接洽的時候正好爆出了他的人品危機，據說他為了一個什麼有錢人家的女兒拋棄了過去貧窮時與他相戀多年的前女友，前女友在外地，之前根本不知道他成名的事，等前女友找過來大鬧他的個人工作室時，正好是在我們和他簽約之前，實在是太慶幸了。」

雖然說總有那麼幾個極品有著超越他們人品的才華，但霍以瑾這個人就是這麼龜毛，寧缺毋濫，才華不夠的不要，人品不行的也絕對不會因為才華而讓步。

「我母親說服裝設計也是一門藝術，一門讓別人變得更美的藝術，一個人品堪憂的人又怎麼可能真正用心創造出這門藝術呢？」霍以瑾始終這麼認為，「哪怕人品堪憂的人真的在未來有所成就，我也不會因為沒選擇他而後悔。」

雖然謝燮覺得霍以瑾這樣太過理想化，但人品不好的人很可能會在背後捅老東家一刀，所以謝副總也就贊成了霍以瑾的這種穩妥策略。

好吧，說到底還是因為 noble 服飾不缺人，他們才是被設計師上趕著求加入的那一方，自然是有這份挑剔的權力。事實上，不少業內的設計師都很清楚霍以瑾的用人偏好，為了投其所好，在面對霍以瑾時那真的是恨不得把自己塑造成世界第一聖人。

所以，當謝燮得知吳方基本上算是現代版陳世美的時候，他就找了個理由，毫不猶豫的終止了這次合作，重新選了其他同樣很有才華、人品也不錯的設計師。

謝副總沒把這件事告訴霍以瑾，因為他怕以霍以瑾那種見不得女性受欺負的性格會一時衝動的去找吳方理論，到時候就麻煩了。設計圈和模特兒圈一直很亂，根本就不太在乎道德問題，霍以瑾很容易因此得罪整個圈子。

霍以瑾看著孤兒院裡正溫柔的哄一個小孩子笑的吳方，對謝副總有點不確定的道：「現代版陳世美有時間來做慈善和哄小孩子玩？」

小橋說吳方是最早加入紅領巾義工隊來孤兒院幫忙的一批人之一，雖然不能像宋媛媛那樣閒的天天來，但每逢週末也肯定是會來報到的。見人帶笑，有求必應，誰和他相處都會有一種如沐春風的感覺，標準暖男。

吳方不可能一卦算這麼遠的猜到有一天霍以瑾會和謝燮來這裡當義工，所以偽裝的可能性基本上為零……

霍以瑾實在是很難相信這樣的吳方會不知道感恩，拋棄陪伴他度過艱難歲月的前女友，只是因為錢就選擇了別人。

「但當時的事情鬧得很大，很多人都知道，我找人去瞭解過，問了不少人，他們都承認了。

吳方前女友大鬧工作室的事情甚至上了那幾天的新聞，網路上也是傳得沸沸揚揚，還有影片為證，他也沒否認。」謝副總當初對這件事也是很關心的，不可能武斷的就對吳方判死刑。

「他這個前女友現在在哪裡，你知道嗎？」霍以瑾有點苦惱，雖然她還不知道這裡面的前因後果到底是什麼，但她總有一種這其中肯定有問題的預感。在不瞭解吳方時，他的人品危機在簽約之前被爆出來可以說是noble服飾之幸，但現在回頭再看，怎麼看怎麼覺得吳方可能是被誣陷了，「公司裡頂替他的設計師是誰？」

「傑森，一個F國的設計師，得過國際上的大獎。我之前特意調查過，他和吳方沒有任何交集，連共同認識的協力廠商朋友也沒有，畢竟國籍不一樣。傑森之前一直在國外，因為和我們合作才第一次來到本國。」

也就是說，基本上不存在傑森為了上位而苦心設計吳方的可能。

「第二備選呢？我是說當時考慮人選名單上排在吳方後面的本國人。」

霍以瑾考慮用人時總會分為國內和國外兩張名單，因為她比較喜歡優先考慮本國人，當本國人不行的時候才會看國外名單上的第一候選人。

簡單來說就是，當時吳方的可能性是第一，傑森是第二，而緊排在吳方後面的本國人其實是第三。

「！」謝燮睜大了自己的眼睛。臥槽，忘記外人基本上不可能知道霍以瑾的這個習慣，所以這種偷雞不成蝕把米，自己沒得到反而把別人推上去的誣陷烏龍還真是很有可能發生。

「去查一下。」雖然有可能吳方是因為自己也是孤兒院出身，所以才會來孤兒院做慈善，這和他對待感情的態度不是同一回事，但就目前來說，霍以瑾會更傾向於吳方被誣陷了。

「可以是可以，但查了之後呢？總不能再找他回來吧？」謝副總有點犯難，他們和傑森的合作十分愉快，新上市的男裝系列口碑與銷量雙豐收，正在蜜月期，根本不可能把傑森撤下來，哪怕只是重新調查吳方的舉動都有可能會引起傑森不太好的聯想。

「總不能白冤枉了人，若真是我們這邊誤會了，哪怕不合作也是該道歉的。當然，也算是看他適不適合當我的對象。」霍以瑾一直沒忘記她找對象的初衷，「重點是查查他現在有沒有交往的對象，不是說他為了一個富家小姐拋棄了前女友嘛？」

「妳聽過設計圈裡十男九 GAY（同性戀）這個說法嗎？」謝副總提醒道，他真的很怕霍以瑾再來一次男友變姐妹的事，這簡直是直男殺手！

「所以我才覺得能在男裝領域大放異彩的他是直男。」一般同性戀設計師的理念會更受女性歡迎。

「好吧。」謝副總還是不太看好吳方，他對此持保留意見，「如果另有隱情，他當時為什麼沒有否認？」

「我去找八卦橋問問。」有個線人在身邊的感覺就是這麼爽！

Q：對總裁的印象……？
第十二印象
和孩子能很快打成一片。

詢問的機會很快就來了，義工們要為孩子們做午餐，霍以瑾被宋媛媛等人聯合推出了廚房，說有個比做飯更加「艱巨」的任務只有她能做——看著孩子們。

不過大家其實都心知肚明，要是換作一般小孩吧，看顧孩子這個工作肯定是很累的，但改成看顧孤兒院這些生怕給別人添麻煩的孩子們，簡直太輕鬆了好嗎？

這也正好給了霍以瑾向吉祥橋打聽情況的時間。

「妳不去幫忙嗎？」吉祥橋對霍以瑾問道，他正在輔導孤兒院裡比他高一頭的男孩寫作業。

小橋因為身體的原因沒辦法去上學，但他本身的智商是很高的，自學成才，孤兒院裡跟他差不多大、甚至是比他大的孩子，都是由他來輔導課業的。

「她們把我趕出來了。」霍以瑾無奈道。

「黑暗料理嗎？」小橋很理解的點點頭，然後又像是想起了什麼，老氣橫秋、語重心長的對霍以瑾說：「妳這樣將來要怎麼嫁人？」

「長得漂亮就不愁嫁。」旁邊在畫畫的小女孩綿綿很小大人道。

「臉能當飯吃？」小橋反駁。

「我可以做給她吃啊！」一旁正在寫作業的男孩突然抬起頭，看了霍以瑾好幾眼之後補充安慰道：「如果我長大之後妳還這麼漂亮，我就娶妳。」

「……」雖然知道這些孩子是在安慰她，但為什麼她完全沒感覺到被安慰了呢？

然後，在這群同樣都很八卦的小朋友們七嘴八舌的幫助下，霍以瑾知道了更多有關於吳方的情況。

綿綿搖頭晃腦的對霍以瑾道：「吳方哥哥人一級棒！可惜他有個致命的缺點。」

「花心？」

「怎麼可能！吳方哥哥那麼好看，肯定是好人啊。」

「……」妳判斷一個人是不是好人的標準還真是隨心所欲呢。

「他哪裡好看了？」小橋撇撇嘴。他好像一直都在致力於和綿綿唱反調。

霍以瑾心裡有數了，吉祥橋這是有情況啊，見不得可愛的小女孩說別人好看什麼的。霍以瑾覺得自己悟到了什麼，嘖嘖，實在是太可愛了！

「就好看，全身上下都好看。」綿綿炸了。用一般這個年紀的小女孩都能做到的極限幼稚來搶白。

霍以瑾充滿期待的等著小橋的回答。

結果……

「長得根本不如楚清讓好嗎？」小橋是這麼回答的。

霍以瑾只想問：楚清讓為什麼會在這個時候亂入啊摔！

一提起楚清讓的名字，綿綿也不再和小橋爭辯了。楚影帝目前真的可謂是男性明星裡的顏值巔峰，不分男女老幼，通殺！

小橋同學是楚清讓的腦殘粉，提起他來就會滔滔不絕。所以他說吳方沒有楚清讓好看，不是出於霍以瑾誤會了什麼小男孩捉弄喜歡的小女孩好引起對方注意力的奇怪心理，而是真心的在喜歡上楚清讓的顏值之後會覺得別人再好看也就只能被說是平平。

然後……孩子們就楚清讓的問題嘰嘰喳喳的討論了起來，他勵志的人生經歷、他經典的影視作品，以及他回國後即將上映的兩部新作。男孩想變成他，女孩想嫁給他。

霍以瑾第一次真正很直觀的明白了，原來楚清讓在別人眼中是這樣一個人。

「可他只是在演戲啊！」霍以瑾欣賞楚清讓的部分從來都是他作為女神風投CEO蘭瑟的成就，又或者是他一點都不懦弱的內在性格，卻從來不知道只是演技好也可以被這麼多人崇拜，「要是你想演，你也可以做到。」

「我能做到，但卻永遠做不到像楚清讓那麼好。」小橋有點不開心自己喜歡的藝人被別人這麼說，「不要小瞧演戲啊！那也是一個需要付出很多東西的工作。楚清讓很厲害、很厲害、很厲害的！」

「厲害在哪裡？」霍以瑾很認真的和小橋討論道。

「他的表演很有感染力，他在透過電影傳遞一種精神上的信念，哪怕是這樣的我，也能感受到那是真的存在！」

霍以瑾覺得年僅七歲的小橋能說出這樣的話才是真正的了不起。

「不對，我覺得我應該先問，妳看過楚清讓的電影嗎？」小橋覺得霍以瑾怎麼看都不像是會追趕流行的人。

「《新基督山伯爵》。」

幾個孩子一起驚呼表示了不可思議：「哇～妳竟然看過這麼新的片子，我們也是才看過不久呢。」

「……你們這麼說真的很失禮誒。」霍以瑾佯裝生氣道。不過她也是真心不明白，難道她在別人眼中就是那種腦袋上貼著「我沒有娛樂生活」標籤的人嗎？

「話說你們看過才不可思議吧？」

C國的版權控制很嚴格，連小說盜版都不容易，更不用說查得更嚴的電影、電視劇了，像《新基督山伯爵》這種由外國引進的大片，更是不可能這麼早就被沒有錢的孤兒院裡的孩子從網路上免費看到。

小橋用「我該拿妳的智商怎麼辦」的苦惱臉對霍以瑾說：「妳知道我們孤兒院是誰開的嗎？」

「白家三爺。」

「那白爺爺自己的公司叫什麼？我是說除了他們家族產業以外的屬於他個人的公司。」

白齊娛樂！霍以瑾頓悟。

白三爺和他的大姐一起創辦了如今C國演藝圈的龍頭公司白齊娛樂，與楚清讓簽約的就是他們家。而白齊娛樂不僅有很多大明星、投資拍攝了這樣那樣的經典電影和電視劇，還有屬於自己一套系統化的電影院線。

對於白三爺來說，別的他不一定能免費提供給他私人在全國各地創立的孤兒院，但讓他孤兒院裡的孩子在每隔一週的週二下午電影院最空的時候去看一場免費的電影，這還是不成問題的。

「只要保證在看完電影之後能完成當天的作業就都可以去，爆米花、飲料都是免費的，我們班上好多同學都羨慕呢。」綿綿特別開心的和霍以瑾分享道。

孤兒需要的不僅僅是同情，他們也需要自尊和面子來樹立自信。每半個月固定能有一次去電影院看電影的機會，既能滿足他們的娛樂需求，又能讓他們不至於在同學朋友說什麼的時候一臉茫然，融不進話題。

被小孩子們萌得一時有點暈頭轉向的霍以瑾就這樣說了一句讓她十分後悔的話：「想見楚清讓嗎？」

這話的言下之意就是她能聯絡上楚清讓。

「誒？誒？誒！？」孩子們興奮的聲音震天價響，「真的嗎？真的可以見到嗎？」

「我不太敢和你們保證，但楚清讓正好最近在我公司當代言人，我可以幫你們打通電話。」

「不用了。」身為楚清讓一號粉絲的小橋反而第一個開口表示了反對。

「嗯？」霍以瑾本以為小橋會激動的想要親她一口，卻怎麼都沒想到她會得到這麼一個截然相反的答案，「你不想見他？」

「想，但是楚清讓說了，他回國只是為了休息。休息妳懂嗎？我們不應該打擾他，他已經很辛苦了。」

小橋分外懂事。霍以瑾在覺得窩心的同時，狠狠心、咬咬牙，想著日後後悔就後悔吧，拚了！

「我保證，一點都不麻煩。」

「妳怎麼知道？妳又不是他。他人那麼好，而且妳是投資商，算得上是他的老闆，他肯定是哪怕自己很麻煩也不會拒絕妳的。」小橋雖然嘴上還在負隅頑抗，但眼睛裡的渴望是怎麼都掩蓋不住的。

「因為……」因為她和他有一段？因為她和他是朋友？好像怎麼說都不太合適……對了！

「看到那邊和我一起來的林樓大叔了嗎？他和楚清讓是關係很好的朋友哦～讓他出馬總沒問題了吧？要是楚清讓真的有事不能來，也肯定能要到簽名。」

「哦～」很鬼的小橋秒懂，這其實就是為了拿到簽名而進行的喊價戰略，對他來說，能拿到簽名就已經很滿足了。

「有簽名照我一定會幸福死。」綿綿說出了小橋的心聲。

這就是孤兒院裡的孩子，他們一無所有，所以會很貪心，也會很容易被滿足。對於見到楚清讓這種國際偶像，哪怕捐助他們的人是白齊娛樂的老闆，他們也從沒敢奢望過，只想著有一張照片就好了，都不需要一人一張，只要共同有一張就能幸福的死掉。

最後，話題重新扯回了大暖男吳方身上。

「他的缺點到底是什麼？」

「他對別人太好了啦！對一個女性好是暖男，對所有女性好那就是中央空調。」綿綿說著網路用語，「就像是女性對一個男人好是深情，對一群男人好那就是……」

「Stop!」後面「綠茶婊」三個字，霍以瑾一點都不想從一個小女孩口中聽到，那真的太不適合了。

「為什麼我不能說『股票投資』？」綿綿不解的看向霍以瑾。

「……」對不起，是我這個糟糕的大人想太多了。BY：霍以瑾。

小橋斜眼看霍以瑾，他好像很明白霍以瑾剛剛以為她在阻止什麼，嫌棄道：「大人總是會往很邪惡的方面想。」

「你知道的也太多了！」霍以瑾毫不猶豫的開始揉小橋的臉。

「我還知道吳方大叔有個很糟糕的前女友，妳不想知道嗎？」

「我為什麼要知道吳方的前女友？」霍以瑾環胸挑眉。雖然她確實是想知道，但這樣被一個小孩子看破心事的感覺好不爽啊！

「因為妳想找他當對象。不過我勸妳還是放棄吧，你們倆肯定沒戲。」

——你真心知道的太多了！一點都不可愛！

「妳知道的太少了也不可愛。」

「……」

要不是怕自己顯得太過挾恩圖報，霍以瑾絕對要問問小橋這個小鬼到底還想不想見楚清讓了。他到底知不知道他現在用的這些新的水彩筆、圖畫本，以及即將穿上的新衣，都是誰捐的！？

「那小鬼精著呢，他肯定知道。」謝副總事後很是篤定的回答霍以瑾，沒有哪個孩子能和第一次見面的人就這麼自來熟，所以看似是霍以瑾在謙讓小橋，其實小橋也在用他的方式報答霍以瑾，讓她開心。

※◆※◆※◆※◆※

經過複雜的心理鬥爭，霍以瑾決定……先招呼大家收拾收拾去吃飯。

廚房那邊動作很快，制式餐盤，標準分量，沒得挑沒得選，不過口味不錯，營養均衡，一素一葷一碗飯，飯後還有個小蘋果。

綿綿在和霍以瑾玩了一會兒後，已經算是和霍以瑾熟了起來，變得更加大膽，話更多了。她主動向霍以瑾介紹：「孤兒院的伙食比我們小學的午餐好多了，學生餐廳和公司伙食不愧是我們國家九大菜系之首。妳吃過西瓜炒白菜嗎？那可真是為了生存才會吃的東西。還是孤兒院好。」

菜系梗霍以瑾有點不太懂，這個是前幾年流行的網路笑話梗，她最近才開始玩網路社群，還沒看到，被綿綿說得一愣一愣的，只是順著話道：「我公司的伙食還不錯。」

綿綿看了霍以瑾好幾眼，她早就從小橋那裡得知霍以瑾是個很有錢、很有錢的大老闆，他們最近新得的東西都是霍以瑾送的，她挺感謝她的，但又實在是不想昧著良心附和她。公司的伙食能好吃到哪裡去？綿綿很糾結，最終還是心裡的正義小人贏了，她想著有錢人應該都挺忙的，而忙碌的霍以瑾未必能知道公司食堂的真實情況，不如提醒她一下，也好改善一下她員工的伙食，皆大歡喜。於是她問：「難道妳平時會在你的公司食堂吃飯？」

「當然。」霍以瑾更加困惑了，這不是理所當然的事情嗎？她自己公司的食堂，自己不去吃，有病嗎？

「和員工吃的一樣？」綿綿也傻了。

「我們是自助餐形式，可以自己去拿自己想吃的。」霍以瑾耐心解釋道。

綿綿這次換成一臉憧憬了：「我長大以後能去妳公司工作嗎？」

「妳都不知道我公司是做哪行的，妳去能幹什麼？」霍以瑾無奈的笑了，揉了揉綿綿一頭柔軟的黑髮。

「幹什麼都行啊，只要有好吃的就成。」

**吃貨綿語錄：跟著總裁姐姐有肉吃，她一定是個好老闆！**

被霍以瑾推著輪椅往前走，不得不聽到這些對話的小橋冷哼了一聲。

「你也想來嗎？我可以為你破例喲～」霍以瑾也不知道為什麼自己會這麼想逗小橋，總覺得這小孩做什麼都可愛得不得了。

小橋沒急著回答，沉默了有一會兒才道：「妳真的覺得我能治好？」

——要是霍以瑾覺得他治不好，也就不會和他約定未來了。BY：小橋的邏輯。

「當然。」霍以瑾毫不猶豫道，雖然當今醫學對軟骨病並沒有什麼切實有效的治療方法，但能活下來的大有人在，「我以前聽過一個媒體老闆說，一個人誕生在這個世界上，無論是以哪種形態出現，或醜或美，或健康或殘疾，從降臨的那一刻起，這個生命就被老天爺賦予了一個神聖的使命——活下去，努力的活下去，有尊嚴的活下去，無論什麼時候都不要放棄希望。」

小橋依舊垂著頭，沒有看霍以瑾。當然，他想看也動不了這麼大的幅度。最後他說：「妳以為妳是心靈雞湯的主持人嗎？我當然知道要努力活下去，哪怕很痛苦也要活下去。」

綿綿在一邊噴笑出聲：「小橋好彆扭啊，以前看楚清讓的電影時也是這麼說的呢。」

「嗯？」霍以瑾發覺這裡面有故事啊，有關於小橋同學的，必須聽！

「不許說！」吉祥橋惱羞成怒。

霍以瑾更好奇了，她對綿綿眨眨眼，示意她放心大膽的講，她會為她撐腰的。

「是我們從網路上看到的已經允許免費播放的早期作品，楚清讓演男主角回憶裡已經去世的朋友，生了很重的病，只能住在醫院裡。楚清讓的演技好厲害，厲害到……呃，可怕？」小孩子知道的描述詞比較少，綿綿只能僅她所能的表達自己的想法，「哪怕隔著電腦螢幕，我都好像能感覺到楚清讓的痛苦，但他依舊沒有放棄治療，也是他的不放棄給了男主角長大後有關於『堅持』的信念。他說……」

「他說，尼采說，殺不死我的最終都只會讓我變得更強大。」

尼采這句話包含了很多含意，可以理解為精神上的惡意，也可以理解為肉體上的疾病折磨，但終歸到底一句話——殺不死我就代表著老天爺不想我死，那我憑什麼不活下去！？

「妳和楚清讓挺合的，都是走心靈雞湯說教風。」小橋如是總結。

「……雖然我不想打擊你，但我還是要說，楚清讓在電影裡說的那句是臺詞，是編劇和導演讓他說的，而這句話也不是編劇和導演想出來的，是尼采想出來的。」她若真的只是因為這句話就喜歡楚清讓，那不如直接去喜歡尼采。

小橋回答：「真不是我想打擊妳，但我還是要說，人太嚴肅了，沒事就該多點娛樂生活。但凡妳八卦一點就應該知道，這句恰到好處的臺詞是當初楚清讓拍電影時自己加的。」

加得恰到好處。

沒人覺得這句不合適，包括寫了劇本的編劇，他們甚至是在拍完之後才意識到：誒，不對啊，這裡沒這句話呀！

演員不能隨便改詞，但表演的時候不懂得思考，缺少偶爾的靈光一閃，這樣的演員也絕對當不了世界一流的影帝。演員的最高境界大概就是在某一刻他就是他演的角色，他演的角色就是他，臺詞不是靠死記硬背塞在腦海裡的，而是他的角色真的在透過他之口說出他想說的話。

「行了，知道你喜歡楚清讓，別再跟我推銷了行不行？」霍以瑾開始轉移話題，她怕再這麼下去她非得被腦殘粉小橋洗腦了。

午餐都是在廚房人員出鍋之後就盛好了的，孩子們去了只需要自己端自己的那份到桌子上吃就行。大一點的孩子往往還會主動一手一份，又或者是來回兩趟，幫比較小的、自己拿不了東西的孩子端，他們都在力所能及的做一些他們能做的事情，不是一味的等待著別人的幫助。

因為這些孩子很清楚，健康的、年紀小一點的孩子都被領養走了，剩下的他們不是身有殘疾，就是年紀偏大了，他們未來真正能依靠的只有他們自己而已。

霍以瑾的午餐已經被提前放好，就在一堆世家小姐的座位中間。

孤兒院大家吃飯的位置一般都是固定的，每個人都有自己的小圈子，連林樓和謝燮也透過一上午的幫忙迅速打入了義工隊裡的男生圈。來晚了的霍以瑾只能懷著比上墳還沉重的心情坐到了世家小姐們的包圍圈裡，再次充分的感受到了妹子們對一個人能有多熱情。

大家吃的飯菜是一樣的，但霍以瑾卻總有一種自己被特殊對待了的感覺。

然後，她在她的米飯下面發現了雞腿。

「這個不太合適吧？」霍以瑾小聲問宋媛媛，她真心不想被這樣特殊對待，與其為她準備她平時一點都不缺的食物，還不如把食物留給孩子們補身體。

「哦～恭喜恭喜～」宋媛媛聲音很高，沒有絲毫遮掩，反而帶頭鼓起了掌，大家聽到後也跟著一起笑了。

「……？」BY：新來孤兒院不瞭解情況的霍以瑾、林樓以及謝燮。

這種吃著吃著突然鼓起掌的感覺，完全不亞於看印度電影時看到主角莫名其妙就又唱又跳時的茫然。

「這是會帶來好運的雞腿。」由宋媛媛同學為霍以瑾解惑，「孤兒院每週一次的傳統，吃到這隻雞腿的人一週內一定會有好事發生，很靈的喲～」

霍以瑾看懂了宋媛媛的暗示，這種很容易人為操作的東西平時肯定是隨機的，可當有誰遇到很重要的事，好比即將被領養，又或者像是小橋這種馬上要做手術的，肯定會在那週吃到，給他們一種一定會有很好運的心理暗示。霍以瑾也很樂意在這個時候配合著遇到一些「好事」，來為即將做手術的小橋增添信心。

而這件「好事」就是讓林樓打電話給楚清讓，問他現在有空沒。

謝燮側目，他沒聽錯吧？霍以瑾主動說要見楚清讓？

「我都答應小橋了。」霍以瑾也知道在這個時候找楚清讓來不太合適，說再也不見楚清讓的是她，打電話找他的還是她，太打自己的臉了。

「疼嗎？」謝燮「關心」道。

「疼。」

「那也要叫？」

「叫！」

謝燮嘆氣，他就知道，這就是霍以瑾，她有原則沒錯，但她為了別人打破自己原則的事也沒少做。這就是個要是沒有霍家和霍大哥在，絕對會把自己整死在理想國的女王陛下，但……誰讓霍家和霍大哥確實存在呢！霍大哥說他能護著妹妹一輩子，那他就肯定能想辦法遵守約定，為他妹妹霍以瑾保駕護航一輩子，讓她幸福到她永遠都不知道自己到底有多幸福。

楚清讓接到林樓的電話很意外，等那邊把來龍去脈說完問「你有空嗎？」的時候，他卻反應很快、忙不迭的答應了下來。這怎麼可能不答應？必須答應啊！每週去都沒問題！沒空他也能創造出來空來！

阿羅：你考慮過身為你經紀人的我的感受嗎？我感覺我受到了一萬點的傷害……

在楚清讓準備來的路上，孩子們還不知道這份會移動的天大驚喜就要到來，他們只是如平常一樣在吃完飯、洗完自己的盤子之後，乖乖排著隊洗手洗完臉，準備去午睡了。義工們也坐在休息室裡休息，玩玩手機，聊會兒天，或者下會兒孤兒院裡為孩子們準備的飛行棋之類的桌遊。

霍以瑾趁機和宋媛媛詢問了有關吳方前女友的事——她目前仍沒放棄找對象這個初衷。

「妳知道嗎？」

「知道啊。」宋媛媛點點頭，「小橋那孩子和妳八卦的吧？問我妳可算是問對人了，誰都不會比我更清楚。」

「嗯？」

「因為我就是他的前任啊！」

「……」What!?

聽到宋媛媛的回答之後，霍以瑾終於明白了網路上所形容的內心猶如有一萬頭草泥馬狂奔而過到底是種什麼樣的感覺。這件事吐槽點太多，她覺得她需要批改份文件來冷靜一下。

首先，怪不得找對象這種事都能成為現在社會廣泛關注的焦點問題，實在是因為談戀愛太難。走位不夠風騷，經驗不夠豐富，基本上不可能在茫茫幾十億人口中找到合心意的對象，也許窮其一生人還沒見到呢，自己就已經先掛了。

其次，吳方同學這到底是怎麼個情況？前任層出不窮啊！

最後……

「妳和他都分手了，你們倆還能這麼和睦的一塊來當義工？」霍以瑾總覺得這裡面的邏輯死了八回。

「分手了就不能當朋友？」

「除非對對方還有想法。」不然怎麼相處？尤其是當其中一方又有了新對象之後，對三人都是一種折磨。

宋媛媛紅了臉，微微低下頭扭捏半天才終於開口：「妳看出來了啊？」

「……」哪怕之前沒看出來，現在也懂了。妹子妳這也太好被套話了。霍以瑾怎麼都沒想到，來當一回義工，卻神奇的破了些許案子，她真的該檢討一下自己自帶的那些奇怪屬性了。

經過宋媛媛同學的簡單描述，霍以瑾終於把前因後果都弄明白了。

吳方同學總共就兩個前任女友，這也是他僅有的兩次戀愛經歷。一次是和宋媛媛，一次就是和後來大鬧了他個人工作室的孤兒院初戀。初戀在前，宋媛媛在後，兩人裡肯定有一個小三，卻不是宋媛媛。

宋家從事的是汽車行業，走中高級路線，吳方當年參加設計師真人秀贏的商務車就是宋家贊助的。宋媛媛代表她爸爸的公司在節目上把車鑰匙給了吳方，後來在節目組的慶功宴上兩人又因為紅領巾義工隊和孤兒院的事情聊了起來，志趣相投，兩人就這樣開始了一段比言情小說還要狗血的戀愛故事。

「他的第一個女朋友是個黑蓮花性質，該被婊起來的那種。原諒我說髒話，但我就沒見過他前女友那樣的，極大的豐富了我對女性能有的類型的認知。」

吳方當年能狠下心帶著加上手機都不夠一千元的全部家當獨自來LV市闖蕩，一是他有了參加設計師真人秀的這麼一個機會，二就是他發現和他相戀多年的女友背著他找了個老男人，都不算是多有錢有權的老男人，只是個比一般勞工階層好點的工廠主任，能供她吃喝花銷，對外統一說是叔叔。

「妳說她一個和吳方在同一家孤兒院一起長大的孤兒，上哪兒來的叔叔？」

姦情暴露之後，吳方一時有點接受不了，就連夜買了最便宜的火車站票，一路站到了LV市，全身心的投入到真人秀比賽裡，沒空顧得上傷感，只一心想著一定要混出個人樣來。

後來喜聞樂見的，吳方憑著一股初生牛犢不怕虎的氣勢真的混出了人樣。名氣有了，工作室開了，業內知名的奢侈品公司——霍以瑾的 noble 服飾也來聯絡了，女友宋媛媛是世家出身的大小姐，白富美中的白富美。

就在這個即將走上人生巔峰的關鍵時刻，吳方那位極品的前女友突然殺了出來，說什麼她當初是被老男人強迫的，一直在拿影片威脅她，她不敢對吳方說出真相，只能含淚送吳方去ＬＶ市發展，如今好不容易才逃了出來投奔吳方。

「這種話妳信嗎？反正我是不信的，但凡有點智商的人都不會信！但偏偏吳方信了！他就是活該我跟妳說！」說到這裡的時候，宋媛媛的火氣也上來了，那真是咬著牙都不解恨，「當初那女的找上來的時候，我就跟吳方說這裡面有問題，他不能當爛好人。他沒聽我的，結果怎麼樣？把他自己整死了。」

霍以瑾悟了。吳方的初戀在大鬧吳方工作室時混淆了事情的前後順序，是她先劈腿了吳方，吳方才找了宋媛媛，但卻被她說得好像是吳方為了富家小姐的錢才拋棄了她這個「糟糠之妻」。這女人可真夠不厚道。

「不是，在她去找吳方鬧的時候，我其實已經和吳方分手了。」宋媛媛當初躺槍真的躺得有點冤。

「嗯？怎麼分的？」因為吳方表現出對於前任的餘情未了？

「妳看過那種三流的狗血言情小說嗎？啊，不對，看我問的這什麼破問題，總裁大人怎麼可能看過這些。」宋媛媛捂嘴，自認為自己簡直失禮極了。

霍以瑾：「……」對不起，妳說的「這些」我還真看過。

「我當初對吳方的初戀真的是千防萬防，她來了ＬＶ市之後，我自掏腰包請她去住安全性很高的五星級飯店，沒讓她趁機住到吳方家；每次她來找吳方的時候我必在場，她找我的時候我也會硬拉吳方陪著……」

霍以瑾沒說話，只覺得宋媛媛同學的言情小說肯定沒少看，應對男友初戀這一殺招的經驗好豐富。

「……哪裡想到還是被她鑽了個空子！真是沒有挖不了的牆角，只有不努力的小三。她把自己折騰到醫院去了，說老男人找到了她，把她暴打一頓。她也是下足了功夫，差點死了，當時連我都信了。」

那時宋媛媛才多大？一個沒經歷過社會洗禮的大小姐，當下就傻了，哭得不成人形。

「結果吳方還是責怪妳，和妳分了？」

宋媛媛咬脣，很顯然至今她都沒辦法對這段往事釋懷。過了好一會兒，她才輕輕的點了點頭，又搖了搖頭說：「他確實吼了我，但分手是我提的。」

「幹得好。」要是換成霍以瑾，她估計會等那初戀好了之後再找人打她一回，坐實了這個她故意刁難她、讓她被人打的誣陷，總不能就這樣被白白冤枉了嘛！「既然都分了，妳為什麼現在又突然想和這麼一個中央空調再續前緣？」

「中央空調？」宋媛媛一愣，心想：天啊，總裁大人用詞略艱深啊，我都快有點跟不上了。

「不要在意細節。算了，我重新換個問法，妳當初看上他的原因肯定是因為妳覺得他人好，對吧？」

宋媛媛愣愣的點頭，「嗯，當時我剛開始創建紅領巾義工隊，他正在事業上升期，但再忙他也會抽出時間幫我。妳也知道我們生活的這個圈子，不是說沒有好人，但哪怕是好人也會披著一層別的外衣，而吳方給了我一種之前從未接觸過的感覺。」

吳方真的是個好人，連小橋同學都認證了。但他也是真的不適合當男朋友，最起碼在他想明白對女朋友的好和對別人的好不能混為一談之前，他不會是個好男友。總有那麼一些奇怪的人，他們會把善意留給外人，卻把傷害留給身邊的親近之人。

小橋又說對了，吳方不適合霍以瑾。又或者準確的說，他這款男人不適合任何人，他只適合安靜的當一個好人。

「他再好，對妳不好有什麼用？」

「妳這話我表妹也說過。」宋媛媛小聲道，「但吳方其實對我也很好的，你們不是我，所以不知道……我和吳方之前在一起的時候真的很開心，他對別人好，對我更好，從來沒有因為別人的事耽誤過我。」

「那他前女友怎麼算？」

「……就這麼一次例外。」

「這樣還不夠嗎？」對於從來只給別人一次機會的霍以瑾來說，宋媛媛的這個態度讓她很震驚，「他傷害了妳一次，妳還追著過去讓他傷害妳第二次？」

「妳這話對，卻也不全對。」在她們倆談話時，突然插進了第三人的聲音。

霍以瑾因為氣吳方，也有點對宋媛媛怒其不爭，說話的聲音就有點大，正好被後面趕過來的楚清讓和祁謙聽了個正著。

「嗯？」霍以瑾回頭，看著祁謙，總覺得這位有點眼熟。

沒等霍以瑾反應過來，也沒等楚清讓介紹，那邊謝副總已經猶如懷春的二八少女般開始控制不住的驚聲尖叫了。

然後一群小女生也都叫了起來：「殿下！殿下！殿下！」

因為父親祁避夏被粉絲暱稱為「陛下」，祁謙就順延了「殿下」這一稱呼，這位殿下比真正有王子的E國皇室成員還要受歡迎，多少少女——呃，也包括謝副總這種少年——心目中的正牌王子，如今小王子變大長腿，風采依舊不減當年。

霍以瑾終於想起來了，這不就是那個和她一樣，社群網站中常年會有一群小女生哭著喊著要幫他生猴子的影帝祁謙嘛！真是神交已久。

而讓霍以瑾心驚的是，哪怕在這樣的祁謙面前，她眼中能注意到最多的還是楚清讓……

……她以前怎麼沒意識到楚清讓對她有這麼大的吸引力？

祁謙之所以會來，是因為之前林樓打電話給楚清讓的時候，楚清讓正在白齊娛樂開《主守自盜》電影組私下的碰頭會，主要人員都到齊了。祁謙就坐楚清讓旁邊，聽了個大概，然後他替楚清讓解決了工作上的煩惱，拍板決定下午的會挪到明天早上。

祁謙權力很大，這個不是因為他是老牌的影帝，也不是因為他爹是更老牌的影帝，而是因為建立了白齊娛樂和小天使孤兒院的白三爺是他三叔。

不然當初霍以瑾被離婳誣陷說什麼富二代為富不仁的時候，祁謙怎麼會站出來？完全是因為這位也是個名符其實的富二代啊！物傷其類，他十分能理解霍以瑾。當然了，現在祁謙已經從富二代晉升成了長腿叔叔版的富二代。

他表示自家孤兒院裡即將動手術的孤兒想見自家旗下的藝人，這還有什麼好說的？必須見。於是，這才有了眼前的一切。

在人氣上，楚清讓和祁謙其實是在伯仲之間，甚至在年輕人群體裡，楚清讓要比老牌的祁謙更勝一籌。畢竟祁謙已經維持半隱退的狀態有一段日子了。

一般在演藝圈都是這樣，甭管你有多大的名氣，長時間不出現在公眾視野，總逃脫不了被善變的粉絲拋諸腦後的命運。而評價一個明星到底只是紅極一時的流星，還是天王巨星般的恆星，最好的標準就是看那個明星在長時間淡出之後有一天突然出現了大家的反應。

好比祁謙這樣的，就是標準的恆星了。粉絲們曾經的拋諸腦後不是徹底忘卻，而是暫時凍結，隨時等待著再次被啟動，然後迸發出比之前熱烈百倍的態度。

所以祁謙和楚清讓乍然一起出現，祁謙才會先一步被強勢圍觀，因為實在是太罕見了。

楚清讓正好能趁著眾人把祁謙圍了個水洩不通的空檔，上前和霍以瑾單獨說一會兒話，他覺得自己簡直不能更機智：「好見不見，妳最近還好嗎？」

「也沒多久。」霍以瑾對於楚清讓的跟蹤行為可是記憶猶新，逗她笑了好久，不過這個是不能對楚清讓說的，那肯定會造成一種她在鼓勵他再接再厲的錯覺，她必須對這種行為進行嚴厲的批評，透過……精神上的反諷讓楚清讓知難而退，不要再這麼做了，「你能不知道我過得好不好？Mr. 跟蹤狂。」

「抱歉。」楚清讓沒想著辯解，很自然的承認並道歉了，對於自己做過什麼毫不避諱，「我確實知道妳過得挺好，就是想多和妳說說話。」

霍以瑾沒接話，因為她在安靜的等著楚清讓繼續說「我以後不會了」。

結果……

楚清讓這傢伙也沉默了。

真的沉默了啊！

積極認錯，死不悔改！

光明磊落得讓霍以瑾想扁他！

「我不想騙妳。」楚清讓繼續「厚顏無恥」道，他發現這樣有話直說挺不錯的，不用再費盡心思的找理由遮掩，想做就做！他喜歡！還能順便無時不刻對霍以瑾表達自己的愛意！Oh yeah！

「……」她以前怎麼沒發現他這麼不要臉呢！？

「妳能叫我來，我很高興。」楚清讓繼續實話實話，他想的特別開，算是徹底豁出去了，人嘛，這一輩子總是要為了那麼一個人沒臉沒皮一回的。

「你別誤會，我是為了一個重病的男孩才找你的。」

楚清讓表示他沒誤會，他很瞭解霍以瑾不玩曖昧的態度，什麼分手了還能繼續做朋友，也許這事能發生在別人身上，卻絕對不會發生在霍以瑾身上……

……真不愧是他的以瑾！他喜歡！

有一說一，乾脆果斷，不會給人沒必要的幻想，以後在一起了他完全不用擔心情敵問題，想想真是迫不及待呢！

不過，沒有造成誤會，並不代表楚清讓不能故意混淆概念。他一雙大眼睛水潤又閃亮的充滿期待的看著霍以瑾，「不管是什麼理由，總之是妳願意叫我出現了，不是嗎？我很高興。」

「……」她現在把話收回還來得及嗎？

很顯然是來不及了——

這種因為急需而裝了某個軟體時想著「用完我就卸了」，結果等真的用完了卻發現「完了，碰上流氓軟體了，根本卸不了」的感覺，真是令人不爽！

且不說楚清讓那種哪怕沒有機會也要創造機會的執著，只說期待楚清讓這份「幸運驚喜」的孩子們，就不可能讓霍以瑾退貨了。

午睡醒來，面對楚清讓的從天而降，再加上1＋1＞2的效果的影帝祁謙，連一向自詡為理智派的小橋同學都眨著眼有好一會兒反應不過來。他呆呆的對身邊的霍以瑾道：「妳捏我一下吧，狠點，好讓我醒過來。」

霍以瑾沒捏他，只是在心裡稍顯安慰，心想著能看見小橋這表情，暫時擺脫不了楚清讓就暫時擺脫不了吧，值了！她還不忘對小橋說：「大概是中午的雞腿真的起了作用，我讓林樓幫忙約楚清讓之前也沒想到他能這麼快就出現，更沒想到打電話的時候祁謙也在，真是一隻能帶來幸運的雞腿呢。」

「帶來幸運的雞腿？」楚清讓反覆咀嚼著這句話，然後很快反應過來這「幸運雞腿」的正確用途，只是因為這件小事終於打破了和霍以瑾之間的尷尬之冰，讓他也有點想相信這份幸運了。

怔怔的小橋就這樣等到了楚清讓上前，蹲身，與之平視，摸著他的頭道：「你好，小橋，我是楚清讓。」

「你好，楚清讓，我是小橋。」小橋機械的回答道，尾音都有點飄。

小橋在心裡決定了，以後都不洗頭了！這可是他偶像楚清讓摸過的頭！楚清讓摸過的頭！楚清讓！

在楚清讓被孤兒院的孩子們和終於反應過來祁謙是與楚清讓一起來的紅領巾義工隊成員們包圍之後，祁殿下終於找到機會與霍以瑾、宋媛媛二人繼續了他們剛剛的話題。

「只給別人一次機會沒有錯，這是個對自己很有利的明智作法，因為人總會輸在『再一次』上，對於拆穿騙局來說，這種堅持往往會有奇效。」祁謙首先充分肯定了霍以瑾，然後才道：「但是這並不能和感情混為一談。如果感情也能這麼理智的收放自如，那也就不能叫感情了。我爸曾跟我說過一句很難得有智慧的話——被傷害了躑躅不前是謂經驗，被傷害後能再次付出信任是謂勇敢。」

「我們當然不可能永無止境的原諒一個不斷傷害自己的人，那不叫愛，叫賤。但一次都不原諒，好像也不太合適，孰能無過呢？人類也是在不斷的錯誤中才終於走到了今天。」

「所以，我個人在感情上比較贊同『第二次』理論，妳第一次給了他教訓，相信我，大部分真正有良心的人都能記住這個教訓並絕對不會再犯第二次。」祁謙用過來人的經驗對霍以瑾和宋媛媛說著，「如果還是犯了第二次，那就沒什麼好說的了，趁早分手。妳若是還給他第三次機會，我第一個站出來打妳。」

「對對對，我就是這個意思。」宋媛媛此時已經只剩下了點頭的分，她之前總結不出來，不知道該怎麼表達，幸而現在有祁謙替她說出了心聲。她還愛著吳方，所以她想給吳方第二次機會；如果吳方也愛著她，那他就會為了她去記住這個教訓，不再犯相同的錯誤。

霍以瑾卻沒有宋媛媛這麼好說服，她很固執的說：「如果真的有第二次傷害，肯定會比第一次更痛苦，太不值了。」

「因為一個有可能不會發生的傷害，而錯失一份本來也許會很美滿的感情就值了嗎？」祁謙反問。

霍以瑾沒有回答，只是不自覺的看向了被熱情的孩子們團團圍住卻沒有顯得一點不耐煩的楚清讓。

楚清讓這次來的時候只帶了祁謙一個人，連經紀人阿羅都撇下了，很顯然是不打算利用小橋的事進行炒作，這一點都不像楚清讓這種什麼都能利用的性格的人會做出的事。不是霍以瑾自戀，只是除了「楚清讓想重新追求她，贏得她的好感」這個理由以外，霍以瑾實在想不到別的能讓楚清讓這麼做的好處了。

林樓說愛上一個人，就會為了那個人而努力讓自己變成更好的人。無論楚清讓心裡是怎麼想的，至少他行動上是這麼做的。

所以說……真的是她太固執了嗎？霍以瑾忍不住問自己。

答案是無解的，只是那天一整個下午，霍以瑾徹底歇了再重新鎖定新對象的心思，她也不知道自己是怎麼了，就是突然對找對象這件事失去了興趣。沒意思，真的很沒意思，沒意思透了。

那是霍以瑾第一次為了一個人主動打破她自己制定的計畫表，並且完全沒有覺得心煩意亂。

當然，霍以瑾也沒有一直執著於對楚清讓想不通的感情上，為了分散注意力，她開始積極的和宋媛媛商量起了吳方的事。

「妳想給他第二次機會我不會攔著，只是妳能肯定他也想和妳在一起嗎？」霍以瑾問。

宋媛媛如實的搖了搖頭，「我不知道，我甚至不知道我現在每天該如何和他相處，我只知道如果我現在放棄了，我將來肯定會後悔。後悔的感覺可不好受。所以，為了我將來不後悔，我想再拚一把。」

宋媛媛一直都是這麼一個性格，跟著感覺走。沒想好後果的時候就已經放手去做了，不過做了她也不會後悔，會一直堅持下去，就像她最初只是憑藉著一腔熱情就把紅領巾義工隊發展至今一樣。

霍以瑾長嘆一聲，最終還是敗給了宋媛媛。

於是乎，霍以瑾在心裡做了個很重要的決定。她問宋媛媛：「妳信得過我嗎？」

「信！」宋媛媛毫不猶豫的回答。她是霍以瑾的腦殘粉，要不是祁謙出現，她甚至很可能早在之前就聽從霍以瑾的話放棄吳方了。

「我們來做個試驗吧，看看他是否還想和妳在一起，也看看他是否記得那個不能隨便當爛好人的教訓。」

「好！」還是一個字。宋媛媛對霍以瑾的信任近乎是盲從的，她自己也不知道為什麼，反正就是覺得霍以瑾身上有一種讓她很想去信任的強大，那麼可靠又那麼溫暖，她再一次突發奇想的對霍以瑾說：「不然……總裁大人我們來攪姬吧！要是妳，我絕對可以接受，也可以不再要任何人，吳方什麼的都見鬼去吧。」

「……妳還是要吳方吧。」霍以瑾委婉的拒絕了。她不禁開始尋思，難道真的讓謝燮說對了？一遇到妹子，她就有可能展開什麼奇怪的發展？

「噗！」宋媛媛終於忍不住的噴笑出聲，認真拒絕她的總裁大人怎麼能這麼可！愛！太犯規了！「總裁大人我要為妳生猴子！」

最後這句心聲宋媛媛沒能控制住嘴，也沒能控制住音量，當場聽到這話的人都傻了，現在的妹子都這麼奔放了嗎？

在接下來的三秒鐘裡，大家就這樣默契的進入了一個十分詭異的沉默狀態。

楚清讓倒是沒沉默，他只是在第一時間眯眼鎖定了宋媛媛，眼似刀，神似刃，哪怕對方是妹子，他也沒放鬆絲毫的警惕。

然後……在場所有的妹子們先於楚清讓不幹了。

「啊啊啊——媛媛妳好狡猾！怎麼能偷偷一個人先說！」

「我也想為總裁大人生猴子是不是！」

「放過那個總裁讓我來！」

「……」BY：楚清讓&林樓&謝燮&全部在場男士。

楚清讓心中的警鈴大作，情敵略多，還！不！分！男！女！

他很生氣的問林樓：「為什麼要帶她來這種地方？」

「哪種地方？不要說得那麼容易引人誤會好不好？」林樓雙手環胸，「而且你這不是明知故問嘛，我帶她來，當然是想幫她找合適的對象。」

「找到了嗎？」楚清讓就不信林樓能對自己這麼狠。

「喏，吳方，知名設計師，不錯吧？」林樓一昂下巴，把楚清讓的仇恨值都拉到了對這一切發生在背後的故事一無所知的吳方同學身上。

吳方回了楚清讓一臉茫然：是錯覺嗎？怎麼感覺楚影帝好像想咬死我？

楚清讓沒想咬死吳方，因為他根本就瞧不上對方，不在同一個 level 上的對手，太過在意反而掉價。

「那你剛剛那麼看吳方幹什麼？」林樓嗤笑，他早就看破了楚清讓的彆扭體質。

「我擔心吳方降低了我們家以瑾的格調。」

「你們家以瑾？」林樓內心中的某根弦被戳中了，「呵，有本事你把這話當著以瑾的面再說一遍啊。」

楚清讓在心裡想著早晚有天會說的，但不是現在，他還不想破壞他和霍以瑾好不容易才看見了那麼點苗頭的關係，「你什麼時候開始叫她『以瑾』的？」

「我什麼時候開始叫的你也管不著。別隨隨便便轉移話題。」林樓根本不上楚清讓的當。

「霍以瑾根本不可能喜歡吳方。」楚清讓非常無恥的回到了最初的談話上。

「也不是這個話題！」

「難不成你覺得霍以瑾真的能和吳方在一起？」楚清讓故作驚訝。

「雖然我也覺得可能性不大……」林樓安排霍以瑾接觸吳方是有另外的打算，「但是再說一遍，別！轉！移！話！題！」

到最後，林樓還是沒能把話題掰扯回來。在轉移話題這方面，只要楚清讓不想，基本上沒誰能贏過他。

充實的一天就這麼過去了，晚上義工們聚餐，霍以瑾和楚清讓都沒逃掉，在霍以瑾來不及阻止的情況下，楚清讓已經愉快的和大家約好了下週見。

霍以瑾下週肯定是還要來的，這次已經不只是因為要找對象的問題，而是她發現如果時間上能安排得過來，一週一次的義工活動也挺有意義的；最主要的是，她捨不得才接觸了一天就已經很喜歡的小橋同學。

※◆※◆※◆※◆※

至於被楚清讓和林樓信誓旦旦覺得霍以瑾和吳方肯定不會有什麼的這件事……

……現實就是這麼打臉。

楚清讓和林樓驚悚的發現，霍以瑾似乎、也許、可能真的想和吳方在一起了。聚餐的那天晚上，林樓就聽到霍以瑾和吳方約好第二天一起吃午餐，而第二天早上楚清讓則發現了霍以瑾和吳方在社群網站上互加好友。吳方加了霍以瑾沒什麼稀奇，稀奇的是霍以瑾主動加別人！當初霍以瑾加他的時候，都是謝燮替她操作的好嗎！

「你說這代表了什麼？」楚清讓在家裡焦躁不安的來回轉圈。

「你知道就在這短短的兩個月裡，你把你在我心目中深不可測的反派大BOSS形象已經毀了個一乾二淨嗎？」阿羅拒絕承認眼前這個楚清讓會是他之前認識了七、八年的那個算無遺策的楚清讓。

「我問，霍以瑾主動加吳方好友代表著什麼？」雖然楚清讓這句是問句，但那種不容置疑的命令句式的口吻還是回來了，氣勢十足。

阿羅只能乾巴巴的回答：「代表著霍以瑾玩社群網站的技能終於有了長足的進步？」

霍以瑾不僅加了吳方，還加了宋媛媛等一群紅領巾義工隊內部的固定成員，很顯然霍以瑾這不過是準備把當義工這個突然事件變成長久的工作幹下去，和未來共事的小夥伴互加好友一下，很奇怪嗎？

「放在霍以瑾身上就很奇怪！絕對沒這麼簡單！」

你想太多了吧？阿羅腹誹。

然而，當時的阿羅並不知道，他真的一語成讖。

週一中午，楚清讓就得到了準確消息——霍以瑾約了吳方一起吃飯，相談甚歡。最後這四個字是楚清讓親眼所見。

沒有其他人在場，林樓、謝燮都不見了身影，只有霍以瑾和吳方，格調很高的餐廳，還有小提琴樂隊伴奏！

Q：對總裁的印象……？
第十三印象
第一次接吻。

「你覺不覺得這樣場景有點眼熟？」楚清讓問著再次被迫陪他一起來當跟蹤狂的阿羅。

「我們倆一起朝著痴漢的目標大踏步前進的場景？眼熟，怎麼不眼熟，我太眼熟了！再下一步不是我在你家冰箱裡看到霍以瑾，就是在監獄裡和你執手相看淚眼。《驚天八卦，為您揭秘影帝和他的經紀人不為人知的偷窺癖——霍氏老總霍以瑱衝冠一怒為妹妹》，我都已經能看到這樣的新聞標題了！」

「誰和你說這有的沒的了？我是說霍以瑾和吳方，這絕對是在約會吧？絕對吧？」

既然你都這麼肯定了，還問我幹嘛？阿羅在心裡這麼想。不過為避免楚清讓真的做出什麼讓他丟臉的、無可挽回的事情，阿羅嘴上還是採取了安撫為主的策略：「就不能是人家吃個愉快的商業午餐，討論一下未來的工作方向？霍以瑾是奢侈品服飾公司的老總，吳方是設計師圈子裡目前最紅的男裝設計師……怎麼想都是我的思路比較正常吧？」

「對！我可以用吃商業午餐的名義把霍以瑾叫出來！」阿羅的話打開了楚清讓的奇怪腦洞。

霍以瑾是個公私分明的人，自己用追求者的身分肯定無法約她出來，但若是換成女神風投的ＣＥＯ蘭瑟呢？「我從來沒有一天這麼感謝過去拚命努力的自己！」

「你過去的努力不是為了讓你現在來追人的啊渾蛋！快給我對過去那麼拚命的你道歉！」

「他要是知道我是為了追我的女神，也肯定會贊成我的。」

無論是過去、現在還是未來，在楚清讓心中就沒有什麼東西的重量能夠高過霍以瑾。

當然，在不知道霍以瑾就是他的女神之前，也許她的兩個不同的身分可以互相較量一下；可現在嘛，霍以瑾第一，復仇第二，連楚清讓他自己都只能排到第三。

「別衝動，別找死。」阿羅正在極力勸說楚清讓懸崖勒馬，「不然你不就白忍耐了嗎？相信我，衝動是魔鬼。你一衝動，就只剩下面對女神嫁人生子你不是新郎這個結局了，到時候要是萬一霍以瑾找你當她兒子的乾爹，你說你幹還是不幹？多慘啊！」

楚清讓很生氣的問：「為什麼是兒子？」

「……少年你的關注點略偏啊。」

「我喜歡女兒，像是霍以瑾一樣英氣十足的女兒。不喜歡兒子，無論是像我、還是像別的男人（重點指霍大哥，外甥似舅），都不喜歡。」

楚清讓的想法如下：兒子就是討債鬼，是生來和他搶霍以瑾的，生女兒就不一樣啦，他能寵她們母女倆，母女兩人肯定都會有大大的琥珀色眼睛，女王似的中分長捲髮，連動作都是一致的微微昂起尖下巴，穿著除了大小以外其他都一模一樣的衣服一起逛街什麼的，真是想想就把持不住好嗎！

「首先你得把人追回來，謝謝。」阿羅毫不留情的潑冷水道。

然後，楚清讓就成功的以女神風投ＣＥＯ的名義正大光明進入了noble服飾，引來了又一次圍觀高峰。

最近「國際影星楚清讓的演員身分其實是他個人的興趣愛好，女神風投老總才是真正的工作」的消息甚囂塵上，壓下了前不久關於楚清讓其實是楚家么子的猜測。好比影帝搖身一變成了金融天才什麼的，真是接受起來毫無壓力啊！

上一次霍家的宴會不算——其實知道的人不算多，但也是從那次宴會上傳出了消息——這一次楚清讓才算是真正以女神風投老總的名義出現在了公共場合，算是默認了外面的傳言。

整個 noble 服飾的員工都覺得夢幻極了，畢竟前不久他們才和這位金融天才一起在茶水間八卦各種工作上的問題，還有人說什麼「楚影帝肯定不懂這種職場上的辛酸，當明星真是太幸福了」，現在都恨不得找時光機回去掐死自己。

楚清讓也很客氣，身後跟著一堆女神風投的人，還不忘和他在 noble 服飾實習當助理時認識的人一一親切熟稔的打招呼。

用了不少時間才終於走到霍以瑾的辦公室門口，楚清讓深吸一口氣，敲響了那扇已經對他關上了的大門。

結果，楚清讓在霍以瑾的辦公室裡話還沒說幾句，就看到了傳真機傳過來的婚紗實體照。

楚男神當機當場。

客觀的說，那真的是一件如夢似幻的婚紗，有著一眼彷彿都看不到盡頭的裙尾拖擺。楚清讓覺得把他全部所知的對婚紗的讚美詞都用在上面都不為過，再挑剔的人也很難找到一處不滿。不過那些其實都比不過一句最俗也是最實際的話——看起來就昂貴無比。

楚清讓有理由相信，那件婚紗的真實價格至少比他所想的極限再加一位數。等他注意到設計師的名字後，楚清讓更加肯定了自己的心中所想。

楚清讓之所以還有時間想這些有的沒的，是因為如果不這麼想，他怕控制不住他自己。

這件婚紗也不一定是霍以瑾的，不是嗎？說不定是 noble 服飾又有了新的領域拓展專案呢。

即便婚紗是霍以瑾的，也不代表著她就要結婚了……面對現實吧，怎麼想那婚紗都是霍以瑾的啊！她和吳方只是吃了一頓飯而已，就要準備結婚了嗎！？不！

**慌張楚：「怎麼辦？」**

**自認為很冷靜其實更慌張楚：「莫慌，首先，先找時光機吧。」**

「這是我的婚紗。」霍以瑾見楚清讓一直盯著傳真照片看，索性大大方方的說了出來，以免她和楚清讓再相顧無言繼續尷尬下去，「好看嗎？我期待了很久呢。」

她真的承認了！

承認了！

了！

楚清讓當機重啟，重啟當機，來來回回好幾遍，在成功打敗全國大多數大腦所能運轉的速度之後，他終於冷靜了下來……他想說，花錢找人幹掉吳方能花多少錢？他焦慮什麼啊！（喂這重點完全不對）

而且……

「……妳要把婚紗當禮服穿嗎？或者掛在家裡看？」楚清讓還在不死心的負隅頑抗，拒不承認霍以瑾這是在為婚禮做準備。他對自己說，這年頭難道還不許女性在服飾方面追求一點標新立異啊，把婚紗當普通衣服穿怎麼了！？有錢！任性！

霍以瑾眨了好幾次眼才確定這神奇的邏輯確實是出自楚清讓之口，而不是她幻聽。深呼吸一口氣，霍以瑾開口說反話：「當然、當然，我祖父和父親在我剛出生後就斥鉅資，花了二十幾年時間為我準備了這件婚紗，只是為了讓我當普通衣服穿著玩的。」

「……妳要，結婚了？」楚清讓垂著頭，嗓音乾澀。妳要和吳方結婚了這句裡的「和吳方」三個字，他無論如何都說不出來，最終只能作罷，反正意思也差不到哪裡去，他想著，和誰結不一樣呢？反正不會是和我。

但是，差若毫釐、謬以千里，就是少了這三個字，便讓楚清讓和霍以瑾的想法偏差了整個銀河系。

霍以瑾抬眼看了看日曆上她曾經親手劃下的紅圈，感慨著時間飛逝，已經只剩下一個月的時間了呢，她卻連個結婚對象都沒找到，找到的幾個最終都成為了她的朋友，包括吳方。

※◆※◆※◆※◆※

時間回到週一中午，霍以瑾和吳方吃飯的那天。

「這次私下裡約你出來，首先是想先向你道歉，為了我們上次草率的終止了和你的簽約。是我們這邊工作人員的失誤，在沒有查清楚事情之前就對你的私事妄下評論，也是我的失誤，沒有和他們說清楚又監督不力。讓你受委屈了。」

這事情其實完全不用霍以瑾出馬道歉，但為了表達誠意，她還是決定親自出馬。道個歉又不會要了她的命，可是當初誤會了吳方、臨時拒絕了他的事情對他來說，卻很有可能是致命的。

吳方不停的用大拇指摩擦著盛放蘇打水的玻璃杯，這是他緊張時不自覺就會帶出來的小動作。他抿了抿唇，在腦海裡總結了幾遍自己要說的話後，才終於開口：「其實這件事也不能怪你們，我們當時還沒有開始合作，根本談不上要對對方有多少信任，又是我這邊爆出了道德危機的醜聞，你們的作法我能理解。好吧，說實話，對於這件事我沒有生氣過那絕對是在騙人。」

吳方因即將和 noble 服飾簽約能有多興奮，後來沒簽成就能有多絕望。當時他的生活已經一團糟了，宋媛媛和他分手，初戀又一而再、再而三的無理取鬧，noble 服飾的最終決定對他來說無異於雪上加霜，來找他談的人看他的鄙視眼神，讓他至今想起來都呼吸困難。

但……這些又和霍以瑾有什麼關係呢？吳方想著。不說霍以瑾當時並不知道這件事，即便知道了又能怎麼樣？將心比心，如果立場對換，吳方自覺他也不會比 noble 服飾做得更好，最起碼他們只是秘密的終止了正在洽談的協議，並沒有對外宣傳，加重他的負擔。

吳方真的是個好人，有一顆很柔軟的內心，所以當初他雖然生氣卻也能理解，更多的是責怪自己為什麼沒有聽宋媛媛的話，被前女友鑽了空子，落得這樣一個境地。如今事情已經過去，霍以瑾還能在得知真相後來道歉，他不僅徹底不再介懷，反而還有點小感動，想著霍家真不愧是屹立C國多年的大世家，看霍以瑾就知道，家教良好。

「更多的還是我的錯，妳能專門為這件事和我解釋我已經很滿足了。希望下次還能有機會合作。」吳方這話絕對發自肺腑。

「我也衷心希望能有這個機會。」霍以瑾點了點頭，然後將裝著謝副總當日中午就打電話聯絡，緊急查到的有關於當年事情資料的牛皮紙袋給了吳方，「這是我們這邊查到的資料，我覺得你有權利知道真相。」

幕後之人果然是自以為只要幹掉吳方，自己就有希望上位的C國設計師，有時候同行相忌會被戰爭還殘酷。

吳方的初戀女友，就是這位設計師想方設法找到的，並且把吳方的現狀告訴了他的初戀女友。接下來就是吳方的初戀女友的個人秀了。那位設計師一開始想的是當這位初戀女友擠走宋家的大小姐宋媛媛之後，宋家一定會想辦法報復，這樣吳方也不能和 noble 服飾簽約了。

他卻沒想到初戀女友是鬧得宋媛媛和吳方分手了，可是宋媛媛並不想報復吳方，而吳方也沒有因為宋媛媛的離開就接受他的初戀女友。

吳方之所以願意在剛開始幫助他的初戀女友，不是因為他對她餘情未了，只是一種從小長到大的責任讓他覺得自己不能不管她。不過，在宋媛媛因此離開後，吳方對他的初戀女友表示，他對她真的已經仁至義盡了。

陰謀沒成功的設計師這才不得不再生一計，給吳方的初戀女友錢，讓她去吳方的工作室胡攪蠻纏，然後買通媒體斷章取義。吳方當時不解釋的原因則是不想他的初戀女友把宋媛媛的名字爆出來，害怕宋媛媛也跟著上報。

吳方真的是受到了教訓，好人可以做，但也要分怎麼做以及對誰好才是真正的好。可是……

「已經晚了不是嗎？我當初那麼對她，怎麼有臉再重新和她在一起。」吳方苦笑。

霍以瑾差一點就脫口而出宋媛媛其實也還喜歡著你，但最終她還是忍了下去。她先發簡訊詢問了宋媛媛的意見，得到她還是想要繼續進行考驗計畫的回覆後，這才決定三緘其口，繼續她們的考驗計畫。

宋媛媛其實也很矛盾，更有些害怕，因為有時候人們只是嘴上說著好聽，未必真的就能做到。如今吳方對她愧疚說受到教訓了，誰知道以後再出現個別人，吳方會不會又固態萌生呢？吳方真的是一個很心軟的人，而那正是她愛上他的理由。她不想他改變，只是希望他能不要再像上次那樣傷了她的心。

回憶結束。

※◆※◆※◆※◆※

楚清讓正喀喀喀的扭頭看日曆，再喀喀喀的扭回頭，對著霍以瑾連笑都不會笑了，「時間會不會太趕了點？」

——跪求妳再重新想一想啊！親！

——婚禮準備可耗費時間了！

——妳也不想妳人生的第一次婚禮就不圓滿，對不對！？

——再說下個月的日期也不是吉日啊！真的！我對燈發誓！

——讓我幫妳找多少風水大師來算都行，他們肯定都會說下個月大凶！凶中之凶！凶得不能更凶！最忌諱結婚！

——吳方不是個好人，根本不適合當結婚對象！到底哪裡不好目前我還不知道，但請給我一點時間，瞬間讓他黑出銀河系啊！妳信不信！

——再考慮一下別人嘛！英雄！全球六十億人口！妳每個人都見過了嗎！？不要放棄希望啊！好的就在街頭轉角！哪個不比吳方強！？

——好比我！

——好比我！！

——好比我！！！

——只能是我！我！我！

→只能說，楚清讓的裡人格不像表人格如此冷靜，已經近乎咆哮了。

「沒事，有錢能使磨推鬼。」霍以瑾說著說著自己先樂了，這麼老的梗，她竟然最近才知道，不管別人覺得有意思沒意思，反正她是笑了。

思緒和霍以瑾完全不在一條線上的楚清讓卻只看到了一件事：怎麼辦？怎麼辦？怎麼辦？霍以瑾竟然只是因為提到婚禮就能笑得這麼開心！這個無理取鬧的世界怎麼還不毀滅！不對！我還沒和我女神修成正果呢絕對不能毀！但是也不想霍以瑾嫁給別人，好想撓牆！

與此同時，林樓正在與霍家三代女性的御用婚紗設計師皮爾德老先生通電話。

「實在是太謝謝您了。」

「小事一樁，在你約好的時間發婚紗樣板的照片給霍二小姐，這對我來說很容易，只是我不明白你這麼做的理由。」

林樓苦笑一聲，其實他也不明白自己這麼做的理由，因為無論怎麼做他都一定會後悔。

霍以瑾的辦公室裡，楚清讓已經從咆哮進入到下一個階段——沉默，死一般的沉默，他的手開始控制不住的顫抖。

霍以瑾要嫁人了，那他怎麼辦？

哪怕當初說得再好聽，什麼霍以瑾結婚了還能等她離婚，生子了也能和他再生，但事到臨頭，真要面對這件事的時候，楚清讓發現他果然還是不夠瞭解自己的自私。他絕對不可能看著他的女神和別人步入殿堂，絕不！

楚清讓在衝動之下，做了一件霍以瑾之前很想做的事——

他站起身逼近霍以瑾道：「抱歉。」

「嗯？」霍以瑾還有點茫然。

——壁咚。

壁咚這種主要靠一方單手 or 雙手撐在牆上 or 抓住另一方的手，好圈住另一方讓其無處可逃進而達成一些沒羞沒臊的目的的禁錮動作，真心是沒什麼技術性的，但凡被壁咚的一方奮力反抗，那基本上就不可能讓發起壁咚的一方親吻得逞。好比，攻擊某些器官什麼的。

更不用說是對於霍以瑾這種從小怕被綁架而特意接受過專門的反擒拿訓練的人，都不用她怎麼想，下意識的反應就已經足夠幫助她從容脫身，並反過來把楚清讓按在了牆上。

就像是楚清讓說的，當一方不那麼想反抗的時候，壁咚就會成功，好比楚清讓之於霍以瑾。

他一臉躍躍欲試的看著壓在自己前面的霍以瑾，期待著一個吻的表情十分明顯。

霍以瑾挑眉表示：楚清讓的腦子真的沒問題？除非我腦袋有洞，我才會在反過來制住你之後，反而如你所願的親下去好嗎！？

後來……

……

……

……

霍以瑾覺得她大概真的是腦袋有洞。

她不僅親了上去，還親得滿過癮的。四目相視，糾纏膠著，壓抑的喘息，清冽的男性氣場，撲面而來的溫熱以及突然之間變得過於炙熱的房間溫度，最後是壓倒駱駝的最後一根稻草——楚清讓過於精緻的臉，微微略帶誘惑的抿脣動作，以及讓人心甘情願接受誘惑的邪性眼神……

這些都讓霍以瑾很難控制住自己。

雙方的脣在碰上的那一刻正式拉開了一發不可收拾的序幕。異樣的觸感，前所未有的體驗席捲霍以瑾的整個大腦，由輕柔的簡單觸碰，再到稍微分開薄脣的試探性進入，最後是摧枯拉朽似的深吻，柔軟的舌頭互相慰藉，透過味蕾來形成一場神奇的感情傳遞，從神經末梢而上帶來的戰慄在兩人間共同傳遞，連呼吸都彷彿融為了一體，這是不需要教導就能無師自通的人類本能。

從未有哪一刻會比這個時候更讓霍以瑾清楚，他們在渴望著彼此，他們需要彼此，他們……

後面霍以瑾沒再想下去，她只知道那是她人生中的第一個深吻，一個沒有讓她在事後或任何時候感覺到後悔的吻，帶著一種說不上來的味道，想起的時候都會控制不住的嘴角上揚。

久久之後，他們才放開彼此，帶著他們自己也許知道、也許不知道的依依不捨。

他們靠得很近，近到霍以瑾能清楚的感覺到楚清讓看上去勁瘦的腰肢實則摸上去手感很好、很有力量，順著曲線的弧度往下……

咳，再往下的部分被霍以瑾自己人為的暫停了。

楚清讓喘著粗氣，在霍以瑾耳邊斷斷續續的說：「抱歉，我控制不住自己，我想我比我以為的更加小氣，我根本接受不了妳和任何人在一起。」

「後來呢？」謝燮表示他就知道不能讓霍以瑾和楚清讓獨處，肯定要出事。

「後來你就推門進來了啊。」霍以瑾的回答裡還帶著那麼一點點的遺憾，真的只有一點點。

當時六雙眼睛互相對視，看了看彼此，大家都很尷尬。

「下次進我辦公室再不敲門我就捏死你！」

「還講不講道理了？」謝燮為自己鳴冤，他又不知道霍以瑾和楚清讓在辦公室裡幹什麼，他也是一番好意，想去打破這兩人有可能的尷尬，哪裡想到他去了其實反而是製造尷尬，「麻煩你們下次玩辦公室 PLAY 的時候鎖上門好不好？眼都快瞎了！」

「怎麼可能還有下次。」霍以瑾沒後悔那個吻，那是一個十分不錯的人生體驗，但目前她還有一些思緒要理清，有一件事情必須去做，所以……

「妳要始亂終棄？」謝副總驚呼。

「聽我一句勸，以後還是少看點言情小說，至少保下一點你為數不多的智商吧！根本沒亂過哪裡來的棄？女神風投的事情由你全權接手，我不會再介入，公私要分明，但是很顯然現在的我分明不了。要是楚清讓說沒有我他不談，你大可以告訴他我們公司大樓的門在哪兒。」

短時間內霍以瑾是不能再見到楚清讓了。

「總裁都是這麼冷酷無情吃了就走、死不認帳嗎？」謝燮不禁有些感慨，總裁這種生物即便性別不同，但在渣的程度上總是伯仲之間。

霍以瑾狠狠的揍了謝燮一下，「是他要強吻我好不好！？」

「但結果是妳強吻了他！」謝燮據理力爭，他都快要向霍以瑾這位壯士跪下了，你見過誰家被耍流氓的能反過來耍了對方？

「他很樂意好不好！我哪裡算是強吻了。」

霍以瑾吼完這一句之後，她和謝燮同時沉默了下來，為什麼總覺得這個話題怪怪的，好羞恥PLAY。

最終，霍以瑾和謝燮決定默契的讓那個話題無疾而終，彼此不再提起楚清讓一句。

至於楚清讓同學……

離開noble服飾之後，他整個人的情緒一直都很蕩漾，本來就是見人帶笑的性格，現在看上去更顯真誠。

阿羅對助理小趙的諄諄教導：「最近沒事別招惹他，我總覺得自從他和霍以瑾見面之後，他就有點不大對勁，現在尤其的不對勁。」

「我這明明叫『即將戀愛的人』臉上總會有的幸福！」楚清讓是這麼形容自己的。

「呵呵。」阿羅是這麼回答的，「期待你的花式找死。」

然後，阿羅再一次對了。

當楚清讓又一次去了noble服飾，卻只看到謝燮那張討人厭的臉之後，他整個人都不好了，當得知徹底見不到霍以瑾的時候，他當時沒說什麼，只是在回家後直接暴走。

「看吧。」阿羅雙手環胸對小趙道。

「還是表舅英明！」

「英明你個頭！怎麼辦？現在連霍以瑾的面都見！不！到！了！」楚清讓內心咆哮，剛喝了一點肉湯，結果不要說繼續喝湯了，現在連肉都不讓他看了，這能忍？

「不然你去她家樓下擺蠟燭高喊『我愛妳』？」阿羅出主意道。

「這樣就能讓她回心轉意了？」楚清讓對於阿羅的建議有點遲疑，怎麼聽都覺得不可靠，還十分愚蠢。

「不，這樣能讓你徹底把自己整死，我也不用擔心你哪天又再給我丟人，求給個痛快……」

阿羅的話還沒說完，他和他表外甥小趙就一起被楚清讓丟出了家門，而楚清讓則把自己關在家裡，復仇的小陰謀小詭計也不搞了，工作上的通告也統統推掉，連社群網站也不更新了，打著閉關揣摩劇本的名義理所當然的玩自閉。

直至週五那天，楚清讓才重新出關召見了阿羅，西裝革履的表示我又原地滿血復活回來了。

「明天還去孤兒院？霍以瑾要是誠心想躲你，她就不可能再去。」阿羅提醒道。為了避免楚清讓希望越大、失望更大的暴走，他寧可現在就殘酷的打擊他一下。

「不是。」楚清讓搖搖頭，孤兒院那是明天的事了，今天他就要出門。

「去哪兒？」

「法庭。」

阿羅怔住三秒，然後和自己的表外甥一人一手抱著楚清讓的大腿，大喊：「你冷靜一點啊少俠！就算你能豁出臉去告霍以瑾親了你不認帳，法庭也豁不出這個臉判啊！這個社會就是這麼一個男女不平等的局面，認命吧！」

「……你想什麼呢？我是去幫霍以瑾作證。」

「啊？」

楚清讓無奈，摸了摸阿羅的頭，「也怪我，不該這麼苛責你，好歹是上了歲數一把年紀的大叔了，我理解你的。來，讓我喚醒一下你的記憶，就在前不久，有一個三流小明星叫離姍……」

「Stop!」阿羅表示這事他還有印象好嗎！「霍以瑾告離姍的事終於開庭了？」

「嗯，我要去當證人。」霍以瑾肯定在場，這不就見上了嘛！楚清讓默默的為自己的機智按了個讚。

「……霍以瑾答應了？」怎麼想她都不可能答應啊。

「她律師團隊的首席律師答應了。」=V=

※◆※◆※◆※◆※

在開庭前，離姍那一方曾數次想方設法的希望能聯絡上霍以瑾私下解決，但最終這些一次比一次開得還高的賠償還沒傳到霍以瑾耳中，就已經被霍氏國際的金牌律師團先一步拒絕了。就那麼點價格，不要說霍家了，連他們這些受聘律師都看不上。

當然，律師團之所以敢這麼決定，也是因為為他們的生活買單的 BOSS 霍以瑱曾下了死命令，絕不私了！

私了的意思就是為了保全離姍的面子，只私下道歉，表面上三緘其口。時間久了，那種雙方都有錯的言論就會冒出來，這是霍大哥絕對不能忍的，潑髒水的不是他妹妹，裝可憐誣陷人的也不是他妹妹，反倒被說是富二代仗勢欺人的是他妹妹，憑什麼他妹妹要揹上這種子虛烏有的名頭？霍大哥絕對不會允許這種情況出現。

霍大哥對律師團的命令就一句話：我霍家不缺錢。

翻譯過來的意思就是，他根本看不上那些在離姍一方看來已經是天價的賠償，他只想誣陷他妹妹的人付出該有的法律代價，把他妹妹被毀了的名聲找回來。

「我們真的不用在私下裡再找找離姍的晦氣？」

特助先生對這件事的氣憤是不輸給霍大哥的。他剛開始為霍大哥工作的時候，霍以瑾才上高中，霍大哥忙，有什麼事都是透過特助和霍以瑾聯絡，後來霍以瑾進入霍氏當霍大哥的助理時，也是這位特助先生帶的，特助先生幾乎可以說是看著霍以瑾長大的，跟看著自己妹妹沒兩樣，妹妹被欺負了當大哥的能忍？

「以瑾不喜歡這樣。」霍大哥也很無奈，比起私下動手腳，他妹似乎更願意選擇相信法律的公正性，對就是對，錯就是錯，錯了該怎麼罰，法律上也有經過縝密研究探討的相關規定，不能絕對的說那是最公正的，卻肯定會比個人私下下手更能把握懲罰力度，「而且即便我不放話，離姍又能有多好過？我倒是要看看誰敢為了這麼一個戲子來找霍家的不痛快。」

不用霍家動手，自有大把的人摩拳擦掌的給離姍難堪，以討好霍家。霍以瑾堅持走法律程序，其實只會讓想討好霍家的人在私下裡用更壞的招來對付離姍，給她難堪。當然，他們不會傻到派人打她，而是更狠的讓她在短時間內不要說繼續當明星了，甚至連別的工作都難再找到……好讓已經贏了的霍家贏得更舒心。

贏？

是的，贏。

霍以瑱即便不去看開庭結果，也根本沒有懷疑過他們贏不了，這個倒與霍家的權勢無關，而是證據確鑿，無論是誹謗損害名譽，還是違約，都是板上釘釘的事，贏不了才奇怪。

霍家的權勢在這個時候起到的也只是一個不會讓離姍找到人在背後搞鬼的威懾作用。

結果也正如霍以瑱所料，在霍家面前，離姍不要說有幾個乾爹了，哪怕有一個乾爹團，也是沒辦法洗白自己，把她做過的事情正義化。於是數罪並罰，遵照合約數倍賠款、登報致歉、承擔全部的案件受理費以及訴訟費。

沒等在法庭圍觀的一眾媒體把案件結果報導出去，霍以瑾已經拿著手機照了一張她一手拿著判決書最後一頁的照片，然後發了她自開社群以來的第四篇文——

「贏了。」

短短幾秒內，霍以瑾的社群網站就已經被評論洗版洗到爆了。

**千尋小桃妖：**頭香手控福利！

**總裁大人的腿部掛件：**請非戰鬥人員迅速撤離。

Asdfghjkl：為什麼沒人恭喜霍總贏了？

**霍以瑾全國後援團終身會員：**預警太晚，差評！PS：**回覆【Asdfghjkl】**總裁大人贏了這不是肯定的事嘛～

**總裁大人我要為妳生猴子：**媽媽問我為什麼要跪著舔螢幕。PS：**回覆【Asdfghjkl】**總裁大人贏了這不是肯定的事嘛～

**楚清讓V：【霍以瑾V】**今天妳這身衣服真漂亮！PS：**回覆【Asdfghjkl】**總裁大人贏了這不是肯定的事嘛！

**林樓V：回覆【Asdfghjkl】**總裁大人贏了這不是肯定的事嘛！

**祁謙V：回覆【Asdfghjkl】**總裁大人贏了這不是肯定的事嘛！

**天好晴啊：**樓上是我眼花？**【林樓V、祁謙V、楚清讓V】**好像混進了很不得了的生物！

**反正是殿下粉：**殿下！殿下！殿下！

**楚清讓我老公：【楚清讓V】**不僅在轉發裡看到了老公，怎麼依稀在照片一角也看到了老公的身影，早知道老公你會出席，我也去看了啊，嚶嚶嚶～

**楚清讓我男友：回覆【楚清讓我老公】**不要隨便說我老公**【楚清讓V】**是妳老公好嗎？總裁大人和我老公不會真的在一起了吧？怎麼辦，被喜歡的兩個人同時外遇了，好憂傷。

**總裁大人的腿部掛件：回覆【楚清讓我男友】**能不要隨便配對嗎？要不要臉？兩人根本不搭，林樓比楚清讓更和總裁般配，當然最般配的還是我！

**楚清讓我男友：回覆【總裁大人的腿部掛件】**我們家楚楚可是女神風投的CEO蘭瑟，哪裡不般配了？比那個連聽都沒聽過的林樓強多了好嗎！？

**後面還有XXX條評論，點擊查看**。

霍以瑾無奈的看著自己社群網站下林樓的粉絲和楚清讓的粉絲戰成了一片……

——能不要隨便在別人版面下吵一些與PO主無關的話題嗎？不知道的還以為是我授意，和我有多大關係呢。

霍以瑾真心想這麼回覆一句，但最後她只是回覆了有關於一些人反應霍家名下某餐飲的服務人員態度奇差無比的問題。

**霍以瑾V：回覆【懶得起名字了大家湊合看】**有發票嗎？上面有具體時間。如果是三個月內的話我可以調監控錄影，看一下具體情況。

然後……

霍以瑾的社群下面因為霍以瑾難得的回覆而歪樓歪到了天邊。

「認真回覆的總裁大人好可愛！」

「總裁大人我要給妳生總裁！」

「被態度惡劣的服務就有機會掉落『總裁的回覆』嗎？我也好想被惡劣服務一回/(ToT)/」

——妹子們，我們的關注焦點能不能回正一下？

楚清讓在庭審之後沒能和霍以瑾說上一句話，看著低頭正對著手機看個不停的霍以瑾，他不是不想上前搭話的，只是他根本過不去。他們兩人此時都已經被人團團圍住了，保護著他們不被媒體或亂入的粉絲騷擾，雙方正在奮力的想要殺出重圍，離開法院。

這樣的感覺就像是他們之間的關係，看著近，卻咫尺天涯，有太多的障礙在阻止著他去接近他的女王。

突然，楚清讓的手機響了一聲提示音，來自霍以瑾的回覆：「謝謝。」

——嗷嗷嗷嗷嗷！

楚清讓難得有的文藝全部被這兩個字吹散，整個人再次蕩漾了起來，回家途中他抱著手機，看著「謝謝」兩個字傻笑了有整整一小時。

阿羅已經不準備對這樣的楚清讓發表任何感想。

「你說我要不要回覆她？怎麼回覆好呢？不客氣？明天見？很樂意為妳效勞？我們倆之間不用說這個？」傻笑結束，楚清讓終於想起了正事。大概也就只有他能對著「謝謝」這兩個完全可以終止談話的字再延伸出一大堆話了。

「……公然在網路上秀恩愛，你問過霍以瑱的意見嗎？」

楚清讓和霍以瑾在網路上被配對的現象已經很嚴重了，楚清讓要是再這樣繼續添柴，早晚會拉滿大BOSS霍以瑱的仇恨值。

「我什麼時候怕過他？」楚清讓表示不服，自從霍大哥表示過他不會插手他妹妹的感情事之後——楚清讓完全故意理解錯了霍大哥當日找他談話的意思——楚清讓就不再那麼小心翼翼的捧著霍以瑱了，現在在他眼裡，看誰都像情敵，哪怕是親哥哥也不會鬆懈！

「你不怕，我怕，行了吧？」

楚清讓最終還是決定回給霍以瑾一句很矜持的：「明天見。」

又是一個週末即將來到的好日子，霍以瑾肯定要去小天使孤兒院當義工，而楚清讓也肯定會去，兩個人一起當義工什麼的多棒啊！\\(≧▽≦)//

「呵呵。」除了這兩個高冷的音節，阿羅對此沒發表任何意見，因為他始終不相信霍以瑾能只是為了孤兒院的那點事，就放棄不繼續躲避楚清讓這個有著跟蹤狂痴漢潛質的大麻煩。

※◆※◆※◆※◆※

而讓阿羅大跌眼鏡的是，霍以瑾還真能為了孤兒院的事而放棄躲避楚清讓。

霍以瑾是這麼想的：「我就沒躲著他啊，只是說短期內不能再見他。」

「……」謝燮不懂，「這和躲著他有什麼區別？玩文字遊戲嗎！」

「區別很大好不好？我躲著他，換個意思就是說我怕見到他，但是我不怕啊。」霍以瑾長這麼大就沒怕過什麼，她不可想像某些自詡為爺們的男人，連看鬼片都非要拉上她一起，「我之所以說短期內不能見他，只是覺得現在見他不合適，但這又不是硬性規定，我要是誠心不想見他，那為什麼還同意他出庭當證人？」

「短期內」真的只是字面意思，不是託詞。

「你一個大男人害怕看鬼片？」林樓就像是發現了新大陸一樣，睜大雙眼，不可思議的看著謝副總，「我能就這件事情採訪你一下嗎？」

「先讓我採訪採訪你一個大男人為什麼戴瞳孔放大片吧。」謝燮惱羞成怒，奮起反擊。

「瞳孔放大片？」霍以瑾也湊了上來，比起謝燮偶爾比她還女生的舉動她早就習以為常，根本不覺得這有什麼值得探討的，但林樓戴瞳孔放大片可就……

林樓不是謝燮，不可能被輕易抓住，在成功閃避了霍以瑾和謝燮之後才道：「只是普通的隱形眼鏡，沒什麼可看的。」

「你近視？」霍以瑾和謝燮覺得不可思議極了，他們實在是想不到有什麼理由能壞了林樓的眼睛，總不會是打遊戲吧？

「我是先天性近視，一直戴隱形眼鏡，你們都不知道嗎？」

霍以瑾和謝燮一起搖頭，這上哪兒知道去啊，高中的時候他們又不熟。

「不對！隱形眼鏡不可能是這個樣子！」謝副總很快就反應過來表示他們被騙了。他也有點近視，也試過隱形眼鏡，很清楚隱形眼鏡和瞳孔放大片戴在眼睛上的效果區別。

「那你怎麼現在戴著眼鏡而不是隱形眼鏡？」林樓轉移話題。

謝副總表示，這件事還真的有點恥於開口，他戴上隱形眼鏡之後就會好像自己多了一雙小鹿斑比的大眼睛，怎麼看怎麼好欺負，所以最後他還是選擇了能和人保持距離的金絲邊眼鏡，走上了衣冠禽獸之路：「不對！別妄圖轉移話題！」

「誰家的隱形眼鏡現在不帶點瞳孔放大片效果啊？我眼睛不夠黑，助理就直接幫我買了黑色版的隱形眼鏡了，不行嗎？」

「那也算變色鏡片！」謝副總好不容易才抓住林樓這麼一條小辮子，自然是不肯放過。

結果在一陣扭打裡，謝燮一時沒控制好力度，一肘子好巧不巧的就打在了林樓的側臉上，隱形眼鏡掉了出來，驚鴻一瞥間，林樓被打的右眼已經一片血紅。他迅速閉上掉了隱形眼鏡的眼睛，衝進浴室後狠狠的關上了門。

霍以瑾和謝燮面面相覷，似乎、好像、可能玩過頭了。

「快去道歉！」霍以瑾對謝副總道。

「我知道、我知道。」謝燮也沒想到就他那天生的小力氣能對林樓造成傷害，他肯定是要去道歉的，只是……「妳和我一起？陪陪我？」

謝燮真心不知道該怎麼道歉才合適，怕自己一個不注意把人真的得罪了。

「別撒嬌，這套對我沒用。我們三個人一起在浴室裡才不合適吧？」霍以瑾看了看謝燮，提醒他注意性別。雖然她的房間附有衛浴設備，空間也比一般套房的衛浴要大，但再大也沒辦法讓人忽略它最基本的兩項用途——洗澡、上廁所，都是會給人一種要脫了衣服的奇怪聯想的用途，關係再好也會稍顯尷尬。

「別啊，我求妳了！」謝燮膽子真的很小，而且就他和林樓兩個人才尷尬呢。

霍以瑾沒轍，瞪了謝燮一眼，卻換來對方一張「拜託、拜託」臉，雖然說她這不吃這一套，但其實她的行動卻完全不是這回事。她無奈的上前敲響了浴室的門，一邊在心裡想著她怎麼就遇上了謝燮這麼一個比普通女生還膽小的朋友呢？一邊嘴上說著：「是我，林樓，你沒事吧？我們進去了喲～」

「不──別進來──！」

林樓的怒吼把霍以瑾和謝燮都嚇了一跳，玩的時候不注意尺度傷了人，被傷的人肯定會生氣，打出真火，但這麼生氣……

霍以瑾悟了，林樓肯定是惱羞成怒了，被弱雞謝打到確實滿丟人的，換成她，她也不想見人。

_(:3)∠)_ ←中槍無數次的謝副總。

霍以瑾很明智的決定撤退，把空間留給謝燮和林樓兩人，不顧謝燮祈求的眼神，堅定不移的離開了房間，去隔壁找她哥玩了。

謝燮看著霍以瑾頭也不回的離開，一臉的欲哭無淚。

結果還沒等謝燮鼓起勇氣再次敲門，林樓已經從浴室裡把門打開了。

「！」謝燮驚了：這是什麼節奏？霍以瑾在的時候不開門，霍以瑾走了只剩下我了就立刻開門，這種走向就是我也不懂了。我絕對不撿肥皂！

等謝燮看清林樓的樣子後，他再也顧不上亂七八糟的想這些有的沒的了。

站在廁所鏡子前的林樓有著一黑一白兩種瞳色，白色的眼仁還帶著淡淡的粉色，流著控制不住的淚水，再配上剛剛被林樓肘擊的滿目血絲，看上去詭異又嚇人，比謝燮看過的任何一部恐怖片都讓人不寒而慄。

「你、你、你……」是人是鬼！？

「瞧你那沒見過世面的樣子。」林樓嗤笑，朝著謝副總伸出手道：「拿來吧。」

「拿什麼？」我的靈魂嗎！？

「……」如果不是當下情況不允許，林樓真的挺想採訪一下謝蠢貨的腦袋。不過，最後他說的還是：「去拿我的外套！口袋裡有備用的隱形眼鏡。看把你嚇的，膽子還真是很小啊！放心吧，我不咬人。」

林樓剛剛怕霍以瑾看到自己的樣子，躲進浴室躲得太匆忙，根本沒來得及拿上外套，不然他也不會讓謝燮看到他現在的樣子。

謝燮終於從這些變化裡明白過來，林樓這是得病了，不是他瞎想的那些鬼神之說，趕忙去拿外套，找出放著備用隱形眼鏡的小盒子，然後又迅速的送到了浴室裡。

林樓打開盒子，動作嫻熟的對著鏡子為自己那隻白色的眼睛重新戴上隱形眼鏡，恢復了他一開始的樣子。

「介意我問一下嗎？」

「介意。」

謝燮被噎得差點一口氣沒喘上來，他就沒見過林樓這樣的，「那介意我對以瑾說嗎？」

「殺了你喲。」林樓那一刻的眼中是真的帶了殺意，天知道他到底是怎麼做到透過隱形眼鏡表達這麼濃烈的殺意。

等霍以瑾回來的時候，林樓已經和平時一般無二，「抱歉剛剛吼了妳，我不是故意的。」

「我懂、我懂。」覺得丟人了嘛，誰都有這種時候。

謝燮這次卻很反常的一句話都沒反駁。

※◆※◆※◆※◆※

第二天，霍以瑾、謝燮以及林樓再一次去了孤兒院，楚清讓卻沒來。

霍以瑾雖然沒說什麼，整個人卻在散發著一種「我被放鴿子了，我很不爽」的氣場，惹得宋媛媛、小橋等人都發來了慰問，紛紛猜測是不是工作上出了問題。

只有謝燮懂了霍以瑾的意思。他說：「妳知道妳越來越有總裁渣男的霸道 feel 了嗎？」一邊特別狠的跟女主角說我再也不想見到妳，一邊又怪女主角沒出現。

「你管我！」霍以瑾其實也挺煩自己這樣的，她變得都不像她了，曾幾何時她會對一個外人，特別是騙過她一次的外人這麼關心？簡直不科學到了極點！「他最好別讓我發現這又是他玩的什麼心理戰術，否則我一定會讓他好看。」

這次楚清讓同學終於可以理直氣壯的說一句：我冤枉啊！

他不是不想來，也不是在跟霍以瑾玩什麼提高她期待值的心理戰術，而是被媒體堵住根本出不了門！除非他想給小天使孤兒院帶去一大堆媒體，否則最近他就只能宅在家裡當個安靜的美男子了。

在醫院恢復了一段日子的楚家家主楚先生，於幾個小時前發布了一個重磅炸彈——一直被當作是楚家唯一的、最優秀的繼承人楚天賜其實只是養子，還是一個狼心狗肺勾結 anti-chu 這種敵對公司的養子，他已經讓律師起草斷絕關係的聲明。他唯一的親生兒子只有楚清讓一個，楚家全部的產業也只會由一直在外國讀書生活、順便發展個人愛好的楚清讓繼承。

楚清讓看著那新聞覺得諷刺極了。

「就沒有一點爽感？」阿羅也被堵在了楚清讓的公寓離不開，只能閒來無事和楚清讓聊天打發時間，「我就不信看著楚天賜如今人人喊打、被棄車保帥的結局你會沒什麼想法。」

「意料之中的事情有什麼好痛快的。楚先生對待沒用之人的態度一貫如此，連自己的血脈都沒有一絲一毫的憐憫，對沒有半點血緣關係的楚天賜自然只有更狠的分。」楚清讓表示，等把整個楚家都毀了再開心也不遲。

楚清讓只要不面對霍以瑾，智商就會全面上線，尤其是在對待楚家的事情上，智商從正常到巔峰值的啟動速度只需要不到三百分之一秒，各種陰謀詭計層出不窮，不去拍宮鬥都可惜了這個善於各種鬥的專業人才。

那麼問題來了，當霍以瑾和楚家的事情同時擺在楚清讓面前時，他又會是什麼樣的呢？

阿羅好奇這個問題已經有些日子了。

今天，終於有了答案。

楚清讓這個神經病可以在「邪魅大反派」和「跟蹤狂痴漢」兩個角色之間自由的來回切換，毫無卡頓和不適。

上一秒還在高冷的昂著下巴示意小趙替他接工作手機上楚太太的來電，下一秒就可以指尖飛速遊走在生活手機上打字，用簡訊轟炸的方式對霍以瑾反覆解釋他不是故意失約的這件事。

「妳生氣了嗎？」

「我真不是有意失約的。」

「也不是因為堵住門口的那些媒體。」

「哪怕天上下刀子我也會用盡一切辦法去見妳。」

「我只是怕門口那些狗仔跟上我，會帶給孤兒院和妳一些不太好的影響。」

「妳……」

「這是你母親的電話，我接不合適吧。」小趙不得不打斷了楚清讓發簡訊的節奏，他有些猶豫的看著不斷響著的手機，總覺得自己去接不太像話，自己插在楚清讓和楚清讓的母親之間這算怎麼回事！？

「有什麼不合適的？人家楚太太的助理還配不上你嗎？」楚清讓冷笑。

楚太太的助理？小趙一愣，有哪家母親主動打電話給自己的親兒子是讓助理代勞的？又不是兒子找母親，結果目前有事正忙，手機在助理手上，只能由助理代接。小趙不信，這太荒謬了。

但現實就是這麼荒謬。

年少的楚清讓曾無數次的渴望過楚太太打電話給他，在被楚天賜誣陷、被楚太太誤會時，楚清讓其實還沒有徹底死心，他搬出了楚家大宅，卻還在期待著楚太太能在冷靜下來之後想明白他是無辜的。

可惜……

那些期望卻只能在一次次失望中被徹底磨平，磨得只剩下再也難以掩蓋的恨意。因為楚太太不要說來看他了，哪怕逢年過節打電話都像是為了應付楚先生的差事而讓助理打的。等楚清讓去了A國之後，就連助理的電話都沒了。

楚太太曾說過，我能怎麼辦呢？只能當那孩子死了。後來自然是苦果自嚐，被「那孩子」也當作她死了。

小趙不知道這些，他只按照他家庭幸福的標準來相信，天底下不可能真有這麼狠心的母親。而鑑於楚清讓是發薪水給他的那個人，哪怕不信，他也不能把這種情緒放到臉上，只能小心翼翼的接起顯示著「楚太太來電」字樣的電話，結果聽到的卻是一個明顯不屬於中老年婦女能有的聲音範疇的年輕女性聲音。

小趙整個人都不好了，這真的是親生母親嗎？

楚清讓看也沒看小趙驚訝的蠢臉，只是低頭繼續發簡訊向霍以瑾解釋。早上打了數通電話過去那邊都始終無人接聽，發送的簡訊也石沉大海，沒有半句回覆，這讓他都快瘋了，坐立不安的只能車轂轆連軸轉的繼續發簡訊給霍以瑾。

他好不容易才和霍以瑾的關係重新有所回溫啊啊啊啊啊！絕對不能因為這麼一件小事就破功！絕不！

阿羅……你剛剛嘲諷小趙的高冷呢？

工作手機那頭，楚太太的助理在得知接電話的是楚清讓的助理時也短暫愣了一下。小趙很體諒，他覺得對方大概此時也正在腹誹和他剛剛差不多的想法，有哪家兒子會讓助理代接自己母親的電話？這真的是親生兒子？

雙方客客氣氣的態度在同一時間變得……更加客氣了起來，只是沒有了那份一開始以為是要和正主說話的小心翼翼。

短暫的互通有無之後，小趙捂住手機下方傳聲器的位置，幾步上前，在楚清讓身邊小聲的說道：「她說你母親被楚天賜氣病了，此時正在醫院裡和前段日子住院之後就一直沒出院的楚先生當病友。所以才會由她打來電話，通知你趕緊去醫院看看。」

楚清讓完全不為所動，只是繼續低頭發著簡訊，霍以瑾到現在都沒回他半個字！哪怕嫌他煩，讓他不要繼續騷擾她之類的回一句也好啊！

但很詭異的是，霍以瑾沒將楚清讓設成黑名單，也沒直接關機，只是沒有半點回應。這樣不上不下的吊著，讓楚清讓真是恨不得直接插上一對翅膀飛到孤兒院去。

小趙以為楚清讓因為太過專注於和霍以瑾的事情，沒注意到他到底說了什麼，正準備再說一遍的時候，突然發現桌子上有一張楚清讓在不知道什麼時候早已準備好的文件紙，紙上寫滿了當對方說什麼的時候小趙該如何回答的話。

首當其衝的就是楚母生病這一假設，還括弧了一句安慰小趙的話：「她那顆玻璃心動不動就要來一趟醫院一日遊，其實屁事沒有。如果還有別的問題，就在心裡默唸一句話——別問，閉嘴，還想不要薪水了？」

「……」小趙就這樣頂著一頭黑線照本宣科開始了和楚太太年輕的女助理的寒暄之旅。

他客客氣氣的表示楚天賜真的不是個東西；然後再客客氣氣道我們家楚哥被他害得也不輕，至今都沒辦法出門；最後依舊客客氣氣的說楚清讓的電話最近都會由他這個生活助理代接，有什麼事他都會代為轉達——從頭到尾就是半句不接那邊想讓楚清讓去醫院看看的話。

就這麼沒營養來沒營養去的反反覆覆好幾次，楚太太終於按捺不住的拿過了電話。

小趙求救的看向楚清讓：怎麼辦？BOSS來了，我打不過……

楚清讓已經沒在給霍以瑾發簡訊了，而且在給林樓打電話！他想從林樓那裡試探出霍以瑾他們此時正在幹什麼，是不是手機根本不在她手邊。他打電話的音量絲毫沒有對電話那頭的楚太太掩飾一下「自己就在小趙旁邊，卻根本不打算接她電話」的殘酷事實。

楚太太出離憤怒，卻還是不得不忍了，她丈夫就在旁邊看著呢，如果她想維持她現在優渥的生活，她就必須按照他說的去做。

「小趙，我知道清讓就在你旁邊，你把電話給他，我和他之間有一些誤會，他還在怪我，我想親自和我兒子解釋一下。」楚太太這是在示意小趙，接下來就是僅限於母子之間該有的溝通時間了，請外人不要再繼續當電燈泡。

楚清讓刷刷刷的寫下了十字真言給小趙：「讓你表舅去當這個兒子。」

小趙&阿羅：「……」

Q：對總裁的印象……？
第十四印象
世家不是黑社會呀！

最終，阿羅還是為楚清讓當了回「兒子」。他接過小趙手上的電話，對那頭的楚太太客客氣氣道：「您才是誤會了，天下無不是的父母，我們家楚楚可是大孝子，怎麼可能怪您。只是他現在真的不方便接電話，是我做的決定，要是有什麼讓阿姨不高興的地方，還請多包涵，實在氣不過就拿我出出氣，我保證打不還手、罵不還口。」

在阿羅和楚太太打太極的時候，小趙蹭向了楚清讓，用筆和打電話也能一心二用的楚清讓溝通道：「楚太太的助理漂亮嗎？我聽她聲音不錯耶！」

正與林樓通話中的楚清讓看了小趙好幾眼，才提筆寫道：「你找對象已經飢不擇食到了不分場合和地點了嗎？」

「還不是我媽著急嘛！」

「34、24、34，170CM，50KG，模特兒出身，剛當了楚太太的助理沒多久，你要是不嫌她之前被楚先生用過就勇敢的上，我看好你喲。」

小趙沉默了。

那邊阿羅和楚太太的通話也已經告一段落，楚太太實在是說不過阿羅，只能無奈的暫時先撤退了。

※◆※◆※◆※◆※

放下手機，楚太太氣鼓鼓的對丈夫說：「你看看他像什麼話？我都這麼自降身分的求他了，他卻對我愛搭不理，這是對母親的態度？我早就跟你說了，養在身邊和不養在身邊真的不一樣，你兒子根本養不親，你又不是沒看過他當時打人的狠勁！」

與其說楚太太是因為楚天賜養在自己身邊多年而更喜歡楚天賜，不如說從一開始她就只敢選擇看上去相對無害的楚天賜。她一直在心理上忌憚著那個在撞球室裡把人往死裡打的親生兒子，怕自己有一天也會被那樣對待。

楚太太本能的排斥一切在她看來對她有威脅的人，無論是當年那個她害怕會恨她的親生兒子，還是今天這個「背叛」了她的養子。

說到底不過一句話，從小被嬌養長大慣壞了的楚太太最愛的只有她自己。

「妳對他又何時拿出過對親生兒子的態度？行了，別裝了，助理都走了，再裝就噁心了。」

楚先生毫不留情的嗤笑道。他和妻子的婚姻早就名存實亡，只是愛面子的性格讓他不會輕易離婚而已，至於所謂的對妻子的尊重，那真的是半分也無。他早就煩透了她那一邊要裝好人，一邊又自私涼薄的樣子……像極了他。

他不需要一面鏡子來照出他自己有多醜陋。

楚先生很清楚自己這樣做不對，即便對別人不公平，但對他是有利的，那他為什麼不做？人不為己天誅地滅。他一直很佩服曹操的那句話——寧可我負天下人，不教天下人負我。

楚太太瞪了楚先生一眼沒說話，被楚先生這麼不客氣的揭穿讓她惱羞成怒：「他態度這麼惡劣，你還想讓他回來幹什麼？」

「他這麼對妳我才能放心呢，他若真的一臉擔憂的來看妳，說不定我還要提防一二。現在看來，果然是年輕人，再會賺錢又怎麼樣？還不是愣頭青一個。讓他把氣撒出來也就好了，我就不信他會對楚家沒想法。」

「你以為誰都是你？眼界小到只知道盯著楚家這一畝三分地打轉！他手上的女神風投不比楚家強百倍？他回來圖什麼？圖恨不得砸錢來填楚家這個金玉其外、敗絮其中的無底洞嗎？」

楚太太的尖酸刻薄正在升級，一如楚先生煩了楚太太，楚太太也早就不想和楚先生過下去了，但是沒辦法，她當了這麼多年家庭主婦，根本沒辦法自力更生，必須靠丈夫養。

其實哪怕沒有 anti-chu 的打擊，楚家也已經因為楚先生的經營不善而在走下坡路了，如今更是只剩下一個花架子，雖足夠楚太太繼續過著錦衣玉食的生活，卻早已無力支撐一個大企業的發展。

營運資金眼看著就要斷鏈，楚家急需一大筆錢來度過難關。

所以楚先生根本不是在知道了楚天賜和 anti-chu 有勾結之後被氣得住院，而是他從一開始就打算讓楚天賜揹這個資金斷鏈的黑鍋，這樣一方面能把楚天賜這些年背著家裡得到的錢和在外面置辦的企業奪過來，另一方面更可拿楚天賜和 anti-chu 暗中聯絡的證據當作 anti-chu 的金融間諜罪證，狀告 anti-chu 不正當競爭好贏得天價補償，解楚氏的燃眉之急。

不過，在得知楚清讓是女神風投的老總之後，楚先生就改變了這個一開始只是沒辦法必須放手一搏的A計畫。

楚先生重新依據楚清讓的情況制定了B計畫，他決定提前把楚天賜和 anti-chu 的事情捅出來，好把楚清讓這個「唯一的親生兒子」以繼承人的名義推到風口浪尖，逼著楚清讓不得不出手解決這件事。贏了皆大歡喜，不贏……主事的楚清讓只能自掏腰包補上資金缺口。事實上，anti-chu的賠償本身就未必足夠，有了楚清讓才算是萬無一失。楚先生的算盤打得好極了。

「妳必須讓楚清讓出了當年那口惡氣，然後原諒妳，重新回到楚家，懂嗎？」楚先生對楚太太如是吩咐道。

「這也不是我能說了算的啊！」楚太太很清楚自己過去做了多少糟糕事，因此她才會更加不想向楚清讓道歉，他們根本就不可能修復關係，「楚家這又不是我一個人的事，為什麼你不想想辦法？」

「妳還不明白嗎？」楚先生真的是受夠了妻子的愚蠢，「我自然有我的辦法讓他回心轉意。但這是我給妳的機會，妳能勸他回來，自然就能繼續保持現在楚家太太高枕無憂的生活，要是不能……」

「要是不能又怎樣？你還能和我離婚啊？」楚太太拔高了自己的聲音，她很瞭解楚先生愛面子的性格。

「我不會和妳離婚，但妳也就沒那麼多『慷慨的經費』來讓妳繼續當聖母了。」

楚太太被嚇住了，沒有那些錢，她怎麼做「慈善」？她色厲內荏道：「你別唬我，你若是還有別的辦法，有必要這麼逼我？」

「我和妳可是都『重病』住院了啊。」楚先生突然說了這麼一句。

楚太太思路很快跟了上去。國人重孝，哪怕楚清讓把當年的事情說出來，也會有大把的「正義之士」爭著替他們夫妻說好話，逼著楚清讓原諒他可憐的老父老母，什麼你現在不是有錢嘛，你幫楚家解決了事情，早晚楚家不還是你的之類的臺詞一定會層出不窮。

「道德綁架」這個詞能出現，自然是因為這種事情早已屢見不鮮。

被楚清讓掛了數次電話的楚先生表示，說實話，他是有點惱火的，他真心希望楚清讓能鬧到這最後一步，他很期待楚清讓不得不低頭的樣子，那他一定會很愉悅。

「要真走到這一步，你以為你還會得到一個對你唯命是從的完美繼承人？」楚太太繼續道，這次她倒不是在和丈夫唱反調了，只是想強調自己的重要性，好換個好價錢。

「會有的。」只不過那個繼承人不會是楚清讓而已。楚先生很淡定。

楚先生的私生子有很多，事實上，他屬意的繼承人既不是和自己沒有血緣關係的楚天賜，也不是楚太太生的楚清讓，他的遺囑從一開始就是另外一個私生子的名字。

楚天賜和楚清讓不過都是擺在檯面上吸引注意力的東西。早在很多年前，楚先生就在等著楚清讓和楚天賜在他晚年狗咬狗的鬥了，不然他也不會一直資助楚清讓在國外生活，他覺得再爛泥扶不上牆的人也會有野心，而這樣的野心正好能為那個讓他真正滿意的私生子登鼎楚家鋪路。

不過，這些話就沒必要讓楚太太知道了，免得這個蠢女人在關鍵時刻發瘋，替他增加不必要的麻煩。

※◆※◆※◆※◆※

楚清讓從林樓口中得知霍以瑾只是手機設置了靜音，不是因為生他的氣故意不接電話之後就放下了心，開始打電話給他的屬下談正事。

楚先生發難楚天賜的時間早了點，和楚清讓當初的計畫有些出入，但大方向還是沒有錯的，楚清讓只需要把他的應對之策也跟著往前提就OK。

「把楚先生的私生子名單在網路上搶先一步曝光吧。他看好的楚北其實是anti-chu真正的幕後主使這事先別說。」

楚先生會用什麼手段逼他回楚家填那個無底洞，楚清讓是很清楚的，所以他早就準備好了應對之策，找一些人來幫他一起「盡孝」。

他倒是要看看當這麼多私生子曝光之後，楚先生還有什麼臉繼續揪著他不放。

至於楚北的事，那才是對楚先生最大的報復。他以為玩「明著立一個靶子，暗中把真正滿意的孩子保護起來」這一招很聰明，實則最愚蠢不過。被當靶子的也不傻，好比楚天賜就在暗中勾搭anti-chu為自己找退路；被暗中保護的也不一定能看到這一層，只會心生嫉妒和怨恨，想要毀了楚家，所以才會有了楚北幕後操控的anti-chu，這公司名字都是如此的直抒胸臆。

楚清讓基本上不用做什麼就能坐山觀虎鬥，在最後給予楚先生最致命一擊。他已經有些迫不及待想看當楚先生得知這一切時的模樣了。

小趙有點害怕這樣的楚清讓，但最後他還是裝著膽子上前問：「呃，楚哥，你有楚太太助理的電話嗎？」

「……你可真不嫌髒。」

「這是個看臉的世界嘛！」小趙嘿嘿一笑，把他複雜的心理鬥爭總結了一下，「長得漂亮就一切都不是問題！反正她也沒和楚先生繼續保持關係了不是嗎？」

「……」楚清讓為小趙這標新立異的想法跪下了。

然後，阿羅就代替他表姐狠狠收拾了一頓他的表外甥，「你這小子就只看臉，看你妹的臉！」

※◆※◆※◆※◆※

花開兩支，各表一朵。

在楚清讓準備勇鬥楚家極品爹媽的時候，霍以瑾也很巧的正在鬥極品，這也是她為什麼根本顧不上看手機的原因。

那天早上出門去孤兒院的時間有點早，霍以瑾沒來得及知道楚家鬧出來的動靜，等到了孤兒院開始工作，她就把手機調成靜音了。她本應該會隔一段時間查看一下自己的手機，確認公司有沒有什麼緊急的突發事件，但也因為路遇極品而被耽誤了下來。

此極品不是別人，正是吳方的前女友，也就是霍以瑾和宋媛媛設計吳方的考驗中的一部分。

霍以瑾是在小天使孤兒院門口遇到這位極品前女友，在那之前，她正帶著孤兒院的孩子們去附近菜市場體驗了一回如何買菜。

前面說過，小天使孤兒院的孩子們一直以來已經養成了一種會力所能及的去做自己能做的獨立性格，並不只是一味的等待著別人的施捨和幫助。這其中就包括在週末休息的時候，早起去買當日需要的菜品。

米、麵、油這些需求量大又重的主要食材，孤兒院肯定會有特定的糧食供應商提供。每隔一段時間，糧食供應商就會派車免費幫忙送過來一次，不需要孩子們或者義工跑個幾百上千公尺的就為扛一袋幾公斤重的大米。而供應商給孤兒院的價格更是低於一般市場上的批發價，他們沒辦法源源不斷的免費供給孤兒院食物，卻也是盡己所能的只給了糧食收上來的成本價，說不定還要賠點油錢。

這些都是綿綿告訴霍以瑾的，而綿綿能知道這些，則是院長告訴孤兒院裡每一個孩子的。

「院長希望我們能記住這份恩情，不論這份恩情的大小。人總會各有各的難處，都是要吃飯生活的。我們現在還小，需要社會的關心才能長大，但我們不能因此就理所當然的要別人不吃飯也要關心我們。不賺孤兒院的錢，這本身就已經是一種好心的行為。等我將來長大了，在不影響正常生活的情況下，我也會盡己所能的回報他們，又或者去做同樣的好事。」

這就是辦了孤兒院的白家三爺一直在傳遞的一種信念——一個人無法選擇自己的出生，卻有無數種辦法來選擇自己生活的方式。

米、麵、油有人送，但蔬菜、瓜果這些需要吃新鮮的又是每天所需不同的東西，就沒有辦法集中送了，因為孤兒院要的量剛好卡在一個說小不小、說多也不算多的尷尬數值上。能存放較長時間的蔬菜還可以一次多要一點，商家會送過來；需求量小又不易儲存的，就只能每一、兩天出去買一次了，平時是工作人員或者義工去，休息日則是孩子們自告奮勇去，由小橋帶頭。

「不要小看買菜啊，那也是一種鍛鍊。」小橋這樣搶先對霍以瑾說道，生怕她說他們整天瞎搗亂耽誤時間。

霍以瑾當然不會這麼想，她其實挺欣賞他們的作法。不過，霍以瑾也挺想聽聽小橋這麼做的理由，問道：「鍛鍊什麼？數學嗎？」

「是啊。」小橋點點頭，「加減乘除的心算都會學得很扎實。孤兒院沒那麼多餘錢讓我們吃虧上當，大家都會很小心的算對錢。不僅如此，買菜這個過程本身也是一種交際能力和膽量的鍛鍊，衡量誰家的菜物美價廉是考驗眼力和腦力，也能讓大家透過買菜這個交流過程可以不要那麼懼怕外面的世界，在遇到危險的時候也會知道要想辦法向路人求救或者提前識破謊言，還能教小一點的孩子認識不同的蔬菜，這不比你們那些卡片教學更生動？」

把畫著不同蔬菜和動物、寫著對應名字的卡片教孩子認，又怎麼可能比得過直接讓孩子看實物？最主要的是，這樣的教學方式是完全免費的。

孤兒院裡僅剩下的幾個還沒有上學、也沒有被領養走的小不點中，每次都會跟一個去，而且只有一個，太多了容易丟。

孤兒院每天去買菜的人都會有變動，不變的只會是小橋，他的輪椅能裝不少東西，可以幫去的人節省體力。其他孩子在休息的時候則是互相商量著排了個表，輪換著來。

這週六輪到了綿綿等人。

他們需要一個大人陪著，於是，基本上不會被紅領巾義工隊裡以宋媛媛為首的大小姐們派什麼工作的霍以瑾就毛遂自薦了。

這次跟著小橋等人出來的是一個三歲大、外號叫甜筒的小不點，因他被他媽媽扔在孤兒院門口時拿著一個甜筒而得名。

出門之後，甜筒自始至終一步都沒要求別人抱過，聽話又懂事，去的路上還會很自覺的跟小橋學背歷史年代表。

「夏商與西周，東周分兩段。」

「夏商與西周，東周分兩段。」

「春秋和戰國，一統秦兩漢。」

「春秋和戰國，一統秦兩漢。」

小橋說一遍，甜筒跟著複述一遍，吐字清晰，一本正經得可愛到爆，引起了不少路人側目。

其他幾個孩子大多也會默背一些東西，古詩、古文、九九乘法表，小橋能記住孤兒院裡每個孩子不同的學習進度，他會冷不丁的突然問一句，等著對方接，接不住倒也沒什麼懲罰，就是會遭受到小橋各種精神上的攻擊，針對不同的人、不同的性格，這種「攻擊」方式也會不一樣。

所有的孩子自己其實也很清楚，不理解這些知識也要強塞進腦子裡，他們的起點本身就比別人低，不比別人更努力，真的要等著將來更落魄才高興嗎？

——沒辦法當富二代，就想辦法當富一代唄。BY：小橋。

孩子們去買菜的菜市場離孤兒院不算遠，不只孩子們對這裡熟悉，不少常來擺攤的小商小販對孩子們也挺熟，知道他們是附近孤兒院裡的孩子，大多都會笑著跟孩子們打招呼，偶爾也會有小販硬是在孩子們的口袋裡塞上三瓜兩棗的當零嘴，不多，卻也是盡己所能的在做好事。

人心總是柔軟的，除了少數的變態，大部分人在沒有被逼急了的情況下都是會樂意給予孩子更大的關心和寬容，聽話懂事的就更招人疼了。

這還是霍以瑾第一次來菜市場這種地方，給她的感覺還不錯。

「這裡比超市便宜，而且很多菜其實也比超市的更新鮮，只是賣相不好，但都是大叔們自家種的。」小橋覺得霍以瑾一定會問他們為什麼不去超市，而來這個看上去有點髒亂差的菜市場，於是先發制人的解釋，「不過有時候超市也會大減價，我們會特意算好日子去買。」

霍以瑾其實連超市也沒怎麼去過，她的衣食住行都有專門的傭人負責打理，她需要做的只是告訴管家她最近想要哪個牌子。最後她決定默默不把這件事情告訴小橋。

進入菜市場之後，孩子們就分開了。

來之前，小橋就已經按照買菜的重量分配好了每個人的任務，給多少錢、買什麼、買多少、有上下多少錢的浮動……這些小橋都算得仔仔細細，還有獎勵政策，今天以最合理的價格砍下最多錢的人可以獎勵一根小雪糕之類的。

霍以瑾那一刻對小橋真的是生出了一種相逢恨晚的心態，要是她能再年輕個幾歲，小橋再大個幾歲，這簡直就是養成類的言情小說啊！

——可惜了。

未避免被當成變態怪阿姨_(:3」∠)_，霍以瑾沒把這個想法跟任何人說過，包括謝燮和林樓。

在逛著逛著看到番茄的時候，霍以瑾突發奇想道：「為什麼不試試咖哩或者義大利麵？」

「那些東西很貴的好嗎？不食人間煙火的阿姨。」小橋無奈的看了一眼霍以瑾，「妳想改善我們伙食的心意心領了，但無論是我們自己準備還是妳自掏腰包請我們都算了，我知道妳不缺錢，但有錢也不是這麼亂花的。」

小橋真的很擔心霍以瑾這種敗家的風格以後怎麼嫁人，都已經二十五了，對金錢的概念還不如他們孤兒院裡五歲大的孩子會精打細算。她以後的丈夫可不一定會像她這麼慷慨，哪怕同樣很慷慨，一次兩次行，次次這樣肯定會有意見。

頓時，小橋覺得自己肩膀上的擔子更重了，不僅要管孤兒院裡的孩子，還要管霍以瑾這個巨嬰，心好累呀～

「我哪裡有亂花？」霍以瑾這還是第一次在花錢上被人教訓，被比她小了快二十歲的小孩。

「哪裡都顯得像是在亂花吧？請一個人吃飯沒問題，請十個人對妳來說也是小數字，那一百個呢？一千個呢？一萬個呢？妳不是救世主，再有錢也是妳的錢，沒有哪條法律法規要求妳必須把妳創造的財富給別人。」小橋對霍以瑾的印象，現在基本上已經對等了那種對誰都很慷慨的冤大頭。

霍以瑾捏了捏小橋的臉，這孩子怎麼能這麼可愛？

小橋氣鼓鼓的看著霍以瑾，但沒有打開霍以瑾的手。

「安心吧，我又不傻，我當然知道我不是救世主，我不可能幫助所有人，但被我看到了，我也絕不可能袖手旁觀。至於我建議的咖哩和義大利麵，其實真的是很省錢又省時省力的兩種食物，是我從網路上看到的。這兩種食物在他們國家本身就不是什麼高級料理，就像是我們平時吃的家常便飯一樣。」

如果不是直接買咖哩塊和義大利麵醬料，自己做會十分便宜。這兩種食物的原材料都是市場上平常所見的，又或者是有相對應的代替品，價格不貴，還能給孩子們換換口味，嘗試一下從某種意義上聽起來也挺有格調的屬於別國的名菜，何樂而不為呢？

「妳會做？」

「我家的廚師會，我可以讓他過來教會你們。」

霍以瑾家中的廚師學成出頭之前也是窮苦出身，他對如何用便宜的食材做出大餐的感覺很有一手，這還是霍以瑾無意中聽家裡的女傭八卦的。

貧窮並不是一個人不能把生活過得精緻的理由，富有富的過法，窮自然也有窮的過法。去不起高級餐廳，也可以在家用相對便宜的原材料或者代替品，自己嘗試出高級餐廳的感覺。霍以瑾家的大廚成為廚師的原動力就來自於此。

等把該買的買完了，食材已經裝滿了小橋的輪椅，孩子們每人手上也或多或少的提了一些。而這些僅僅是孤兒院一天所需的時令蔬菜，讓霍以瑾明白了養一整個孤兒院的孩子是多麼費錢的一件事。

綿綿同學以最低廉的價格買到了賣相最好的菜，成功贏得了當日的獎勵——棒棒糖。

本來是要吃雪糕的，但是被霍以瑾阻止了：「女孩子在不太熱的天還是不要吃涼的比較好，等夏天的時候我再請妳吃冰淇淋，好不好？」

綿綿很聽話，沒有鬧，院長也說過女孩子不要吃太多涼的，雖然她不知道為什麼，但她會乖乖聽話。因為她能感覺得到，她們都是真心為了她好。

孩子們拿著東西一路說說笑笑的開始返程，臉上的笑臉並沒有因為辛苦的生活而被抹消，他們早已學會了在這樣的生活裡為自己找到樂趣。

好比聽三頭身的甜筒繼續嗓音清亮的背年代表，只有他還沒有完成他的背誦任務，大家在來的路上都已經過關了，現在則是娛樂時間。

「南北朝並立，隋唐五代傳。宋、宋、宋……」

「宋元明清後。」綿綿看不過去了，幫著甜筒接口道，也不知道怎麼搞的，這孩子每次一背到宋就會卡，「不然你乾脆就叫元明清得了，好幫助你記住這最後一點。」

元明筒沒說話，只是對著綿綿做了個鬼臉，吐了吐舌頭，然後機靈的跑到前面，怕綿綿揍他。綿綿小妹妹也是完全不失女漢子本色，跑前面她就怕了嗎？根本不可能！她一手拎著一袋香菜就追了上去，一群孩子在後面起鬨，最後莫名其妙的就演變成了看誰先跑回孤兒院。

可想而知……

推著小橋的霍以瑾輸得有多徹底。

這是霍以瑾第一次輸也沒覺得輸了有多麼難受，甚至是怎麼都壓不住的想勾起唇角。每週若都是這樣，她一定會愛上這裡的。

落後二人組乾脆就這樣優哉游哉的、慢慢的往回走，小橋問了一句：「楚清讓今天沒來嗎？」

「他可是大忙人。」霍以瑾本來還想把楚清讓繼續當給小橋的驚喜，現在驚喜沒了，幸好沒有提前說，不然小橋一定會很失望。

「可是他喜歡妳啊！在喜歡的人面前，再忙也能擠出時間的，他這樣追人可真讓人著急。」

「……你聽誰說的？」霍以瑾突然有點手忙腳亂的慌張，「我們、我們……」

「我自己看出來的。妳別解釋了，解釋就是掩飾，掩飾就等於這裡面真的有問題。」小橋同學善於觀察別人的名頭可不是浪得虛名，更何況楚清讓是他的偶像，只接觸了一下午就已經足夠小橋發現楚清讓的目光基本上都在圍著霍以瑾打轉，一刻都沒有離開過，那裡面的溫柔以對，露骨得讓人都快不忍直視了，「還是說妳準備告訴我這都不叫愛？」

霍以瑾還沒有來得及回答，就這樣在孤兒院門口撞上了吳方的前女友錢莉。

早在霍以瑾給吳方那個有關於是誰陷害了他的資料時，錢莉這個伏筆就已經埋下，資料裡如實的寫了那個設計師是如何和錢莉勾搭的，也「順便」寫了一點錢莉的悲慘現狀。

錢莉當初見吳方真的不會和她在一起，便和吳方的競爭對手攪在了一起，也就是那個想要頂替吳方的C國設計師，可惜最終他沒能如願，對錢莉自然也就好不到哪裡去，一有不順就會大打出手，還會逼她去陪他的客戶，被燈紅酒綠的LV市迷花了眼的錢莉不想回到以前的小鄉下，便只能把這些苦果都嚥下。

這些都是事實，霍以瑾對吳方沒有半分隱瞞，她和宋媛媛只是想看看當吳方得知錢莉這些自作自受的現狀之後會怎麼做。

目前來說，吳方的表現還算不錯，他只一心一意的報復著那個當初陷害了他的設計師，並沒有對錢莉表現出多少關心。

反倒是錢莉，在吳方頻頻對那個設計師找碴的時候，自作多情的覺得吳方對那個人動手其實是對她餘情未了。她很想擺脫那個人，又看到了能讓那個人吃癟的吳方的真正實力，自然就動起了花花腸子，再一次貼上了吳方，趕都趕不走。各種示愛，表達自己其實最愛的還是吳方，無論吳方怎麼對她，她都不會離開，因為她覺得這是吳方對她的考驗。

霍以瑾對此已經無力吐槽了。

宋媛媛則一直按兵不動的等著吳方的決定，看錢莉再次恬不知恥的倒追，會不會再一次動搖了吳方。

錢莉這一週都在想盡辦法糾纏吳方，週六甚至跟到了孤兒院，她是知道吳方和宋媛媛一起在一個義工團隊裡幫忙，只是沒想到他們倆現在還在一起，她覺得她終於找到了吳方為什麼能對她這麼狠心的原因——宋媛媛，她必須讓吳方和宋媛媛之間徹底沒有任何可能！

不過……

首先，她得能進入孤兒院。

小天使孤兒院也不是誰想進就能進的。哪怕孤兒院的孩子需要一個家，也不需要那種被人口販子拐賣的方式得到一個家，尤其是有殘疾的孩子，被拐賣的下場往往不是有了個家，而是被騙去利用殘疾行乞，甚至是在黑市上明碼標價的賣器官。

而當錢莉正在想辦法進入孤兒院的時候，她遇到了一群瘋跑著回孤兒院的孩子，在聽到她自稱是吳方的女朋友時，竟沒有一個人搭理她。其中一個小女孩更是十分看不起的瞥了她一眼。

這讓錢莉差點當場爆發，想教訓教訓這個沒人要的丫頭片子，不過最後她還是壓抑住了自己的本性，不想給吳方留下更糟糕的印象。

然後，霍以瑾就推著小橋到了。

錢莉幾乎是第一眼就認出了霍以瑾，當初那個男人和吳方爭的不就是和霍以瑾合作的機會嘛！錢莉對於霍以瑾這個女老闆可謂是記憶猶新，並且知道霍以瑾之前不認識宋媛媛。

整理了一下衣服，錢莉笑臉如花的迎了上去，對霍以瑾各種暗示她是吳方的女朋友，想進孤兒院去看看吳方，並裡外打聽霍以瑾為什麼會出現在這裡。

霍以瑾耐著心和錢莉周旋，想看看她到底要做什麼。她先是向錢莉表示自己最近才開始做義工，和紅領巾義工隊的人並不熟，然後才道：「妳為什麼不自己打給他？」

「我忘帶手機了。」錢莉的謊話張口就來，「我想給他一個驚喜。」

「妳在門口給也一樣，我打電話叫他過來吧。」霍以瑾拆臺拆得很順溜，說完就完全不給錢莉機會，直接打電話告訴了吳方：「有一位自稱錢莉的小姐正在孤兒院門口等你。」

事實上，打開手機的時候霍以瑾這才發現不少楚清讓的來電和簡訊，但因為錢莉就在眼前，她決定還是先解決眼前的事情之後再去看楚清讓到底在搞什麼鬼。

錢莉詫異的看了一眼霍以瑾，有點疑惑她為什麼沒有按照自己一開始暗示的那樣，對吳方說她是他的女朋友。她這招之前百試百靈，即便她不說她是吳方的女朋友，她也有的是辦法暗示周圍的人都以為她是吳方的女朋友，造成既定事實。宋媛媛當初就因為這招被氣了個半死。沒想到這次竟然會出師不利。

霍以瑾在心裡呵呵一笑，這種小手段也好意思拿到她面前來？即便她不知道吳方和宋媛媛的事，她也不會按照錢莉希望的來說。

吳方一聽錢莉的名字就慌了，他在電話那頭對霍以瑾表示他很快就過來，希望霍以瑾能暫時穩住錢莉。

霍以瑾不滿的挑眉，吳方這是什麼意思？不把錢莉趕走，還要來見她？看來吳方真的是沒救了，霍以瑾在心裡下了決斷。然後她發了封簡訊給宋媛媛，讓她暗中跟上吳方過來、看清吳方到底是個什麼人，好趁早結束這段感情糾葛。

說實話，霍以瑾對於宋媛媛和吳方的這個結局挺失望的……好吧，是非常的失望。

大概是每個人都會有的ＨＥ（happy ending）心理作祟，當祁謙說有一些人是值得我們給予他第二次機會的，當宋媛媛鼓起勇氣表示她想再和吳方試一次的時候，霍以瑾也在不知不覺間被感染了。雖然她表現得好像對此充滿了質疑，但如果她真的很牴觸，她根本不會主動幫助宋媛媛試探吳方。

換句話說就是，在霍以瑾的內心深處，她其實也是希望能看到一個不一樣的結局。

當時霍以瑾對自己說，如果吳方和宋媛媛用實際行動證明了祁謙的第二次理論是正確的，那麼她就去治好自己心理上的強迫症吧，再給楚清讓一個機會，也是給自己一個機會。誰又不想擁有一段完美的感情呢？

可惜了，吳方根本沒有改變，他還是那麼的爛好人，那麼熱衷於去當一個中央空調，第二次理論是行不通的。

——等等，為什麼我要覺得「可惜了」？

「當妳因為只能二選一的選項而猶豫不決的時候，那就試試投擲硬幣吧，它總能給妳真正的答案。」這是伊莎貝拉告訴過霍以瑾的Ａ國很流行的一個理論。

「硬幣能代替我選出正確答案？」

「不，硬幣選出來的答案能讓妳明白妳真正的心意。」伊莎貝拉是這麼回答的，「如果硬幣選出來的讓妳欣喜，那麼這就是妳的答案；如果硬幣選出來的反而讓妳更加猶豫、覺得失望，那麼妳真心想要的就是另外一個答案。」

吳方和宋媛媛就是霍以瑾的硬幣，現在硬幣已經投擲出了結果，霍以瑾卻對這個結果很惱火。她真正想要的答案好像已經不言而喻，呼之欲出了。

所以說，其實不論吳方和宋媛媛的結局如何，她大概都會想要治好自己的強迫症。

在意識到這點的時候，霍以瑾有點手足無措，慌張又茫然，不是因為她想對楚清讓破例的這件事把她嚇到了，而是她突然有點不知道該如何面對那個治好了完美主義強迫症的自己。

——會變得一團糟嗎？會變得對什麼都很湊合嗎？會……

這些煩惱就留到治好了再想吧！霍以瑾對自己道，現在最要緊的還是把眼前的錢莉解決掉。無論錢莉和吳方會如何，霍以瑾都不想讓她打擾到宋媛媛的生活。

而在霍以瑾沒有開口的時候，錢莉主動出擊了，她在假意確定了霍以瑾就是那個 noble 服飾的霍總之後，對霍以瑾……道歉了。

是的，道歉。

錢莉以一個十分微妙的立場代吳方向霍以瑾道歉了，希望霍以瑾能不要介意當初網路上爆出來的她和吳方的事，她表示和吳方之間其實只是小誤會，是言情小說中很常見的作為富家千金的第三者插足使壞梗，是她不懂事、誤會了吳方，現在兩人已經和好了。

錢莉以這個理由作為談話切口，其實是一種很聰明的作法。畢竟大家一般對於這種事情的態度好像永遠都是覺得貧窮情侶才是真愛，一旦其中一方是有錢人，那麼這裡面就肯定有問題——我們一面嚮往著灰姑娘與王子的童話，一面卻又不相信它會發生在別人身上。

錢莉不俗的演技起到一定的誤導作用，那種欲言又止的表情，被人欺負了但不好開口的「隱忍善良」，實在很容易引起別人的同情。而一旦她成功了，她就能透過說服霍以瑾重新考慮啟用吳方，來達到讓吳方對她改觀的目的，還能與霍以瑾交好。當然，最重要的還是趁機抹黑宋媛媛，把霍以瑾當槍使的去對付宋媛媛。

簡直是一舉數得……如果霍以瑾不知道這裡面的前因後果的話。

可惜霍以瑾很清楚事情的始末，早就明白了到底誰對誰錯，根本不上鉤。甚至反過來，霍以瑾還會假裝無論錢莉怎麼努力暗示就是聽不懂，逼著她不得不把誣陷宋媛媛的話說得更加露骨直白，然後用手機全部錄了下來，等著將來作為證據，一併放給宋媛媛聽。

小橋同學則早在一開始聽到錢莉自我介紹之後就裝體力不支「睡」過去了。

霍以瑾在心裡默默的給這孩子按了個讚，真是太有前途了！

證據準備得差不多了，吳方也到了，而在吳方身後，霍以瑾影影綽綽的看到了不少尾隨而來的小尾巴，宋媛媛、謝燮、林樓，甚至連綿綿幾個孩子都在。

——這跟蹤技巧也太令人無語了，最令人無語的是這種情況下吳方竟然都能沒發現，他是有多緊張這個錢莉！？BY：霍以瑾。

「方～」錢莉看見吳方之後雙眼一下子就亮了，聲音那叫一個婉轉纏綿，硬生生把一個音發出了起承轉合四種味道，讓人不服不行。

對此，霍以瑾只想說，她突然有那麼一點理解了謝燮為什麼總是在吐槽別人，不是因為喜歡，實在是有時候吐槽點就在嘴邊，不吐不快。這種膩死人不償命的稱呼方式真的很像是在演電視劇啊！還必須是特別狗血腦殘的那種才行！

吳方卻沒有急著先對錢莉開口，反而是先看了霍以瑾一眼。

霍以瑾莫名其妙的回看過去：怎麼了？這是嫌我礙眼，示意我該離開了？我偏不！尾隨在後面那麼遠的地方，宋媛媛根本聽不到具體的對話內容，她還等著我在第一線錄音給她聽呢。

吳方見霍以瑾看回來，就試探性的問了一句：「介意嗎？」

「？」介意什麼？霍以瑾更莫名其妙了。最後她猜吳方大概是在問她介意待在這裡當他們倆的電燈泡，還是先回孤兒院裡迴避一下，霍以瑾立刻表示：「不介意。」

——死也不會介意的，嗯。

吳方得到他想要的答案後，立刻鬆了一口氣，對霍以瑾點點頭後就板著臉看向錢莉，演技全開，整個人身上的氣場都陡然而變，看上去恐怖了不少。

「我不是跟妳說過不要再來纏著我了嗎？」

「方？」錢莉明顯的一怔，她怎麼都沒料到吳方對她會是這麼一個反應，特別是……她看了看霍以瑾，示意吳方還有霍以瑾在場呢，他已經忘記他當初是怎麼失去和 noble 服飾簽約的寶貴機會了嗎？

「你在說什麼啊？開玩笑嗎？別鬧了，我可是會生氣的哦。」

吳方沒和錢莉開什麼見鬼的玩笑，有再一再二，沒有再三再四，錢莉不斷的欺騙、陷害他，甚至讓他失去了宋媛媛，哪怕他再聖父也不會無止境的退步。前幾次他就把話和錢莉說得很清楚了，但錢莉依舊一廂情願，他被逼得實在是沒辦法了，只能……

「我沒有和妳開玩笑，也不想和妳開玩笑……不，事實上，我不想再和妳有任何關係，這種話無論我說多少遍都是一樣的，希望妳能自愛一點，不要再自作多情。如果妳再這樣讓我困擾下去，就不要怪我對妳不客氣了。」

吳方說完，不等錢莉的反應，就按開了手機上早就準備好的影片檔案，即便不看內容，只聽那讓人受不了的呻吟聲就能明白影片內容是什麼——錢莉的情色影片，和那個設計師的，還很重口的夥同好幾個人的ＳＭ情節。

錢莉找的那個設計師很喜歡拍這種「個人電影」，無論是錢莉和他的，還是錢莉替他陪的那些客戶。

吳方的眼神很冷酷，「妳真的要我把這些放到網路上之後，妳才願意相信我不是開玩笑嗎？真到了那個時候可就不會只是這麼簡單了。」

「你哪裡來的這些！？」錢莉的臉刷的一下子就白了，她花容失色的看看吳方，又看了看霍以瑾。霍以瑾剛好正因為吳方這意外強硬的一手證明了第二次理論並沒有失敗而高興著，被錢莉歪打正著看到了。錢莉覺得她好像明白了什麼，「你們倆是一夥的？你們故意引我來這個根本沒有外人的荒郊野外？你們想怎麼樣！？」

裝睡的小橋不滿的腹誹：妳家才荒郊野外，還是說我不是人？

吳方也沒想到霍以瑾會有這麼贊的配合，那種上位者殘忍又冷酷的笑意實在是太棒了！他趕忙再接再厲：「妳以為呢？當初還是妳告訴我這個世界是黑暗的，世家沒一個好東西，怎麼這麼快妳自己就忘了呢？妳到底是哪裡來的自信會覺得霍總裁能和妳這種人親近？呵，妳真的不是來搞笑的嗎？妳以為霍家是什麼？」

霍以瑾其實也想問：你們兩人以為霍家是什麼？黑社會嗎？

她突然有一種很強烈的預感，吳方和錢莉以為的霍家和她生活的霍家絕對不是同一回事，很顯然會是兩種截然不同的風格。

「我馬上又能和霍家合作了，不恭喜我嗎？」吳方把一個小人得志要報復前女友的樣子演得活靈活現，「霍家肯定不會希望自己看好的設計師再被爆出上次那樣的負面新聞，告訴我一個我們還能留著妳的理由，否則就不要怪我們不客氣了。」

「我什麼都不知道！我還年輕！我不會成為你們的麻煩，求求你們，我不想像雙子座大廈爆炸案裡那些裴家高層一樣被悄無聲息的處理掉！我會很安靜的，我保證，我絕對不會成為你們的威脅！」

雙子座大廈爆炸案，是前些年發生在ＬＶ市一個在國際上都引起不小波瀾的重大恐怖事件，霍以瑾當時還年少，卻印象十分深刻。那次雙子座大廈爆炸事件，在網路上引發了不少神奇的猜想，進一步加深了普通群眾對於世家權利鬥爭殘酷性的想法，把世家的恐怖程度推向了又一個新的高度。

不少人都堅信雙子座大廈爆炸只是世家鬥爭的冰山一角，還有更多更可怕的事情在尚未爆出來之前就已經消失於無形。

很顯然，錢莉就是這一猜想的忠實信奉者。她當場就跪了，是真的跪下了，不是形容詞，她甚至都不敢靠近霍以瑾，只敢一把鼻涕一把淚的求吳方放過她。

霍家和宋家同為世家，但大概是霍以瑾和宋媛媛的氣場不同，錢莉她只敢在之前算計宋媛媛，卻在此時此刻怕死了霍以瑾。

吳方一時有點不適應，似乎嚇唬過頭了。

霍以瑾也被錢莉豐富的想像力打敗了。她覺得很有必要解釋一下，當年雙子座大廈爆炸案真的只是恐怖襲擊，沒有什麼裴家家主趁機剷除異己的陰謀……不對，跑題了，她要表達的是：世家根本沒有這種動不動就讓人消失的能力好嗎？現在是法治社會啊大姐，這種比拍黑道片還誇張的威脅方式，正常人都不會相信的吧？求妳醒醒，妳這是在洞上長的腦子嗎！？

但是錢莉真的信了，她看著霍以瑾的樣子就像是在看一個長著血盆大口、隨時都能吃了她的怪物。

霍以瑾越是不說話，錢莉就越是害怕，她不斷哭喊求饒：「求求妳，不要殺我，不要灌我水泥把我沉江！我以後都會停止的，也不會和任何人說起這件事，更不會和妳的對手勾結在一起繼續在網路上造妳的謠然後被妳收拾！求求妳，相信我，相信我啊！」

霍以瑾見錢莉哭得實在是不像樣，想著從小橋的輪椅內側拿點面紙給她擦擦，然後和她好好溝通一下，被害妄想症是種病，得治。

結果……

「不要殺我！不要開槍！求妳！我真的什麼都不知道！」錢莉徹底崩潰了，在她自己強大的腦補之下。

霍以瑾停下了動作，略顯尷尬啊，這面紙到底是拿還是不拿？拿出來之後被錢莉發現不是槍、只是面紙，自己會不會顯得很low？會不會對不起錢莉心目中世家比黑社會還恐怖的想像？

沒等霍以瑾想清楚這件事，錢莉已經想起來該逃跑了，一騎絕塵，自此再也沒有出現在霍以瑾的生命裡。

據說，真的只是據說，錢莉改名換姓，甚至整了容，這輩子沒再踏足ＬＶ市，聽到「霍」字都會抖，不要說在背後使壞了，反而當有人說霍家壞話的時候她還會陰惻惻的冷笑一句：死都不知道怎麼死的蠢貨。

「……」霍以瑾被這神一樣的發展搞得也有點懵，她覺得她需要靜靜，不許問她靜靜是誰！

「咳，年少無知在孤兒院的時候，我們憧憬又嚮往著世家這種站在金字塔頂端的階層，覺得你們肯定是呼風喚雨、無所不能的。動動手，碾死一個普通人就像是碾死一隻螞蟻那麼容易。妳也知道的，不瞭解的總是容易產生很多誇張的誤會。現在接觸多了，我才明白當年的自己到底有多中二。」

吳方一秒鐘切換風格，從大反派變回了他陽光般的大好人，演技一級棒。

「拿我去嚇唬她，你膽子可真大。」霍以瑾雙手環胸，看著吳方。

「不大不大，沒有妳同意讓我仗一下勢，我也不敢的。」吳方摸了摸頭，他以為霍以瑾這真的是在誇他。

「……」霍以瑾後知後覺的打開手機重新看了一下，終於艱難的在楚清讓汪洋大海的未讀簡訊和來電未接的提示中，找到了就在她打電話給吳方之後，吳方回覆的一條簡訊：「一會兒在門口能拜託妳配合一下嗎？無論什麼條件我都答應妳，我知道這個請求有點過分，但是拜託了，哪怕為noble服飾白幹十年我都願意，求妳了，等一會兒事情完了我再和妳詳細解釋。」

霍以瑾恍然，原來剛剛吳方問的「介意嗎」是問她介不介意讓他狐假虎威一下。

「實在是太謝謝妳了，我保證我會找人看住錢莉，不會再給妳造成任何困擾的。」吳方再一次鄭重的對霍以瑾鞠躬道謝，順便又提起了宋媛媛，把他和宋媛媛的事情從他的角度出發，再一次對霍以瑾和盤托出。

吳方對於宋媛媛簡直內疚到了極點，他覺得他根本配不上她，但他真的很愛她，無論如何都不想失去她，他知道這樣的自己很自私、很卑鄙，但那是宋媛媛，他這輩子只會遇到這麼一個的宋媛媛，他死也不想放手。

霍以瑾突然有種介紹吳方給楚清讓認識的衝動，他們在某些方面一定很談得來。

「所以你在和宋媛媛分手之後還來紅領巾義工隊，而不是加入別的義工團隊，是因為想和宋媛媛再續前緣？」和宋媛媛一樣的傻。

「嗯。」吳方有點小羞澀。

——剛剛跟我說死也不會對宋媛媛放手的是誰啊？這個時候倒是記得羞澀了！

「我之前做了很多錯事，一直仗著她喜歡我，以為她不會離開我而橫行無忌。實在是太混蛋了！我反思過，每一天、每一天都在後悔。溫柔待人沒錯，但我不應該為了別人而傷害對於我來說才是最重要的她……不要說當初只是誤會，哪怕她真的錯了，我也應該為了她與全世界對抗！」

——我覺得你好像又誤入了另一個牛角尖，不過，嘛～聽起來對宋媛媛很有利的樣子，就這樣吧！

霍以瑾明智的決定保持沉默。

然後，霍以瑾就看到了在後面不斷張望的宋媛媛，讓她意識到對方還在等她的實況呢！估計聽後肯定要哭，應付女人眼淚什麼的她真的不太會啊，好麻煩，也不知道能不能讓謝燮去應付。

霍以瑾開始明目張膽的神遊。

「我永遠會當妳是最好的朋友，無論妳對我是什麼印象，也無論發生什麼事……咳，涉及媛媛的部分除外，我都會義不容辭。」吳方做結案陳詞。

霍以瑾沒回答，只是更加恍惚了起來，她機械的推著小橋往回走，想著謝燮還真的是一語中的，她看上的人最後總是會莫名其妙的和她成為朋友，哪怕是她已經不再感興趣的男人也逃脫不了朋友的詛咒嗎？真是夠了！

「所以考慮一下我們家楚清讓吧？他肯定不會想和妳當朋友的，如果他的太太是妳的話，我能接受。」小橋見縫插針道。

「……」霍以瑾無語的看著突然開口的小橋，「你就不能一直裝睡嗎？」

「戲都落幕了，觀眾也該發表觀後感了。」小橋同學振振有詞。

「呵呵。」

無論如何，宋媛媛和吳方的事情順利解決，可喜可賀、可喜可賀。

※◆※◆※◆※◆※

霍以瑾終於騰出來時間來應付楚清讓的簡訊，她一邊腹誹著楚清讓這又是發什麼瘋，一邊看完了楚清讓所有的簡訊，然後明白了楚清讓其實只是解釋他為什麼不能來。這肯定是情有可原，但有必要發這麼多封簡訊嗎？

霍以瑾一邊嫌棄著楚清讓，一邊翹著嘴角回了封簡訊給楚清讓：「我知道了，剛剛手機靜音，沒看到簡訊。下次有事解釋一遍就好，不要翻來覆去的說。」

寫完之後霍以瑾並沒有直接發出去，她突然有點猶豫，這樣直接發會不會顯得太冷淡了？不然打通電話說一下？不行！這樣反倒是顯得自己太過在意了。霍以瑾突然有點懷念那個想打電話就打電話給楚清讓、想怎麼發簡訊就發簡訊的最初，那時她根本就不在乎楚清讓會怎麼想！

……不對，這豈不是說現在的她在乎他？

——我只是決定要治療自己的強迫症，可還沒說要再一次和楚清讓在一起呢！

霍以瑾逼著自己不要再繼續胡思亂想，直接發了簡訊給楚清讓。為了緩解冷淡強硬的感覺，她最後還是在簡訊結尾處加個了「o(∩_∩)o」的表情符號，想讓楚清讓相信她真的沒有生氣他的失約。

手機那頭終於等到霍以瑾簡訊的楚清讓，咳，用阿羅的話來說就是——這是要瘋啊！

「她回我簡訊了，誒嘿嘿嘿，還有表情符號，怎麼能這麼可愛！」

這麼說吧，無論霍以瑾發什麼，楚清讓其實都能保持著一顆隨時會激動的跳到200mile的心全盤接受。

Q：對總裁的印象……？
第十五印象
還沒有放棄治療。

霍以瑾和楚清讓就這樣一來二去的當起了簡訊友。當然，一般都是楚清讓發十封，霍以瑾回一句＋一個表情的節奏。然後……楚清讓就能傻樂好幾個小時。

基本上過程如下：

我發簡訊給她了→她沒回我，是不是沒看到？再發一封問問→還是沒回我，再問問→又沒回我，她是不是生氣了？因為我發得太頻繁？問問→哦，該死怎麼又發了！解釋一下→前後折騰數次後終於得到了霍以瑾表示她沒看到簡訊的回覆→她回我了好開心好開好開心……

周而復始，不知疲倦。

作為觀眾的阿羅都累了，楚清讓依舊樂此不疲，每天的情緒都跟坐雲霄飛車似的高低起伏好幾回，搞得職業就是替藝人擦屁股的阿羅都想打電話向霍以瑾解釋：請一定不要生氣，我們家楚楚他，呃，到底是該解釋說他腦子不太正常好呢？還是說他情商低好呢？

——明明平時不是這樣的啊！在折騰楚家的時候別提多有大反派的 feel 了，怎麼一遇到霍以瑾就智商掉得這麼厲害呢？這樣追人，追十輩子都追不上吧？不是有句話說「男人不壞，女人不愛」？是壞！不是崩壞！答應我，不要繼續這麼崩壞人設了好嗎？

楚清讓為了表示自己一定能追上，開始每天送花給霍以瑾。

「這除了證明你是個言情小說中毒腦殘者，還能說明什麼？」

「她沒拒絕！」楚清讓覺得他這叫投其所好，雖然看上去嚴肅正經的霍以瑾會喜歡看言情小說讓人挺意外的，甚至有點不真實的感覺，但這樣的霍以瑾反而顯得更可愛了是不是！

「不管她做什麼都很可愛，是吧？」阿羅看透了楚清讓。

楚清讓不以此為恥，反以此為榮的驕傲挺胸道：「是啊，不管做什麼都很可愛，哪怕討厭我都討厭得很可愛！」

「……」你沒救了！阿羅如是腹誹。霍以瑾以後沒選你，肯定是因為你太神經病了！

然後，楚家私生子的十人大名單就在網路上被公布了。雖然這前後其實並沒有什麼必然的因果關係。

※◆※◆※◆※◆※

楚家的兒子從楚清讓一人變成了一個足球隊的陣容，並且還能撓出來一個養子楚天賜當替補。這件事情在網路上剛爆出來，就讓楚先生勇奪了大種馬的「美名」。網路上還有人開玩笑說，要是楚太太告楚先生重婚——會被判五年以下有期徒刑——按照楚先生這個外室的情況，他大概要在牢裡安度晚年了。

這事可以說是一石激起千層浪，事態不斷升級，一波三折，堪稱年度狗血大戲。楚清讓他家樓下的媒體狗仔因此有了越來越多的趨勢，不過這也是在楚清讓預料之中的，他要和楚先生打社會輿論仗，總要付出一些代價。

「楚清讓」三個字再次席捲各大媒體報紙、網路新聞平臺的頭版頭條。

豪門八卦誰不愛？再加上出軌，小三、小四、小五，嫡庶有別，繼承人之爭等引人注目的詞彙，連孤兒院旁邊菜市場上的賣菜大叔都能在做買賣的閒餘時間和人就此事八卦兩句。可以說社會各層真是為楚家操碎了心。

還沒燒起來的「楚清讓為什麼不去醫院探望重病的父母」的不孝罵聲，先一步被「這種渣爹，楚清讓要是去看了我都要鄙視他」的聲音取代了。

就像還嫌事不夠大似的，不久後，某位網路知名狗仔在自己的社群網站上放了一段偷拍影片，影片裡的主角正是最近備受媒體關注，卻始終採訪不到人的楚清讓和他的生母楚太太。影片的影像很模糊，聲音卻很清晰，足夠人們發現傳說中被養子傷透了心一病不振的楚太太其實挺……「生龍活虎」的。

剛開始看影片，所有人都以為這是正室在和嫡子哭訴丈夫的不忠，都已經做好了看完就怒轉幫罵的準備，結果卻被不算長但結局神展開的影片內容震住了，讓圍觀群眾的內心始終在「臥槽這也行」和「臥槽這真的行」兩種感覺中來回徘徊。

影片剛開始是大家都已經猜到的，正室對唯一的兒子哭訴結婚幾十載的丈夫竟然如此不是東西。但緊接著楚清讓的表現卻不是安慰母親，又或者與母親同一陣線，而是很冷漠的問：「妳到底想要多少錢？說個數字吧，我很忙。」

影片裡的楚太太和電腦前的網友觀眾們都驚呆了。

楚太太怒罵：「你以為我來就是為了錢嗎？這麼多年來我在你心中就是這樣的形象嗎？」

楚清讓依舊很平靜，他淡淡的表示：「妳在我心目中的形象當然不只這個，還有我十三歲時只因為妳的養子需要我養母的骨髓，就好吃好喝的供著幾次差點把我虐待致死的養父一家；十六歲時因為我養父殺了他的兒子，妳就以什麼樣的人養什麼樣的孩子為由，怕我也怨恨上妳殺了妳，不顧還發著高燒的我的死活，強硬的把我送往了對於我來說全然陌生的A國，此後將近十年不聞不問。」

「比起最起碼還給了我生活費的楚先生，妳有什麼立場在這裡和我說這些？」楚清讓問道，接著搖了搖頭，「楚先生確實很渣，但是妳也沒有比他好到哪裡去。你們兩人的事情我一點都沒有興趣管。」

「你、你就非要這麼斤斤計較嗎？不怕我去跟媒體說你不孝嗎？」

楚清讓還是那麼平靜，只是放了一段錄音。那錄音因為是二次偷拍，有很大的雜音，但卻足夠觀眾們抓住關鍵字，大概明白了錄音裡的內容。

楚清讓十六歲被楚太太送出國的前一晚，楚太太最後一次也是唯一一次親自打了電話給楚清讓，然後被楚清讓錄了音。

楚清讓說：「媽媽，我感覺我發燒了，我很難受。」

楚太太的回應是冷漠的說：「別裝了，哪怕是死，你明天也要死在去A國的飛機上。」

然後她大概是為了讓楚清讓徹底死心，又道當年楚清讓剛被認回楚家，楚天賜誣陷楚清讓把他推下樓的那件事，她其實是知道的……不過她卻很神邏輯的覺得楚天賜之前一直都是好孩子，他之所以突然這樣黑化，是因為楚清讓的存在讓他感覺到了威脅，所以她只能把楚清讓送走。

「這些妳對我說過的話，妳都選擇性失憶了嗎？真是抱歉啊，楚太太，妳的記性不好，我的記性卻還不錯。」

面對這樣反轉又反轉，看到影片後段的觀眾已經都不知道該如何表達自己的震驚了，世家這個圈子的骨骼還真是精奇呢。

「你恨我？」影片裡楚太太這樣問楚清讓。

楚清讓第一次有了表情，他嗤笑一聲，對楚太太說了最多的一次話——

「妳不配。我愛的人告訴我說，為別人的過錯懲罰自己是最大的愚蠢。我犯不著因為妳想把自己婊成聖人而刻意的對養子比對親生兒子還要好的行為，就非要對妳產生恨這種過於強烈的感情，我真心沒那個時間浪費在妳身上。」

「我來見妳，只是希望妳知道，妳今天流的淚都是妳過去腦子裡進的水，我沒有那個義務為沒有撫養過我一絲一毫的妳收拾這樣的爛攤子。」

「我真正承認的母親，現在正因為過去的家庭暴力而精神失常的住在療養院裡，甚至都已經不認識我是誰！」

不少楚清讓的粉絲都堅信，影片裡楚清讓說出這些話的時候，看上去很堅強，其實內心肯定一碰就碎，她們甚至堅信她們在楚清讓眼中看到了馬上就要決堤的淚水。他是那麼倔強，又那麼引人心疼。

阿羅對此只想說：「真不愧是拿了雙料大獎的國際影帝。」

楚清讓聳聳肩，拿著手上的玻璃杯假裝獎盃道：「這不是我一個人的功勞，我要感謝很多人，在監獄裡的養父，在精神病院的養母，以及現在正深陷水深火熱中的親生父母，沒有他們那麼渣，就不會有如今的我。」

楚清讓的養母也不是什麼好人，再嫁後任由丈夫對楚清讓打罵，只關心她和丈夫的兒子；在暴發戶把楚清讓送回來的時候就意識到她抱錯了楚家的孩子，卻也沒想著聯絡楚家，只因為她覺得她的親生兒子代替了楚清讓在楚家的位置是件好事，這樣以後她認回了兒子，可以再一次過上優渥的生活，於是百般阻撓著楚清讓去ＬＶ市找他的女神，只因她怕他遇到楚家，讓真相大白。

這麼說吧，楚清讓最黑暗的童年時期除了霍以瑾，他幾乎沒遇到過什麼好事或者好人。

但是這種糟糕的局面楚清讓不能全說，因為會給人一種「一個人對你壞是那個人的問題，所有人對你壞那就是你的問題了」的感覺，楚清讓必須對公眾保留一片「淨土」。而四個家長中，相對不那麼渣、又好控制的養母就這樣脫穎而出，她在療養院裡，這輩子都不會再給楚清讓造成什麼麻煩。

「你養母到底是真瘋還是假瘋？」阿羅想問這事很久了。把正常人送到精神病院作為報復，多少小說裡都會有這樣的經典橋段。

楚清讓微笑，「有區別嗎？反正她是個連曾經『最愛』的養子都認不出來的瘋子，誰也不會相信她口中的話。」

暴力對待他人的人，在獄中被別人暴力；惡意欺騙楚清讓和楚家，只為讓自己的兒子和自己過上好日子的自私之人，現在說的話一句也沒有人會再相信；偽裝聖母的人，被當著全國觀眾的面撕掉了假善的面紗；重視楚家，把兒子當作鬥獸一樣養大的……

最終也會被他的兒子們吞噬吃掉。

楚清讓覺得這一定很符合霍以瑾的公平理論，心想：嗯，我果然還是太善良了，但是沒辦法啊，誰讓以瑾喜歡呢。

阿羅對此沒有觀點，只有呵呵一笑。

最後阿羅表示：「你的私事我不管，我只想問你，誰准你在影片裡暴露自己已經有戀人的這件事？你這麼講，霍以瑾她同意了嗎？她哥霍以瑱大大同意了嗎？身為你經紀人的我同意了嗎？」

雖然說現在粉絲對明星的容忍度已經很高了，明星結婚的話大部分粉絲還是會選擇祝福，而不是腦殘的威脅自殺，但明星在曝光戀情之前，其實還是需要斟酌和公關的。

現在網路上因為楚家的事延伸出了好多篇熱門討論帖，好比「庶子和外室的私生子是兩種不同的概念」，也好比「讓我男神楚清讓沒有被仇恨迷花眼的戀人到底是誰？」，不少和楚清讓合作過的女星，無論國內國外都有中槍。

不過，這些很快都被另外一篇帖子壓過了風頭。該帖子列舉了楚清讓回國的兩個月內不斷上頭條的次數和原因，圍觀群眾看過之後，決定親切的稱呼楚清讓為「一分鐘就能掀起腥風血雨的大大」。

「這對《主守自盜》絕對是個很好的宣傳。」楚清讓是這麼回答阿羅的。

《主守自盜》開機在即，有楚清讓貢獻了這麼多的新聞，到時候絕對不缺話題和關注度。

楚清讓表示：不要太感謝我，對工作我就是這麼兢兢業業。

「你的臉一定有『——』這麼大。」阿羅形象生動的表達了他的內心想法。

「你就是嫉妒我。」

「我嫉妒你什麼？嫉妒你至今都沒追上你的女神，卻已經敢對外自稱女神是你的戀人了嗎？

記住一句至理名言吧，楚楚，得意的人肯定死得早。」

※◆※◆※◆※◆※

楚清讓當時不信，卻在《主守自盜》的開機儀式上不得不信了。

當時的情況是這樣的，《主守自盜》作為白齊娛樂這一年力推的主要電影，祁謙休息多日後復工的第一個工作，以及主角楚清讓之前在網路上的各種緋聞助攻，備受關注的開機儀式只能不斷的擴大規模，好滿足各界的八卦心理，宣傳力度自不必說，重點是開機儀式上請來的各界大佬、滿天神佛。

網路上不少人紛紛表示：看到這個陣容我就知道了，這部電影一定不會被剪片。

霍以瑾作為重要的投資方，自然也在受邀之列，並且很神奇的成為電影開機儀式上一大吸引注意力的主要來源。網路問卷調查中，不少人都選擇了看開機儀式就是為了看霍以瑾，她的人氣一點都不比楚清讓和祁謙少，而且男女比例竟然是妹子居多。

「可惡！作為一個男人，我在妹子中的受歡迎程度竟然輸給了一個女人！」這種話甚至登上了熱門話題榜，緊隨其後的是「情敵太多，求求你不要破壞我和總裁HE好不好？」。

霍以瑾徹底從一個富二代變成了一個網路紅人。

她走紅毯時的衣著打扮也是被研究了一遍又一遍，哪家牌子的哪個系列的哪個款式，更有當季走秀模特兒的對比圖，然後被一群人很不理智的表示：我們家總裁大人比模特兒的身材還要好、還要有氣場，更適合這件衣服！

第二天就有了山寨同款，高中低三種價位，銷量驚人。

霍以瑾身上的低胸禮服肯定是自家noble服飾的作品，首飾卻是別家的。其後就有不少知名奢侈品珠寶公司對霍以瑾投來了希望能夠合作的橄欖枝，只有一個要求，希望霍以瑾對外的時候能佩戴一下他家的飾品。

幸好《主守自盜》是一部主要演男人戲的電影，不然女主角一定會很不甘被霍以瑾這麼搶鏡頭的。

霍以瑾順便在開機儀式上邀請了幾個朋友，林樓、謝燮、宋媛媛、吳方，以及……

「他身邊那個穿著基佬紫的騷包男人是個什麼鬼？」楚清讓表示簡直生無可戀，幾天不見，霍以瑾身邊又換了個男人，而且那男的的顏值還絲毫不遜色於她之前身邊的另外幾個！最可惡的是竟然和霍以瑾穿顏色接近的款式，這是要氣死他嗎！？早知道他也打紫色的領帶和配紫色的方巾了！

「……你剛剛才說那是紫色基佬……」阿羅簡直無力吐槽，為避免和楚清讓繼續糾結，他快速爆了對方的名字和身分：「Dr. 李，李斯特，國內首屈一指的心理醫生。」

「你覺得這個心理醫生是霍以瑾的心理醫生的機率大一點，還是……咳的機率大一點？」

「我不明白咳是什麼。」

楚清讓怒視阿羅，「他一定只是霍以瑾的心理醫生。」

「如果我是你，我就不會這麼樂觀。」阿羅潑冷水道。

「怎麼說？」

「有誰會和自己的心理醫生討論婚禮上的餐巾應該擺成天鵝形還是玫瑰花？剛剛我去拿香檳的時候無意中聽到的。」

婚禮？

是的，婚禮。

霍以瑾三個月之前準備的婚禮依舊在籌備中，只不過把舉行婚禮的地點從她祖母和母親結婚時用過的霍家在國外的古堡，變成了LV市內一處十分著名的白色教堂，就在小天使孤兒院附近，有不少名人都在那裡舉行過……葬禮。

「有可能他們是朋友？」楚清讓仍不死心，還在不斷的找藉口，不肯面對現實。

阿羅詫異的看向楚清讓，「我第一次發現你竟然能如此樂觀，不容易啊……繼續保持，我看好你啊少年！霍以瑾的婚禮上，說不定你真的能成為伴娘團的一員呢。」

第二天，楚清讓的私人偵探就告訴他，霍以瑾今天陪著宋媛媛去訂了伴娘禮服。

阿羅拍了拍楚清讓的肩膀，「我的錯，對不起。」你連伴娘的分都沒有。

據說孤兒院那個叫綿綿的小女孩都要當花童了。阿羅突然有點不敢問楚清讓收到婚禮請柬了沒，不管有沒有收到，對楚清讓來說都會是一個不小的打擊。

而就楚清讓的進一步觀察，他驚悚的發現，這位李醫生竟然會和霍以瑾沒有什麼規律的在晚上見面，吃飯、聊天，就像是約會一樣，霍以瑾更是為他改變了不少生活方式。

好比每天早上不再非要不多一分、不少一秒的在固定的時間出門跑步，開始嘗試各種各樣她之前完全沒有涉及過的娛樂休閒領域，甚至連穿衣風格都有所變化，不再十分機械的按照季節、花紋、週幾排列。

——影響怎麼能這麼大！？

——不能忍！

——絕對不能忍！

但讓楚清讓鬱悶的是，電影開機後，他就沒那麼多的空閒時間進行他的跟蹤狂活動了。阿羅表示：我也沒有！不要那麼看著我！我絕對不要被霍以瑾也歸到變態的行列裡！然後楚清讓就住院了，拍攝事故，再一次登上各大頭條。

這裡必須要說一下，楚清讓對待自己的工作還是十分認真負責的，也許一開始演戲只是他唯一能想到的讓自己快速致富的合法途徑，但隨著這些年的用心投入，他其實也漸漸愛上了這份工作，在戲裡他就可以忘記自己，忘記那些始終在折磨他的黑暗過去，只一心一意的去當他扮演的角色就好。

一言以蔽之，楚清讓這次受傷不是感情用事，他不會因為霍以瑾就以身犯險故意讓自己受傷，玩什麼博取同情那一套。

電影多停擺一天就是增加一天的成本，誰也耽誤不起。尤其是楚清讓這樣的主角，想跳過他拍別人的戲都很難。楚清讓不會幹這麼腦殘的事。

拍攝受傷真的是個意外，幸好他沒受多重的傷，用不了幾天就出院了。不過楚清讓對霍以瑾隱瞞了受傷的事，也拒絕做手術，非要壓到晚上才開始，並想辦法讓霍以瑾知道，好破壞霍以瑾和李醫生的「約會」。

霍以瑾一直都是個行動派，在吳方解決掉錢莉，和宋媛媛ＨＥ了的那個週六，她就直接聯絡上了以前小時候幫她治療過一段時間的心理醫生。可惜那位老先生早已退休，精力和注意力都已經不足以支撐他再為人看病。

不過老先生也沒有這樣放著霍以瑾不管，他向她推薦了他最小也是最得意的關門弟子——李斯特，一個看外表絕對想不到他的正職會是心理醫生的男人。

這男人留著長髮，左耳戴著一個鑽石耳環，酷愛穿得花裡胡哨跟花蝴蝶似的，人生格言是「一切都是虛的，只有錢才是永恆的」，把愛錢的性格表現得淋漓盡致，一點都不忌諱談錢。他很直白的對霍以瑾表示，他之所以願意緊急加塞霍以瑾這麼一個病人，就是因為霍以瑾的錢。

最主要的是，李斯特這傢伙年紀這麼大了還玩追星那一套！辦公室裡到處都是祁謙的周邊，毫不掩飾自己對祁謙的喜歡，因為他覺得祁謙是所有影帝裡最沒有心理問題的一個。

要不是李斯特的老師信譽良好並強烈推薦，霍以瑾絕對會當場翻臉。

不過，接觸了一下之後霍以瑾發現……有些人的工作能力真的和他們的外表性格是成反比的。李斯特就是其中的典型例子，他確實很有能耐，十分專業以及盡職盡責，只要你忽略他的著裝和性格。

由於霍以瑾白天要上班，週末要去當義工，李斯特很體貼的把他和霍以瑾的治療挪到了晚上……只是要算額外加班的費用，每一秒鐘會收三倍的診費。是的，秒，你沒看錯，李斯特這個拜金主義的收服標準是按秒算的，自帶最精準的計時工具的那種。

李斯特作為國內首屈一指的心理醫生，本身收費就不低，再翻三倍，總讓霍以瑾有一種自己在李斯特眼中就是大肥羊的感覺。

不過，這個錢花得還是十分物有所值，李斯特可以說是隨叫隨到，沒有任何脾氣，迅速取代了謝燮一貫被半夜騷擾的張老師的位置，耐心到不可思議。

李斯特很顯然是之前就做過有關於霍以瑾的功課，他並不會和霍以瑾約一個固定時間、在固定的辦公室裡、讓她躺在固定的沙發上純聊天，而是透過沒有規律的見面地點，用風趣幽默的談話方式想盡辦法使得霍以瑾放鬆下來，一步步接受這樣沒有事先計畫過的變化。

目前來說霍以瑾對此適應良好，沒有出現太大的焦慮和牴觸情緒，變化的生活方式也沒有給她增加什麼麻煩，用最快的方式讓她體驗到了這種發生在她身上的改變其實沒那麼可怕。

這讓霍以瑾滿意極了。

所以霍以瑾就順便邀請了李斯特參加會有祁謙出現的《主守自盜》開機儀式，算是對李斯特出色工作的額外獎勵。對於能幹的人，霍以瑾一向大方體貼，因為對方值得。

「這就是為什麼我的客戶都是有錢人的原因，我就喜歡和你們這樣走哪兒都會很便利的特權階級做朋友！」李斯特在收到請柬之後打電話如是表達了他的感謝。

「……我們一點都不想和你做朋友。」雖然霍以瑾很滿意李斯特的效率，卻始終不太能接受他的性格。

愛錢如命，並且能表現得這麼理所當然，霍以瑾至今也就只見過李斯特這麼一個奇葩。不過，這也從側面證明了李斯特真的很有手段，不然以他這種性格，根本不會有這麼多達官貴人爭著送錢給他。

「你們不能否認你們需要我。」李斯特有恃無恐的笑了，他一向對自己的能力挺自傲的，還自傲得很恰到好處，能控制在一般人的容忍範圍內，「以前我有個客戶對我說過——當然，這段話不在保密協議範圍內我才會和妳說——他爸爸在他很小的時候就去世了，為他留下了一筆潑天的財富以及一句『誰也不能相信，因為他們都是為了你的錢來的』的遺言。那句話讓他留下了很大的心理陰影，讓他至今都沒辦法相信別人，包括他自己的孩子。妳猜我怎麼說？」

「願聞其詳。」霍以瑾洗耳恭聽。在他們這個圈子，很難相信別人的人並不少見，哪怕是和很有錢的朋友玩，他們也依舊在心裡充滿了戒備，總覺得別人之所以願意和他在一起其實都只是因為他的錢。

李斯特是這樣回答的：「我告訴他說，放心吧，你可以相信我，因為我可以直接告訴你，我就是為了你的錢來的。」

「……」這樣也行？

「為什麼不行？與其披上虛情假意的外衣，不如實話實說——他需要別人治療自己的心理問題，而我需要錢。我也許對別人不夠真誠，但對錢是百分之百的忠實，只要你給夠我錢，我會永遠是你最好的朋友，你不用擔心我還有別的什麼心懷叵測的目的。」

李斯特十分有職業道德，他的費用一向是透明化的，看上去定得很高，可一旦你給了他應得的價錢，他就不會再貪婪更多不屬於他的財富，該收多少就是多少。

這也是霍以瑾最終同意了李斯特當她的心理醫生的原因，他只賺他該得的錢。

「妳能放心，我也開心，何樂而不為呢？」

「希望你不會讓我失望。」

李斯特的回答是掏出刷卡機，笑容到位，語氣熱情：「謝謝惠顧。我不會讓我的錢再重新回到妳的口袋裡的。」

至今，李斯特的話都在應驗著。

阿羅打來電話告訴霍以瑾說楚清讓出事的時候，霍以瑾其實早在第一時間就知道了，並已經打算和李斯特早點結束治療，好空出時間晚上專門去陪楚清讓。請人照顧，總讓人覺得沒有自己照顧更加用心，不是嗎？

結果，等聽到阿羅的電話之後，霍以瑾的心情瞬間不爽了起來，她改變主意決定不去見楚清讓了。因為她又不是傻子，一眼就看出了楚清讓玩的這一手——他沒騙她，卻故意拖延救治時間好誤導她！

霍以瑾對阿羅客客氣氣的表示她現在有很重要的事情抽不開身，而且她和楚清讓也不太熟，怕再掀起網路上的波瀾，就不去了，但是會送禮物聊表心意，祝楚清讓早日康復。

——他以為他自己的身體健康是什麼？簡直也太胡鬧了！

霍以瑾覺得她很有必要給楚清讓一個教訓。

「最可惡的是為什麼我要因為他不重視自己的身體而生氣啊啊啊！」李斯特雙手捧臉，替霍以瑾補全了她的心理活動。

「……我請你來是為了治療好我的心理疾病，而不是繼續增加我的心理創傷。」霍以瑾不滿的瞪了一眼李斯特，語氣有點惱羞成怒，更多的是她真心覺得李斯特這個捏著鼻子模仿少女聲音的形象很傷眼。一個大男人，扭捏的程度怎麼和謝燮那麼像！？

（無處不躺槍的謝副總：「……」）

李斯特聳肩，一點都不介意霍以瑾的話，十分配合的轉移了話題：「好吧，換個話題。比起妳，我覺得妳更應該把這位楚先生介紹給我。」

——他病得絕對不輕。

李斯特也挺喜歡楚清讓的演技，但他很不喜歡楚清讓的笑容，太過真誠，真誠到讓他一眼就明白那絕對是在偽裝，正常人就不可能笑成那樣，燦爛到好像沒有一點陰霾。要知道，有光的地方必會有影子隨之而來，不可能存在絕對的光，又或者是絕對的暗，這些都是相對來說的，在心理學上也一樣。

「謝謝，我覺得他很好，如果你對他不客氣，就別怪我對你不客氣了。」霍以瑾是個典型的我認准的人只有我能欺負、不許別人說一下的性格，哪怕是最近和她處得不錯的心理醫生這麼說楚清讓，她也是會生氣的。

「我的錯。」李斯特很識時務，他永遠都不會和錢過不去，而就目前的付款情況來看，霍以瑾就是他的上帝，「妳準備拿他怎麼辦？就這樣不去看他便算完了？」

「不然還能怎樣？」霍以瑾狐疑的看向李斯特。

「妳養過動物嗎？或者是見過別人訓練動物嗎？做錯了就懲罰，做對了就獎勵，這樣動物才能記住該怎麼做才能讓妳滿意。和別人的相處也是一樣的。我猜楚清讓明知道妳會知道他隱瞞了妳但還是會做的情況已經發生很多次了，對吧？那他為什麼還是會做呢？因為他沒有學到教訓，他不怕妳因為這件事情生氣，他知道妳不會生氣。想不想改變一下？」

霍以瑾一時間有點拿不定主意，說實話，楚清讓這樣有時候也會讓她覺得挺可愛的，但是被隱瞞確實滿惱火的。衡量再三，霍以瑾點了點頭說：「好，但是我該怎麼做？」

「我前面都說了啊，做錯了就懲罰他。」奸臣李斯特進讒言道。

「怎麼懲罰？」吾皇霍以瑾來了興趣。

「這個我就沒辦法給妳很好的建議了，因為這是妳的生活，妳必須自己拿主意，不能一直依靠我，畢竟我只是妳的心理醫生，不能陪妳過一輩子。」

霍以瑾思前想後，最終決定用手機上的購物網站找了個ＬＶ市當地的供應商，連夜趕在楚清讓術後，送了一籃子祝早日康復的康乃馨和水果到他所在的醫院，貨到付款。

阿羅默默的接過東西，默默的付錢，然後默默的對楚清讓道：「我覺得她知道了。」

「這還用你說？」楚清讓再一次偷雞不成蝕把米，整個人都感覺好不起來了，直至看到水果都是榴槤之後才重新振作。

「……我記得你最討厭吃榴槤了吧？」阿羅困惑極了，作為楚清讓的經紀人，他不一定知道楚清讓喜歡什麼，但他卻一定很清楚楚清讓討厭什麼，並爭取做到了不讓這些因素在拍攝的時候影響到楚清讓。雖然榴槤一直都有水果之王的美譽，但大部分人其實還是很難接受那個味道，這其中就包括楚清讓。

「是啊，我不喜歡吃。」楚清讓點點頭，整個人看上去非常開心的樣子，「但這不正說明了霍以瑾對我的關心嗎！」

「求不吝賜教。」阿羅心想著楚清讓不會被刺激太大而變異了吧？

「她生氣了，所以在用我最不喜歡的水果表達不滿，但她要是不關心我，她怎麼能知道什麼是我愛吃的，什麼又是我不愛吃的呢？」

「……」他說得好有道理，我竟無言以對。阿羅被楚清讓縝密的邏輯打敗了。

楚清讓沒管阿羅，正「身殘志堅」的發簡訊給霍以瑾：「榴槤好難吃QAQ我下次不敢了。」

自從那次霍以瑾用了表情符號之後，楚清讓也開始研習各種表情學了。事實上，與之一起的還有霍大哥，他表示，不學這個都快跟不上妹妹越來越年輕的世界了呢！

霍以瑾看著楚清讓的簡訊，心滿意足的點了點頭，李斯特這個心理醫生真不錯，還能免費教人怎麼談戀愛。

※◆※◆※◆※◆※

楚清讓受傷住院的消息一傳出，各種「楚清讓慘遭楚家繼承權內鬥迫害」的腦補就席捲了網路。還沒有從頭版上下來的楚家嫡子楚清讓就這樣成功的被「慘遭楚家內部鬥爭迫害」的自己擠了下來。眾人的視線一下子從楚清讓上輩子到底造了什麼孽，這輩子才能攤上這麼一對渣爹渣媽上，轉移到了到底是誰想殺死楚清讓。

殺死楚清讓？

是的，沒錯，不明真相的圍觀群眾充分發揮了他們對於世家殘酷性的想像，堅定的相信楚清讓這一次出事可以是很多原因造成的，卻絕對不可能是一起簡單的拍攝事故。

某個論壇甚至發起了一個奇葩的調查──《你覺得目前楚家誰最恨楚清讓？》。

楚先生和楚太太絕對是榜上有名，位列前三，楚北同學也從湊出了足球隊陣容的私生子團中脫穎而出，成為了繼楚先生和楚太太之後最有可能僱凶殺人的人，畢竟楚清讓是目前楚家唯一合法的繼承人，其他私生子想上位，除非楚清讓死了。

楚北很生氣，因為他一點都不想繼承楚家，他只想毀了它！他覺得這個「他會為了楚家而幹掉楚清讓」的猜測是對他最大的侮辱！

最終，該論壇的調查版面被關版了，但楚清讓卻依舊是大眾關注的焦點，他的粉絲對他關懷備至，恨不得為楚清讓配個保鏢，好像一個不注意，他就被會暗殺掉。

楚清讓看著網站上五花八門的各種教他如何防身、逃生、求救的貼文，簡直哭笑不得，天知道這真的只是拍攝事故。

最重要的是，這麼多記者在外面，霍以瑾肯定是不會來看他了，so sad。

在解釋不清楚的情況下，楚清讓只得以提前出院來證明他真的沒事。在一大群狗仔長槍炮筒的包圍下，楚清讓就這樣艱難的出院了，粉絲看了之後直呼心疼，心肝脾肺腎都在疼的那種。

「這麼快？還不到一週吧？」謝副總覺得他看破了真相，「他住院肯定是騙人的，好博取妳的同情，不要臉！」

「你以為住院是什麼？」霍以瑾抬手拿資料夾敲了一下謝燮，作為一個童年幾乎都在住院，少年時期又幾乎在陪長輩住院的人，她對此可以說是經驗豐富，「除了癌症治療等特殊情況以外，一般的住院時間其實都不長，截肢在兩週之內，白內障手術則住三天，若病房不夠的時候甚至只有一天。」

大部分人都是術後在家靜養，住院並不能解決問題。

「但他也沒在家休息啊！」謝副總指了指自己電腦螢幕上的網路新聞，「楚清讓已經確認復工了。不過照片上他確實纏著繃帶，這麼說也不算騙人？但是這樣怎麼拍戲？拍的時候拆掉？」

「劇組一般幾點下班？」霍以瑾突然風馬牛不相及的問了一句。

「七、八點？」謝副總不太確定的猜測，他又不混演藝圈，對這方面知道的不多，唯一的消息來源就是他的偶像祁謙，「我記得祁謙拍《時間重置》時提過，劇組拍戲有時候會拍到凌晨，然後只睡幾個小時，天還沒亮就又要接著拍第二天的戲。別人是天不黑別想下班，他們是天黑了正好接著拍夜景。」

哪一行都不容易，大部分人總看到別人的光鮮亮麗，卻看不到在背後所付出的辛苦與努力。

「正好。」霍以瑾看了下手機上的時間，現在是五點多，交通還不會很塞，趕去拍攝現場最多六點出頭，劇組再早收工也應該能遇上楚清讓，「我今天早點下班，剩下的就拜託你了。」

「OK～」謝副總答應得很順溜。

最近霍以瑾較早下班，不再像過去那樣時不時的要加個班，又或者比機器人都準確的在某個時間點下班，而這一切都是拜霍以瑾最近的心理醫生李斯特所賜。謝副總挺感謝李斯特的，他知道霍以瑾的愛好就是工作，但之前那種總讓人擔心她身體會超過負荷的強迫症似的工作實在是有點過了，李斯特能矯正她，真的讓謝副總鬆了一口氣，「代我向Dr. 李問好。」

「我今天不是去見他。」霍以瑾搖搖頭，昨天李斯特和她說了一些話，弄得她現在心裡亂糟糟的，目前有點不想看到他的臉。

「誒？」直至霍以瑾離開，謝副總才反應過來：不是去見李斯特，剛剛又問了劇組的下班時間，霍以瑾不會是去《主守自盜》的劇組見楚清讓了吧？

——臥槽！這怎麼行！？

謝燮趕忙打電話給林樓，急得不行：「你說這個男人到底給霍以瑾下了什麼藥？他當初騙了她誒，她又不是不知道他的本來面目！」

「是嗎？」電話那頭，林樓語氣很輕的嘆了一聲。果然如此，他賭對了，語氣不自覺的就強迫自己要顯得更加輕快：「霍以瑾喜歡就隨她去唄。」

「怎麼能隨她去？你在搞笑嗎！？」謝燮覺得林樓瘋了，「你知道你在說什麼嗎？霍以瑾要是和楚清讓在一起，肯定就不是之前那樣胡鬧了，她會很認真，十分認真，你明白我的意思嗎？過一輩子的那種認真。前幾天我跟霍以瑾說李斯特是個不錯的人選、霍以瑾卻拒絕了的時候，我就該意識到的……我怎麼這麼蠢！」

「你還想破壞他們不成？」林樓失笑，他以為謝燮是在開玩笑。

謝燮卻不覺得這是玩笑，「為什麼不成？」

「你認真的？」林樓皺眉。

「比金子都真！要是你，說不定我還能接受，但是楚清讓？你是不知道那個男人的心理有多不正常。」

「我記得和他是朋友的是我而不是你吧？」林樓覺得，在楚清讓的性格方面他要比謝燮更有發言權。

「所以你也被他騙了啊！醒醒吧！」

謝燮對楚清讓的意見一直很大，只不過他和楚清讓的主要矛盾是霍以瑾，霍以瑾後來和楚清讓劃清了界限，他也就停止了，但那卻不代表當霍以瑾想和楚清讓再有什麼的時候，他能繼續保持沉寂；又或者可以這麼說，因為特殊條件的刺激，想要拆散楚清讓和霍以瑾的那個謝燮被雙倍啟動了。

謝燮一字一頓的強調道：「難道就只有我一個明白人了嗎？楚！清！讓！是！不！會！給！霍！以！瑾！幸！福！的！」

「你怎麼知道？」林樓很平靜的反問。

「我怎麼不知道？」謝燮咬牙，「就楚清讓那種童年有陰影、心理有障礙的，說好聽點叫心理亞健康，說難聽點就是精神病，你覺得我會眼睜睜的看著我的朋友去和一個精神病糾纏而不插手？是，楚清讓糟糕的童年挺讓人同情的，但同情不代表就要把自己搭進去做慈善吧？我這也是為了她好！」

「為了她好？」林樓怒了，「胡鬧也要有個限度！你知道什麼叫真正的對她好嗎？你做這個決定的時候，霍以瑾她知道嗎？她答應了嗎？你這不叫為她好，只是一種自我滿足，一種想當然，你有什麼自信能拿你的標準去決定霍以瑾的想法？」

「我、我……」謝燮幾度張口，卻一次都沒再說出話來，因為他的潛意識裡很清楚的知道，林樓才是對的。

在一陣只能聽到彼此沉重的呼吸聲的沉默之後，林樓再一次軟下了態度：「對不起，我說得太重了，我知道你也是關心霍以瑾，只是想法上有點不對。我覺得你不應該替她擅作主張，真正的好意是你為她提供幫助，但請記得，決定權始終在她手上。」

對一個人好的前提是，首先你要意識到她也是有自己的想法和靈魂的，當你霸道的按照你覺得對她好的方式對她好的時候，那其實已經不能稱之為是為了她好了。

這個道理大家都懂，只不過真的發生在自己身上的時候就總是忘了。

一語驚醒夢中人，謝燮有點小慚愧，他很沒腦子的就道：「這就是你喜歡她卻不能和她在一起的原因？你覺得她喜歡的是楚清讓而不是你，所以你就不爭取了？」

回答謝燮的是電話直接被掛斷後的忙音──他再次得罪林樓了。

晚上睡覺之前，謝燮才終於收到林樓的簡訊，還是那種透過字裡行間就能看得出來的調侃和滿不在乎：「白痴，誰會無私到想盡辦法湊合自己喜歡的人和別人在一起？我是拿霍以瑾當朋友。智商不夠就別來攪和大人的世界了，乖。」

謝燮輕推了一下自己的眼鏡，嗤笑一聲：朋友又怎樣？說到底還不是沒有否認喜歡霍以瑾。

不過林樓說得對，謝燮摘下眼鏡，捏了捏自己的鼻梁，為一個人好，最起碼的決定權應該是在那個人手上，就像是林樓對霍以瑾，他會提意見給她，卻不會逼著她和誰在一起。之前是他急得糊塗了，幸好，醒得還算及時，沒釀成什麼大禍。

一場有可能會發生在霍以瑾和謝燮之間的矛盾，就這樣起於霍以瑾不知道的時候，終於霍以瑾不知道的時候。

※◆※◆※◆※◆※

霍以瑾此時正在以投資商的身分去片場看楚清讓，她對於楚清讓再創新高的不愛護自己身體的程度很惱火，心想：又不是沒有錢，這麼拚是要幹什麼？

「這不是錢的事。」楚清讓在拍完戲休息的空檔對霍以瑾道。

「那是什麼？」

「我不應該讓別人為我的錯誤買單。」楚清讓看著霍以瑾，神色認真異常。

一部電影是很多人的心血，也許大部分人求的是錢，但也有人不是。祁謙缺錢嗎？嚴導、嚴編缺錢嗎？白齊娛樂缺錢嗎？他們所求的是更多別的東西，而也許就因為楚清讓的這一個小小的耽誤，他們很有可能得不到他們所求的。

「舉個最簡單的例子，這部電影我們是想送審小金熊電影節的。眾所周知小金熊偏愛文藝片，嚴導雖然拿獎無數，賺了個盆滿缽滿，但主要是以商業片為主，一直缺少這種對他所拍攝的電影深度肯定的獎項。他本身是有能力的，《主守自盜》傾注了他很大的心血，如果因為我耽誤了，到電影節之前電影拍不完，又或者為了趕工而粗製濫造，嚴導就要再等四年。」

在日新月異的演藝圈，四年之間能發生的事情實在是太多了，也許這一次的失之交臂就會是一輩子。

楚清讓賭不起，他不能拿自己的失誤去賭別人的未來。

霍以瑾面對認真跟她分析的楚清讓，突然有點明白為什麼這個男人本質上也許並不是什麼好人，但他身邊依舊有很多願意真誠待他的人了。不是因為楚清讓會裝，而是因為他其實也有心底柔軟的一面，他很會為別人著想，卻連他自己都沒意識到。

就拿他之前有個喜歡的女神這事來說，楚清讓也是想為了對她負責才不斷的拒絕她，這可比大部分吃著碗裡瞧著鍋裡還要手上釣個備胎的人要好太多了。

祁謙說對了，錯過和這樣一個人發展出一段也許會很圓滿的感情，她一定會後悔的。

霍以瑾終於下定了決心。

她對他說：「最近一段時間都不要聯絡了，我有些事情要去做，不想被打擾，但我保證等我處理好事情之後我會聯絡你的，OK？」

「OK。」楚清讓很體貼，雖然不知道霍以瑾要去幹什麼，但是他不想拖霍以瑾後腿，「小橋那裡需要我幫忙多去看看嗎？之前祁謙跟我說，國外的專家大概很快就能來ＬＶ市專門替小橋做手術了。」

「他見到你一定會很開心。」再沒有什麼會比自己喜歡的偶像的陪伴能帶給一個孤兒更大的活下去的力量了。霍以瑾很開心楚清讓能這麼體諒。

「呃，能問一下妳到底要去做什麼嗎？出差？」好吧，楚清讓必須老實承認，他還是忍不住想知道霍以瑾的行程，以防她跑了。

霍以瑾有點拿不定主意要不要告訴楚清讓，因為她決定答應李斯特去進行封閉式的心理催眠治療，她也不知道自己能不能治好，她怕白白給了楚清讓希望，最後卻又讓他失望，空歡喜一場。所以最後霍以瑾什麼也沒說，只是搖了搖頭，「抱歉。」

「不能說嗎？」楚清讓有點失落，卻也沒有再強求，他笑著說：「沒關係，等妳想說了再告訴我，無論如何我都會等妳的。」

那一刻，面對發自真心在笑著的楚清讓，霍以瑾明白了什麼叫怦然心動。

※◆※◆※◆※◆※

李斯特昨天和霍以瑾說的，經過這些天的治療和接觸，他覺得霍以瑾的強迫症其實並不算特別嚴重，最典型的例子就是她並不需要透過藥物，只需要一定的作息修改和談話治療就能改變自己的生活方式。稍微控制一下，她的強迫症就能在正常範圍內，不會再影響到生活。

「但我最初找你的目的並沒有得到解決。」

「是的，這就是我接下來要對妳說的，我覺得妳的問題並不是妳的強迫症不允許妳接受一個不那麼完美的人，而是妳害怕現在的自己會改變。」

怕給楚清讓第二次機會之後的自己變得疑神疑鬼，變得不再像原本的自己，所以才會怎麼樣都不肯邁出再次相信楚清讓的那一步——這是李斯特沒說出口的。

「你在說什麼？」霍以瑾警惕的看向李斯特，她從未對他說過她和楚清讓的事，他是怎麼知道的！？

李斯特聳肩，說：「霍小姐，雖然我完美的外表更像一個演員，讓妳很難相信我的正職是心理醫生，但我還是必須要說，即便妳不告訴我，我也是能透過自己的眼睛看到很多問題的。」

「你這麼自戀，你老師知道嗎？」霍以瑾挑眉，被戳破心事真的很容易讓人惱羞成怒。

「知道啊！我和我老師都很清楚我個人有哪些心理問題，而我們都默認這問題不會對我的生活造成困擾，不會去特意遏制我的個性發展。」李斯特再次聳肩，「事實上，妳的大部分事情我也都是從我的老師那裡瞭解到的，好比妳之前就找過他接受治療，但是後來放棄了，如今妳又重新來找他。這中間肯定有一個動力改變了妳的決定，而我的工作就是讓這個動力真正使妳堅持下去，達到妳想要的效果。」

「然後你就透過自己的觀察發現我的動力是楚清讓？」霍以瑾雙手環胸，這是一個充滿了戒備的標準姿勢。她在心裡想著，心理醫生這個職業做得好了，還真是很可怕啊！

「是的，就我的觀察，妳和楚先生之前有過情侶關係，最起碼是友達以上，後來又因為一些原因分手了，並始終無法跨越這個分手的理由重新接受他，但妳確實是想接受他的。我有說錯哪裡嗎？」

「……沒有。」甚至可以說是全中，「那麼，你有什麼好辦法解決這個問題嗎？」

「就像我對妳說的，阻止妳接受楚清讓的原因不是妳的強迫症，而是妳害怕現在的自己被改變。我大膽做一個假設——妳並不知道是什麼原因促使妳不想改變自己。」

霍以瑾點點頭，她要是知道早就解決了。

「就我對妳的瞭解，我比較傾向於妳的童年陰影，好比妳的氣喘病。」

霍以瑾第一次接觸李斯特的老師，治療的正是ＰＴＳＤ，創傷後壓力症候群。

「我的老師當年尚未完全治好妳這方面的問題，妳就喊停不想再配合了，這真的很遺憾。」心理疾病和普通疾病其實是一樣的，早發現早治療，越早發現，治療效果越好。而隨著時間的推移，陰影加深，治癒的可能就會變得艱難，甚至存在患者自己都已經忘了自己是因為什麼而造成的陰影，那就難辦了。

「我不覺得那段得了氣喘的過去還在困擾著我。」霍以瑾皺眉，當年去看ＰＴＳＤ還是她的父母非要帶她去看的，她本人其實並沒有覺得那有什麼問題。

「對完美身材的執著，以及對各種過去不能接觸的東西強烈的想要接觸，妳真的覺得這叫沒有困擾？」

「但它們並沒有給我帶來什麼麻煩。」

「它們帶來了，只是妳並沒有意識到。我剛剛只是舉了幾個簡單的例子，更多的我怕我現在說了妳會生氣。」

「Try me.（挑戰我。）」霍以瑾表示不相信。

「妳和妳大哥的關係。據我瞭解，妳患病的時候，妳和妳大哥的關係並不好，這是妳的父母親口對我老師說的，但是當妳上了小學之後，妳和妳的大哥關係突然好了起來，這前後的差別真的不會對妳造成什麼妳也許自己都沒意識到的心理問題嗎？」

「閉嘴！」霍以瑾一下子就怒了，李斯特真的不愧是她的心理醫生，對她的底線把握得很準確，他說她聽了會生氣，她果然真的生氣了，「我不希望再聽到任何有關於此的挑撥，今天就到這裡，你先回去吧。」

第二天，霍以瑾沒再見李斯特，反而去攝影棚去看了楚清讓。她告訴自己，她不會因為任何一個人破壞她和她大哥之間的感情，哪怕只是有可能也不行，她冒不起那個風險。

……哪怕「李斯特當晚就打電話告訴家長——霍以瑱，她的大哥在她晚上回家後也對她表示他會很配合，如果她真的對過去有心結，他希望他們能夠解開這個心結，他相信他們這些年的感情不會因為過去幾年不那麼好的關係就被動搖」也不行。

霍以瑾始終還是有點牴觸去深挖她和她大哥過去糟糕的關係。

直至第二天，霍以瑾看到了楚清讓，聽到了那一句「這不是錢的問題」，一下就打開了她的思路。她大哥當時沒說，但她其實感覺得到，這不是她一個人的問題，也許她大哥早就想解決了，只是不知道該如何開口，那段過去也是她大哥的心理陰影。

——為了自己，為了楚清讓，更是為了大哥，是時候該去面對這個問題了。

Q：對總裁的印象……？
第十六印象
要結婚了?!

二十年前的春末，霍以瑾已經到了上幼稚園的年紀，可惜因病沒能上成；霍大哥正在讀初二，到了標準的中二病高度發作階段，中二到了極致。

某天週末早上，黑黑胖胖的霍以瑾在堅持獨自洗漱後，乖乖下樓吃早餐。霍媽媽按照往常一樣，先是對小女兒噓寒問暖了一番，進行了一連串簡單的常規檢測，確定小女兒真的沒有被花粉困擾，這才放小女兒去吃早餐。

霍以瑾的早餐很簡單，麵包、牛奶配當季水果，以及飯後一把一把的藥。

他們一家現在正和祖父祖母住在南山半坡的霍家老宅，本來霍爸爸和霍媽媽在結婚之後已經搬出了霍家，一家四口在外面的高級住宅組建了自己的小家庭，結果霍以瑾小小年紀就患上了氣喘，為了方便照顧生病的她，這才不得不重新搬回了老宅。

為此，霍大哥發了好大的脾氣，搬去南山半坡代表著他必須轉學，告別過去學校裡的朋友，還要適應新學校。在進入新學校的第一天，霍大哥就用六個鏗鏘有力的字做出了總結：「我不喜歡這裡！」

哪怕祖母伊莎貝拉耍寶賣傻著說「哦，寶貝，你不喜歡和奶奶住在一起嗎？你可真傷我的心」也沒用。

年少的霍大哥十分堅定，他就是不喜歡這個搬家的決定。他想：憑什麼因為妹妹需要，我就要遷就、就要改變呢？長兄的責任什麼的，他真是一點都不想要。

「你們生霍以瑾的時候就沒跟我商量過，既然是你們自己做出的草率決定導致了如今的惡果，我又憑什麼要跟著一起承擔？」

從獨生子變成需要承擔責任的哥哥，這讓剛巧處在叛逆青春期這個微妙階段的霍以瑱有點接受不能，他真的很不喜歡他的妹妹，他甚至不承認那是他的妹妹，他只會叫霍以瑾的全名，把她當作一個入侵者。

霍以瑾倒是挺想親近霍以瑱這個除了爸媽以外和她血緣關係近的大哥，但很顯然她的大哥對她的各種親近討好並不買帳，無論她怎麼努力，大哥都只會氣憤的當著她的面把門狠狠摔上，絲毫不掩飾自己的憤怒：「不許進我的房間！」

前天，祖母伊莎貝拉買了一條很漂亮的粉色公主裙給霍以瑾，層層疊疊的緞帶、大大的蝴蝶結以及蓬蓬的薄紗，充分滿足了一個只有幾歲大，還在相信獨角獸和聖誕老人真的存在的小女孩對裙子所能期待的極限。於是，霍媽媽就以那天陽光很好為名，強扭著兒子和穿著公主裙的小女兒合拍一張照片，今天照片終於洗了出來。

照片上，霍以瑱在最大可能的範圍內遠離著霍以瑾，嫌棄之意溢於言表。

吃完早餐後，霍媽媽拿著照片對霍以瑾說：「幫媽媽把照片送去給哥哥好不好？」

「可是我怕……」霍以瑾有點不敢靠近哥哥的房間，即便那房間就在她的對面。她因為氣喘沒什麼朋友，哥哥就是她唯一的朋友。即使他大部分時間都在生氣，但她還是覺得哥哥也有對她很溫柔的時候，不過那需要他很高興、很高興才行，所以她一點都不想惹他生氣，好比去哥哥並不允許她去的房間。

「不要怕，你們是兄妹啊，你們天生就該比別人更親近。他現在只是沒有轉過彎來，早晚你們的關係會變好的。」媽媽鼓勵道。

「真的？」霍以瑾眨眨烏黑溜圓的大眼睛，很期待的看著媽媽，問道：「那個『早晚』能不能早點來？」

「能，也許就是今天呢！去試試吧。」媽媽笑著摸了摸女兒柔軟的頭髮，她真的很希望自己一雙兒女的關係能變得好一點。

「嗯。」霍以瑾很高興的點了點頭，痛快的答應了下來。

年幼的霍以瑾真的很好騙，只要是家人跟她說過的話她都信，哪怕明知道被騙了，下次還是會傻乎乎的去相信。媽媽說今天就是那個「早晚」，所以她就相信今天就是那個「早晚」，咚的一下，她和哥哥的關係就會變好了。

越想越開心的霍以瑾就這樣滿懷期待的去了二樓。她本來還想跑著去哥哥的房間，但是被媽媽制止了，她的身體情況不允許她做這麼劇烈的運動。

乖巧聽話的霍以瑾只能改變速度，以龜速前進，一點一點的摸上樓，腳步放得很輕，模仿著她昨天才從動畫片裡看到的情節。哥哥的房門果然開著一條縫，那是她過去想都不敢想能遇到的好事。

她高興極了，推開門……

「妳看到了什麼？」現實中，李斯特誘哄著問道。

躺在很有未來機器感的蛋形機器裡的霍以瑾產生了明顯的牴觸，她不是不知道答案，卻拒絕回答，很顯然那段往事並不愉快。

李斯特對霍以瑾建議的是一種他剛開始推廣宣導的深度催眠，接受治療的人躺在用了新能源的先進全像機裡，在特定的聲音催眠下，能夠十分清晰的回想起隱藏在大腦深處的童年記憶，就像是再經歷一次，只不過這次是帶著成年人的思維去看待那些曾經傷害過自己的話、事或者人。

「到時候妳就會發現，過去的陰影其實沒什麼可怕的，一切困擾都能迎刃而解。」李斯特如是介紹。

兒童和成年人的世界既相同又不同，有很多事情成年人害怕，孩子卻未必會覺得那有什麼可怕的，而很多成年人覺得只是在開個玩笑程度上的事情，卻會給孩子留下難以磨滅的心理陰影。

「舉個最簡單的例子，逢年過節，親戚們聚在一起閒來無事就愛逗孩子玩，這本身沒什麼問題，但有些惡劣的大人非要把孩子逗哭了才高興，這就很糟糕了。更糟糕的是當孩子承受不了這些在他們看來很惡毒的話時，大人們只會輕描淡寫的說一句就是和你開個玩笑。」

「像什麼『你其實是你父母從垃圾桶裡撿回來的』，又或者大人離開一下，他們就會說『你爸媽不要你了，你怎麼辦啊』，再不然就是『你爸媽是喜歡你多一點啊，還是喜歡哥哥（或兄弟姐妹）多一點啊』，這些還能算是玩笑嗎？對於孩子來說，這些已經是最惡毒不過的話語，會讓孩子十分的缺乏安全感。」

霍以瑾感同身受的點了點頭，「小時候我最怕的就是別人說我，他們覺得我爸媽還有哥哥和我一點都不像，他們那麼漂亮，我卻……」

又胖又黑，還矮，好像自己是全世界最醜的人。

「現在妳回憶起這些，也許已經不覺得有什麼了，但對於當時的妳來說卻一定很有什麼。而這個『有什麼』就會潛移默化妳接下來幾十年的性格，我要做的就是找到這句影響了妳，但甚至連妳自己都不太記得了的話。」

也就是說要回溯霍以瑾的記憶到二十幾年前，像是搜索敏感詞一樣，找到那個讓霍以瑾無論如何都不想再改變自己的話。

這需要做大量的準備工作以及個人訓練，畢竟回憶的都是很糟糕、很傷心的往事，霍以瑾要做好足夠的心理準備，避免造成二次創傷。為此，霍以瑾必須放下手頭的工作一段日子，全身心的投入到這個治療裡。

※◆※◆※◆※◆※

宋媛媛接到霍以瑾接受治療的消息時有點擔心，問：「妳不會有事吧？」

「不用擔心，婚禮的時候我肯定能趕回來。」霍以瑾如是安慰，她三個月之前準備的婚禮已經近在眼前了。

「妳明知道我問的不是這個，婚禮可以延期，妳的身體……」

「不能延期！我絕不允許因為自己這點小事就錯過婚禮。」

楚清讓表示：我也肯定不會錯過！

之前霍以瑾對楚清讓說她要去做一些事情，有一段時間不能聯絡，楚清讓當時答應得很爽快，其實轉過頭就後悔了，後悔得心肝脾肺腎都在疼。可是楚清讓又不能對霍以瑾說，只能自己一個人糾結……好吧，還有一個被楚清讓頻繁騷擾的經紀人阿羅跟著糾結。

「你說她能去幹什麼呢？」楚清讓第一千八百次的這麼問。

阿羅終於被問得黑化了，怒從心中起，惡向膽邊生，於是乎他有了個神奇的聯想：「大概是在準備婚禮吧，怕你搗亂，所以故意用這話來安撫你。」

「和誰結婚！？」

「林樓、吳方、李斯特，還有那個少女心總裁身的謝燮。以霍以瑾的條件，缺什麼都不會缺結婚對象的。不信你算算嘛，加上你，她這邊數得上的精英人物都能組成一個籃球隊的陣容了。實在是不行還有兄嫁結局……」

楚清讓被氣得摔了電話，阿羅長舒一口氣，整個世界都安靜了呢，真好。

結果沒清靜多久，等《主守自盜》劇組集中拍攝了差不多有一個月，大家難得迎來了珍貴的三天假期時，阿羅被楚清讓綁著一路飆車前往離小天使孤兒院不遠的聖洛迪大教堂，傳說中的結婚聖地。在LV市生活的不少名人都是在這裡舉行婚禮，傳說連黑道大佬都酷愛在這裡走完他人生的最後一程——葬禮。

看著負責開車的楚清讓臉上的陰鬱氣息，阿羅雙手緊抱安全帶，不禁吞嚥了一下口水，「冷靜，你知道你在幹什麼嗎？」

「她要結婚了！就在今天！」楚清讓覺得自己快瘋了，好好的怎麼說結婚就結婚了呢？今天甚至都不是什麼逢年過節，結婚都不挑日子的嗎？真的是一點預兆都沒有！他現在的怒氣值已經達到了無法形容的地步！當然，他氣的只會是搶了他女神的新郎，而不是他的女神。霍以瑾永遠是最好的！

「這時候能不能把你的痴漢臉收斂一下？」阿羅有點受不了楚清讓，「你真的確定結婚的是霍以瑾？」

「我找人去查的！婚禮上的東西都是霍以瑾簽的支票，前期負責與供應商溝通的也是霍以瑾的助理，請的婚禮策劃人是和霍以瑾有過不少交集的業內大佬，據說今天霍以瑱沒去公司而是去了教堂……你說這些除了霍以瑾要結婚還能代表什麼？」要不是劇組放假，楚清讓覺得他大概會在霍以瑾度完蜜月才能知道這件事。

「……」沒開玩笑？阿羅也被震住了：臥槽，我真這麼神？前段時間我那麼說其實只是為了讓楚清讓閉嘴一段時間，並不是真的覺得霍以瑾是要去結婚啊啊啊！

「那我們這是要去？」

「你覺得呢！？」楚清讓的表情簡直不能更凶狠，咬牙切齒，面目猙獰。

「殺人是犯法的！」阿羅因自己的猜測而受到了極大的驚嚇，他趕忙苦口婆心的規勸楚清讓回頭是岸，「尤其是這種當眾殺人，大家都知道你是凶手的情況，請最好的辯護律師都沒用。楚家好不容易眼見著就要完蛋了，你真的捨得不看著它玩完就先一步把自己玩完？」

「我是去搶新娘好不好！？」楚清讓怒視阿羅，「在你心中我就是個殺人犯的形象？」

「看路啊大哥！」阿羅也快瘋了，一不小心就坐上了這麼一個極度不理智的瘋子的車，這不會成為他通往另一個世界的單程票吧？「你想在我心目中當什麼形象都成，當卡密薩瑪（注：日語「神」

的音譯）我都不攔著你，但卡密薩瑪開車也是要看前面而不是看副駕駛的！」

楚清讓重新看回前方路面，他也覺得阿羅說得對，要是在趕去搶婚的路上出車禍，那就太狗血劇了。

「話說，你搶新娘我跟著去幹嘛？你一個人叫勇敢的為愛爭取，我們兩個人就成組團綁票了啊！」阿羅終於反應過來了，心想：反正不管怎麼說，你今天是必須要犯個罪了唄？我們能不能好好商量著挽回一下？

「你不進去不就好了？」楚清讓明顯的智商不在線上。

「那我來是幹嘛的啊！」阿羅的智商也有點被刺激得不太夠。

「你負責待在駕駛座上，不要讓車熄了火，等我拉著霍以瑾出來上車後，你就一腳踩油門，懂？」

「懂。」還真是簡單粗暴，易學易操作呢！等再一想之後第二天的頭版頭條，阿羅就有把自己的網路暱稱改成「本人已死，有事燒紙」的衝動。

這話翻譯過來的意思就是，這婚……阿羅陪著楚清讓搶定了。

「都一把年紀了還這麼捨命陪君子，我明天一定會罵死我自己的！」阿羅如是說。

——但是今天做了不後悔，以後也不會！

——因為，這是我朋友啊！

白色的大教堂，紅色的哥德式尖頂，十二聖徒的浮雕大理石柱子，白鴿在朗朗的鐘聲下振翅，滑過一片花海飛向藍天。教堂內部也是一片純白，十字形的內部設計，顯得十分聖潔。這絕對會是出現在很多少女夢寐以求的婚禮中的完美畫面之一。

楚清讓卻無心看這些風景，只顧奔跑在通往主教堂的路上，然後就像是過了有一個世紀那麼漫長——拍電影的時候往往在這段都要慢鏡頭特寫。

最終，楚清讓在門前站定。

氣還沒喘勻，他就猛的推開了大門，擲地有聲的一句「我不同意」響徹整個禮堂，完全不顧那邊的牧師有沒有說「有人反對這段婚姻嗎？」。

而隨著楚清讓的這一句，整個婚禮都被迫停了下來，現場變得安靜極了。這是一個很低調的婚禮，並沒有請多少親友，但兩旁的人一起看向楚清讓的場面還是很壯觀的。

楚清讓沒看這些人，只順著一路鋪到聖壇前的紅色地毯，看到了他想要的新娘——

「……這誰？」

新娘宋媛媛穿著潔白的短婚紗，雙手抱著粉色的捧花，傻愣愣的和新郎吳方站在一起，她問他：「你還安排了搶婚的驚喜戲碼？說實話，比起影帝楚清讓，我更喜歡祁謙。」

新郎吳方也傻了：「我沒安排啊。」

那天，自十六歲之後就很少犯傻的楚清讓一口氣犯了好多傻，最主要的兩點：一，這天只是婚禮彩排，不是正式婚禮；二，嫁人的是宋媛媛，不是霍以瑾。

代替妹妹暫時充當伴娘角色的霍以瑱，臉一下子就拉了下來，不為別的，只為他站在伴娘的位置上，這事讓他最不想人看到的榜首位置肯定寫著楚清讓的名字。

那一刻，霍大哥的內心幾乎是崩潰的。

一同崩潰的楚清讓：「以瑾呢？」

「去青城了，還沒回來。」霍大哥往前一站，很自然的和楚清讓搭起了話，想讓楚清讓忘記這段黑歷史。他就跟霍以瑾說伴娘這角色他替代不了，為什麼妹妹一可憐兮兮的看過來他就投降了呢？一世英名毀於一旦，這讓他日後如何面對楚清讓！希望楚清讓沒看清剛剛他的站位，嗯。

「哦，青城啊……抱歉，是我沒搞清楚狀況……」楚清讓賠笑，等等，「青城！？她去青城幹什麼！？」

「你去了不就知道了？」為了保持住自己的形象，霍大哥只能想盡辦法支走楚清讓，讓他趕緊走人，所以他忘記說霍以瑾其實明天就回來了，只是補充了細節：「就是管家趙伯老婆以前在青城的家，你應該滿熟的。」

楚清讓確實對那屋子很熟，那裡承載了他整個童年最快樂的記憶，後來這些年他也不知道去了多少次，只為找到霍以瑾哪怕一絲半點的線索。

「謝謝，我這就去！再次抱歉，打擾了……最後，大哥，別難為情，這年頭男伴娘其實挺流行的。」

「誰是你大哥！」霍以瑱成功暴走。

楚清讓早已經跑出了門。

緊張的等在車裡的阿羅看只有楚清讓一人出來，長嘆了一口氣，以為楚清讓沒搶婚成功，只能安慰道：「沒事，就像你說的，你還能等她離婚嘛。不然……你看清楚新郎是誰了嗎？我幫你套他麻袋！」

楚清讓笑了，「謝了，不需要套誰麻袋，結婚的是宋媛媛。」

「……誰？」

「以瑾的朋友，以瑾是伴娘。」

「……」你還能更烏龍一點嗎！？

「我現在需要用車去一趟青城，你是準備和我去，還是下車自己搭計程車回家？」楚清讓打開了阿羅所在的駕駛座的門，他的意思已經很明顯了。

「啊？」阿羅有點跟不上這神一樣展開的速度。

然後阿羅就在這樣的怔愣中，站在了路邊，看著楚清讓和他的車一起如風一般的消失在他的視線裡。

久久無法平靜的內心讓阿羅在最後發出來自內心深處的吶喊：「臥槽，用完就扔啊！」

※◆※◆※◆※◆※

青城離LV市不算近，也不算遠，開車走高速公路的話，上午去，晚餐之前肯定能到，主要耗時的是下了高速公路之後的小路，複雜得猶如迷宮。

楚清讓對路倒是挺熟悉，所以成功的在天還沒黑之前趕到了青城。

這麼多年過去了，青城卻幾乎沒有什麼變化，一眼就能望到頭的主幹道，基本上平均都在兩三層的木質建築，青石板鋪成的路。十幾年前什麼樣的作息規律，現在依舊還是什麼樣的作息規律，就好像被迅猛發展的世界遺忘了一般，這裡還活在上個世紀。

曾經由祁謙引起的拍戲熱早已經散去，家家戶戶卻還守著那點老黃曆，不思進取，不知變通，愚昧又無知，還是那麼的……讓楚清讓厭惡。

楚清讓永遠都忘不了他被一群小孩在這些大街小巷裡追打的場面，衣著樸素的大人們就坐在自家院前的門墩上，男人抽著旱煙，女人織著毛衣，齊齊的指著他狼狽的背影看笑話，爬滿皺紋的眼角使得他們的眼神看上去麻木又冷漠。

他當年被孩子們稱之為「沒人要的野種」，這種話大人不說，孩子又能從哪裡學來呢？

楚清讓討厭這裡，討厭得不得了，但他卻又愛著這裡，愛得不得了，因為順著主幹道一路向前走去，他就能看到讓他真正開始想要活得像個人樣的女神的家。那間大屋是當時整個青城唯一的磚瓦房，朱牆碧瓦，高門深院，窗明几淨的就像是另外一個世界。

楚清讓開著車，走在他在曾經用腳走過無數次的路上，沿路被不少端著飯碗坐在門前的青城人圍觀，從他們貪婪的眼中楚清讓就能看得出來，他們都在衡量著這車的價值，判斷著他是不是一個又要來拍片的城市人，拍片的時候用誰家，能給他們多少錢。

也許青城人不全是這樣的心態，但以楚清讓過去的遭遇，他真的很難用多大的善意看待這裡的人。

要不是有霍以瑾的事在牽著他，楚清讓大概這輩子都不會再踏足這裡一步。用最激烈的字眼來形容的話大概就是，他恨這裡，恨這個本不應該屬於他，卻把他硬扯進來，最後還深深傷害了他的世界。

他嗤笑的看著路邊不斷朝他張望的愚蠢的青城人，誰又能想到他會是過去那個豆芽菜一般的趙小樹呢？

說實話，楚清讓突然挺想說出來嚇嚇他們，看這些人誠惶誠恐的表情。

不過還是算了，楚清讓想著，和這些人計較又有什麼意義呢？從一開始他們就不是同一個世界的人，他計較了只會讓他顯得有失身分。最重要的是，主幹道路盡頭的大屋到了。那裡徹底顛覆了楚清讓的記憶，沒了乾淨亮眼的外表，也沒有了熱鬧氣派的場面，大屋這些年一直沒賣，但也沒人住，年久失修，荒廢多時，遠看上去跟恐怖片現場似的。

霍以瑾就坐在門口的臺階上，牛仔褲，白T恤，高高梳起的捲髮馬尾，青澀的就像是回到了十五歲。

她一眼就認出了楚清讓的車，又或者準確的說是阿羅的 Jeep，她笑著對車窗揮了揮手，動作大方又自然，她對下了車的楚清讓輕聲說了一句：「嘿，你找到我了。」

那一刻，楚清讓覺得他的整個世界都亮了。

霍以瑾和楚清讓一起並排坐在大屋前的臺階上，就像他們小時候一樣……好吧，不太一樣，小時候他們可以坐在最高一階上晃著腿，長大後蜷著腿不覺得委屈就已經很難得了。

她冷不丁的問了一句：「聽說你不同意宋媛媛和吳方結婚？」

楚清讓臉皮挺厚，知道霍以瑾在取笑他，一點不覺得尷尬，反而一副妳高興就好，讓我做更傻的事都沒問題的表情說：「我以為結婚的是妳。」

「那本來是我的婚禮，最起碼三個月前我是這麼認為的。」霍以瑾曾以為要是最終沒能按照計畫結婚，她一定會暴躁死，但當這一刻真的來臨的時候，她反而鬆了好大一口氣，終於不用再被那個日期追趕著她不得不找個對象了，真的放鬆舒心了不少。

當然，這也與李斯特的心理治療有很深的關係。李斯特讓霍以瑾意識到，其實不按照計畫發展也沒什麼，她完全不用為此焦慮或惶恐。

這一步很難跨出，可一旦跨了之後的改變也就順其自然了。

霍以瑾還是霍以瑾，她依舊在追求完美，力圖讓自己變得更好，卻不會再因為這中間的挫折與意外而感到暴躁又或者不舒服，強迫著自己無論如何都必須圓滿結果。人生百年，錯了也不過重頭再來，怕什麼呢？

「後來呢？」楚清讓知道了答案，卻還是希望能切切實實的從霍以瑾口中聽到她對他說，她已經不會再想隨便找個人嫁了。

「後來我的朋友宋媛媛和吳方明顯比我更需要那場婚禮，正好我不太會選結婚禮物送人，所以我就把我準備的婚禮送給他們了。」霍以瑾的審美外加鉅資打造，只要稍微改動一些宋媛媛更喜歡的花朵、緞帶等細節，再重新準備一套婚紗，一切就大功告成了。

教堂改到了ＬＶ市的聖洛迪，是為了方便孤兒院的孩子參加。祁謙和教堂的大主教有點關係，因為宋媛媛要還就孤兒院的孩子才特意選擇了聖洛迪的這一決定，他為她大開綠燈，想辦法預約到了基本上已經排到明年的教堂婚禮使用權。

換句話說就是祁謙什麼都知道，他在故意看楚清讓的笑話。

「我一定會好好回敬他的！」楚清讓很憂傷，為什麼他身邊都是這樣的損友呢？看看霍以瑾身邊的謝燮、林樓、宋媛媛，再看看他……

「唔，這其實是小橋的主意。」

「……小橋？那個號稱是我粉絲的小橋？」楚清讓對於現在的粉絲也是不懂了，愛之深恨之切嗎！？

霍以瑾笑著沒說話，她才不會說小橋這麼做只是因為他想刺激楚清讓對她更主動一點，不過為了避免楚清讓對小橋產生什麼不好的印象，她決定轉移話題：「這可是第一次我聽別人對我說，我送的禮物是她收到的所有禮物中最好的。」

霍以瑾真的不太懂如何挑選禮物送人，大部分時間她更傾向於直接開張支票，對方滿意，她也省事。不過，呃，也就是想想，哪怕是關係好到如謝燮者，收到支票也是會生氣的。

唯一不生氣的只有她大哥，對方會在她生日的時候回一張兩倍以上數額的支票。

「妳送我支票，我也不會生氣。」楚清讓立刻站隊表忠心，不要說是送支票了，哪怕是送牙籤，只要出自霍以瑾之手，他都能樂好些天，因為她竟然記得他的生日，他一定會把那張頗具意義的支票裱起來，用最經典的名畫金框邊、角松花主題的浮雕，寓意永恆的愛和約定。

「你生日的時候，我想送你一些更具有意義的東西。」霍以瑾想了想，補充道：「普通節日才送支票。」

楚清讓傻愣愣的看著霍以瑾，不斷的告訴自己不要想歪，這話也能對朋友說，但該死的……他就悄悄想歪一下，霍以瑾不知道也就沒什麼，對吧？對！他開始愉快的自欺欺人，也許、大概、可能霍以瑾這是在告訴他，她準備拿他當戀人對待。

霍以瑾看著毫無反應的楚清讓，心裡也有點忐忑，謝燮這個白痴不是說楚清讓那麼聰明，肯定一點就透，她這麼說絕對萬無一失的嗎？萬無一失在哪裡啊渾蛋！

時間回溯，在楚清讓開車趕來青城的路上，霍以瑾正在和謝燮通電話。

「妳準備怎麼和楚清讓說？」謝燮在跟霍以瑾說完楚清讓在婚禮彩排上的烏龍以及他正在趕往青城這兩件事後問道。

「什麼怎麼說？」霍以瑾一頭霧水，謝燮這種東一榔頭、西一棒子的說話方式，真的讓人很難跟得上他跳躍的思維。

「妳決定再給他一次機會的事情啊！別告訴我妳打算再告白一次，直接跟他說什麼我喜歡你，你看我怎麼樣？我們兩人交往之類的話！」謝燮發現自己好像一直處於皇帝不急那啥急的角色COS裡。

「那怎麼說？現在趕緊從小說裡找個告白模式套一套？但是那種『我要全世界都知道你是我XX的女人』之類的會不會太羞恥PLAY了？」

「……我沒讓妳從狗血小說上找。」

「網路上的搞笑段子？我倒是記得在網路上看到過類似的，『我這裡有一條祖傳的染色體想傳給你』，又或者是『我能幫你在我家祖墳預約個免費的風水寶地』，但在正經告白的時候這麼說也太搞笑了吧？」霍以瑾表示這個場面她想像不來。

「這位道長，收收妳的腦洞吧。」謝燮再一次向霍以瑾跪下了，「妳閉嘴，聽我說，OK？」

「……」霍以瑾沒說話。

「喂？喂？斷線了嗎？怎麼沒聲了？」

「你不是叫我閉嘴嗎！」

「妳非要在這個時候跟我抬這個槓才痛快嗎！？」謝副總真的怒了。

「你說，我聽。」霍以瑾立刻乖乖配合了。

「重點不是告白的方式，而是由誰告白，妳明白？言情小說妳都看進狗的肚子裡了嗎？誰先愛上誰先輸，同理可證，誰先告白，被告白的一方就掌握了主動權。妳和楚清讓這麼折騰一圈下來，結果還是妳告白，讓他白得便宜，我們虧不虧啊！？」

——謝燮真不愧是少女心總裁身，在這種時候總是頭頭是道。BY：旁聽的林樓。

「那怎麼辦？」霍以瑾虛心求教。

「想辦法讓他再告白一次唄，到時候妳再『勉勉強強』的答應了他，掌握主動權！」

「好。」

結果……

楚清讓前面被霍以瑾拒絕得太狠，始終處於小心翼翼的忐忑狀態，根本不敢胡思亂想，哪怕想了他也沒敢當真。

霍以瑾無奈，只能換了個說法：「你真的不好奇我這些天在做什麼？」

「不好奇！」楚清讓表忠心總是表得特別奇葩。

「……」霍以瑾都想打他了，往常那死皮賴臉的勁去哪兒了！？

楚清讓看著霍以瑾沉下來的臉色，心中咯登了一下：又說錯了？還是被霍以瑾發現我的小心思了？

「好吧，我坦白，我真的沒有騙妳的意思，請相信我。妳不想說，我肯定不勉強妳，會努力讓自己做到不好奇。但妳也知道，人心是很複雜的，不是我說控制就能控制得住的，我就只有那麼一點點的好奇，真的，只有一點點！四捨五入也可以被稱之為不好奇。」

楚清讓一朝被蛇咬、十年怕井繩，可以說是把「死也不能再騙霍以瑾」這個信念刻進了骨子裡，絕對不會再犯這個錯誤。

噗一聲，霍以瑾忍不住笑了，楚清讓怎麼能這麼可愛呢～

然後霍以瑾就拉著楚清讓的領帶把他拉向自己，再一次主動的吻上了楚清讓的唇，鼻翼輕碰，以舌尖探開薄唇，在敏感處輾轉廝磨。

楚清讓不可思議的睜大了自己的雙眼，這個時候掐自己的大腿測試這是不是夢會不會顯得不太合適？

霍以瑾無奈的放開楚清讓，有點小失望的說：「這個時候都應該是把手放在我胸前，閉眼享受的吧？」

「胸、胸……」楚清讓已經緊張到不會說話了，臉上的紅色一直蔓延到了脖子根，他低頭看了一下霍以瑾，又快速轉移視線，「這不太合適吧。」

霍以瑾低頭，臉也騰的一下跟著紅了，居然忘記自己是女的有胸了！這種小說裡女主角被總裁吻得情難自禁的畫面竟然不太適用楚清讓和她，so sad。

楚清讓始終無法上線的智商終於上線，他沒再繼續說話，只是一手握住霍以瑾的手，一手攬住霍以瑾精瘦纖細的腰肢，傾身上前，吻住了霍以瑾的脣。脣舌相纏，輕輕摩擦，呼吸著彼此越來越熱的溫度，終於有一次雙方都配合的閉上了眼，整個大腦都充斥著異樣的觸感，體會著一個草莓味的吻。

一吻之後，楚清讓的大腦再當機也知道這個時候該告白了，所以他說：「我喜歡妳，我愛妳，我想和妳在一起，想溫柔以待的對妳，想、想、想……想送妳薄荷。」

「薄荷？」霍以瑾眨眨眼，這個時候亂入了個什麼鬼？

然後楚清讓教會了霍以瑾她人生中的第一個花語，薄荷——請再愛我一次。

楚清讓沒有告訴霍以瑾的是薄荷的另外一個花語——願與妳再次相逢。

「好。」霍以瑾答應得很乾脆，「我祖母的花房裡一定不介意多一些薄荷香草的。」

告白成功，楚清讓終於修成正果。

※◆※◆※◆※◆※

那麼，之後呢？

之後當然是開車連夜趕往ＬＶ市，第二天還有一個在聖洛迪大教堂舉辦的婚禮，在等著霍以瑾去當遞婚戒給新娘的伴娘呢！

本來霍以瑾下午就該飛回ＬＶ市了，但是為了等楚清讓，最後的結果就是兩人開夜車回去。

「不然我來開吧？」霍以瑾對楚清讓建議道，他已經開一整個白天了。

「不累！沒騙妳，真的！」楚清讓感覺自己現在真的渾身都是勁。當然，也因為他現在根本不敢休息，生怕再一睜眼發現自己其實是在做夢。為此，他覺得他甚至可以一輩子都不睡覺。

「好吧。」霍以瑾躺在放下去的副駕駛座上，閉著眼，她是真的有點累了。

「來點助眠，咳，我是說放鬆心情的音樂？」楚清讓建議道，「我這裡有《Ein Straussfest》一和二，施特勞斯家族圓舞曲精選，小提琴精選，《流浪者之歌》……」

「具有收藏價值的百張古典樂專輯，嗯？」

楚清讓尷尬的笑了笑，「妳知道的，我之前不太能欣賞古典樂，就從網路上搜了一下哪些比較經典，然後買來每輛車裡都備了幾張，好方便妳隨時想聽的時候都能聽到。」

機會總是留給有準備的人。

這話用在這裡不太合適，卻也從某種角度體現了楚清讓對霍以瑾的重視。他不知道霍以瑾什麼時候能再和他重新在一起，但他會時刻準備著，哪怕是阿羅的車他都沒放過，他一直都在想盡辦法的與霍以瑾貼近。

霍以瑾沒說話，只是隨便點了一張她比較喜歡的專輯，閉著眼享受著悠揚的純音樂，然後給了楚清讓關於她這些天去了哪裡的答案：「我去接受心理治療了。」

「李斯特是國內首屈一指的心理醫生。」楚清讓想起了當初在開機儀式上阿羅的介紹。

「對，就是他。他的老師過去是我的心理醫生，老先生退休後就把李斯特介紹給了我。李斯特建議我追溯到小時候去回憶是什麼造成了今日我的性格，好加以改變。」霍以瑾對楚清讓詳細的解釋道。

「那一定很痛苦。」沒有人會喜歡重新經歷小時候的糟糕過去，楚清讓尤甚，「我寧可妳不要去經歷這些。」

「如果沒有這些，我說不定就不會接受你了。」霍以瑾試探性的開口。

「我可以等。」楚清讓不是在說謊話，他是真的這麼覺得的。如果他當時知道霍以瑾去做什麼，他一定會勸她不要去。他能忍耐等待霍以瑾的痛苦，卻無法眼睜睜的看著霍以瑾難受，哪怕一絲一毫。

「你是笨蛋嗎？」霍以瑾笑罵了一句，「不過你說對了，其實回憶那些對我並沒有任何幫助。不過那些記憶也不都是痛苦的，相反，它們讓我很快樂。」

「快樂？」

霍以瑾回憶著她經歷的那些，嘴角止不住的向上翹起，「嗯，很快樂。」

五歲的霍以瑾在她大哥的門前，聽到她大哥在和他搬到南山半坡之前的同學用語音打遊戲，這不是他們熱愛遊戲到一清早就起床了，而是他們昨晚根本就沒睡，一直熬夜鏖戰到現在。大家都已經很疲倦了，一邊分著最後的戰果，一邊很隨意的聊著什麼。

也不知道是誰起了有關於「妹控」的頭，霍以瑱五歲的妹妹霍以瑾也被提及，有人問：「你妹妹一定很可愛吧？不到五歲的小蘿莉。」

霍大哥還沒回答，就聽另外一個平時和他關係不錯的朋友代替他回答道：「你可要失望了，Ace（霍大哥的網名）家的妹妹一點都不可愛，又醜又胖，那樣子你是沒見到，天哪，真可怕！和 Ace 一點都不像，也不知道是不是哪裡撿來的。」

「真的假的？」一群好事的人在起鬨。

霍大哥是怎麼回答的霍以瑾沒聽見，因為她已經氣得哭著跑走了。然後她再一次發病，搶救回來後死活也不願意在家裡繼續住下去，她父母沒轍，只能把她送到了管家趙伯青山綠水的老家青城，由趙伯的妻子代為照顧。

那是霍以瑾難得的任性，她一直在等，等她哥哥打電話給她，跟她說，回家吧。

可惜，霍以瑾一直沒有等到。

後來霍以瑾因為楚清讓而再一次發病，被送去了國外治療，等身體徹底好了之後，人瘦了又白了。她的哥哥也突然對她好了起來，和以前的朋友斷絕了關係，現在學校裡的哥哥的朋友們都很喜歡她，簡直就像是做夢一樣。

李斯特覺得就是霍大哥對霍以瑾這前後差距過大的態度，讓霍以瑾形成了一種不想再改變自己的心理，她怕改變後，哥哥會再一次不喜歡她。

但是……

霍以瑾和她哥就這事溝通之後才發現，這裡面的烏龍其實挺大的。

那一天，霍以瑾哪怕站在門外多堅持一秒鐘，她都能聽到她哥哥怒罵那些朋友的話。他的妹妹再不好，那也是他妹妹，護短的霍大哥根本不會允許別人那麼嘲笑霍以瑾，他和他過去的朋友斷絕了關係不是在霍以瑾病好之後，而是在她去青城之前就已經鬧翻了。

而霍以瑾去了青城之後，霍以瑱沒打電話給她是因為……他根本不知道她去了青城。

那天霍以瑾發病，全家都急著趕往醫院，霍大哥再一次被落在了家裡，他有預感妹妹出事是因為在他房門外面聽到了那些話——他在房門外撿到了被霍以瑾扔下的照片——卻不知道該如何解釋。

等後來父母、祖父母一臉沉重的回來，霍以瑱就更不知道該如何開口了。他想等妹妹回來了再道歉，但妹妹卻再也沒有回來。

妹妹的房間被鎖了起來，而妹妹的很多東西都被打包送走（帶去青城給霍以瑾），母親夜夜背著人偷偷哭泣（想女兒想的），父親、祖父母對妹妹絕口不提（怕引得霍媽媽更傷心），這一切的一切都讓霍以瑱造成了一種錯覺——他的妹妹死了，因為他朋友的一些話，因為他的冷漠，他的妹妹發病之後死了。

霍以瑱害怕到甚至不敢去向父母確認一下自己的猜測，他一直都活在以為自己是殺人犯的極度惶恐中。

當然，這個烏龍還是很快就被解釋清楚了，卻也給了霍大哥很大的心理影響。所以他才會對霍以瑾突然好得不得了，他不是因為她瘦了、漂亮了，而是一種失而復得的狂喜，讓他覺得他必須對他的妹妹好，因為妹妹一旦離開，他就會活得很糟糕——主要是心理影響。

中二少年容易偏執，霍大哥的偏執就是霍以瑾，深入骨髓，再難改變。這也是他最大的黑歷史，他這輩子都不想讓別人知道他還有這麼傻的時候，尤其不想讓霍以瑾知道。

「哥哥在妹妹心目中的形象就應該是光芒萬丈的！」中二瑱如是說。

於是，連同管家在內的霍家全家為了保全霍以瑱脆弱的少年臉面，口徑一致的都沒對霍以瑾說起過這段往事。反正兄妹關係好了才是最關鍵的，不是嗎？

霍以瑾每每想起她大哥也有這麼蠢萌的時候就想笑。

所以，對她來說是很快樂的事情，完全沒感覺到痛苦。

「很可惜我不能告訴你這個故事。」霍以瑾對楚清讓道，「不過，知不知道對你來說都沒關係啦，那並不是困擾著我無法再次和你在一起的原因。」

「誒？」楚清讓特別想緊接著問「那是什麼讓妳終於決定再給我一次機會」，但他又有點不敢問，生怕霍以瑾想起來又決定不和他在一起了。/(ToT)/

霍以瑾無奈道：「安心吧，除了我大哥的事，別的我都會全無保留的告訴你，也不會出爾反爾不和你在一起，你能不能對自己有點信心？」

「……不能。」

「那就對我有點信心！」

「好的，女王大人！」

「……女王大人？」

楚清讓：一不小心把心裡話說出來了怎麼辦？要是因為這個稱呼而分手，我一定會被自己蠢得去跳江的……_(:3)∠)_

「我喜歡。」

楚清讓：妳喜歡就好女王大人，我這裡還有女神、my Boss、my Lord、your highness 等各式各樣的選擇\\(≧▽≦)//！只要妳喜歡，我就說得出口！

——**您的朋友【帥不過三秒的楚清讓】上線了**。

楚清讓就這樣一邊開著車，一邊聽起了霍以瑾跟他講過去的故事。不過霍以瑾一開口，楚清讓就後悔了，因為霍以瑾跟他講的是趙小樹，一個讓他聽後心情會起伏很大、很激動，一點都不適合在高速公路上開車時聽到的人。

「我小時候得過氣喘，你知道吧？」霍以瑾開口問道。

「妳怎麼會覺得我應該知道？」趙小樹當然是知道霍以瑾得過氣喘的，但「楚清讓」不應該知道。楚清讓衡量再三，最終決定用模稜兩可的反問句。不能算騙人，但也沒主動承認什麼，他一點都不想讓霍以瑾知道他趙小樹的身分，又怕保不齊霍以瑾哪天就從她哥那裡知道了，只能選擇了這麼一個不是辦法的辦法來隱瞞。

他當年那個「又矮又矬又愛哭，只有別人欺負他的分，他自己不要說反抗了，甚至還需要霍以瑾一個女孩子來保護，一點都不英明神武」的形象，實在不是一個什麼值得在自己剛上任的女朋友面前說出來的事情，不是嗎？

哪怕霍以瑾不覺得他當時那樣丟人，他也不需要霍以瑾的同情。當然，他更不想因為當年自己的不告而別，再使得他和霍以瑾之間徒增什麼障礙。

所以對於趙小樹這個身分，楚清讓的策略自始至終都是不承認、不否認，能瞞幾時是幾時，反正他沒騙她！

躺在副駕駛座的霍以瑾忍不住睜眼給了楚清讓一個白眼，然後重新閉上，抬手小幅度的戳了戳楚清讓的胳膊，「別裝啊，再裝就不像了，我還不知道你——」

「！」楚清讓睜大了自己的眼睛：臥槽，不會真的暴露了吧？

「——就你之前那跟蹤狂的樣子，你敢說你沒把我過去的喜好、資料調查了個清楚？」霍以瑾喘了口大氣，把話說完了。

「被妳發現了啊。」楚清讓表面上配合著尷尬一笑，心裡卻在努力呼吸著劫後餘生的空氣，還好前面自己挺住了沒不打自招，霍以瑾這種說話方式實在是太要人命了，要是以後再這麼來幾回，幾顆心臟都不夠用。

「大概是五歲左右吧，我被送去了我管家媽媽的老家——也就是我今天去的青城——休養，認識了一個小男孩，他叫什麼我有些忘了，小木，還是小草，不然小花？」

小樹！小樹！小樹！楚清讓覺得自己有點小分裂，一方面恨不得霍以瑾對過去的他徹底失憶，不再記得他最丟人的樣子，一方面卻又因為霍以瑾真的把他忘了而有點難過。也許對於霍以瑾來說，他只是她在管家媽媽的老家遇到的無關緊要的童年玩伴，但對於他來說，霍以瑾卻是他的童年乃至現在整個人生中的全部。

「啊，小樹！趙小樹，應該是這個名字。」霍以瑾最終還是準確無誤的叫出了趙小樹的名字。

她當然不可能忘記趙小樹，那可是她人生中除了家人以外的第一個朋友，有著與別人完全不同的意義，她怎麼可能記不住那麼簡單的一個名字？更何況她前不久才接受了李斯特的記憶回溯，哪怕忘記了也能再回想起來。她之所以假裝忘記了對方的名字，只是不想楚清讓介意。

言情小說不都是這麼寫的嘛，女主角對於總裁口中的異性，不管是什麼身分，總是會在意非常，但偏偏卻不會向總裁明說，只一個人各種腦補，然後因為自己的想像而暗自神傷。

楚清讓不是那種動不動就悲春傷秋的類型，但他會買凶殺人，更嚇人。

霍以瑾實在不想因為這麼一樁並不會對現在的她再造成任何影響的童年回憶，引發了什麼不可挽回的內部矛盾，所以她只能透過各種假裝來表現自己對對方的不在乎，好降低楚清讓的警惕和凶殘程度。

再一次喜聞樂見的說岔了的兩個人就這樣繼續「愉快」的聊了下去。

「妳很喜歡這個趙小樹？」楚清讓滿懷期待的問道。

「沒、沒有，我怎麼可能喜歡他呢，當時我和他才多大啊，哪裡來的什麼喜歡、不喜歡的，就是一個玩伴，我連他長什麼樣都忘記了。」霍以瑾閉著眼想的卻是她一輩子都忘不了第一次見到趙小樹時的樣子，又瘦又小，頭髮枯黃，穿著明顯不合身的髒衣服，縮在牆角被一群人欺負，連哭都只會哭得像是小貓叫，讓人心疼得不得了。她怎麼可能不喜歡呢？

多少女性最初的喜歡都是源自於對對方的心疼？為什麼大家總是容易喜歡上深情無悔、最終卻沒得到女主角的男配角？道理總是互通的。

「也是啊，都是快二十年前的事情了，誰還能記得。」楚清讓失落的垂下頭，濃密黑長的眼睫毛在下眼瞼留下一排小扇子似的陰影。果然沒有人會記得趙小樹呢，沒有人。

那個蹲在角落裡不斷哭泣，乞求著誰能來救救他的小男孩越走越遠、越走越遠，好像馬上就要被全部的黑暗吞噬。

「也不算是完全不記得。」霍以瑾突然出聲，驅散了一片黑暗。

霍以瑾懊惱的皺眉，她不想別人這麼無視趙小樹，但她也不應該在本來就很敏感的楚清讓面前說的，這不是影響家庭氣氛嘛！_(:3」∠)_

「哦？那妳感覺他是怎樣的一個人？」楚清讓沒生氣，相反的他激動得不得了，狀似閒聊，實則支著耳朵，只為聽一聽在霍以瑾心目中小時候的他到底是什麼樣，強大？弱小？可憐？討厭？……喜歡？總是想要得到那麼一個答案，哪怕是沒有存在感的趙小樹也會希望能被人記住。

「他是一個……呃，怎麼說好呢？對，他是個就缺一個機會便能走上人生巔峰的人。」

「嗯？」楚清讓不可思議的睜大了自己的眼睛，他想過千萬種答案，卻怎麼都沒想到霍以瑾會這麼說。

霍以瑾依舊閉著眼睛，假裝自己沉浸在快節奏的小提琴背景音裡，其實卻在心裡描繪著趙小樹的模樣。

他不高大、不可愛，臉常年被遮在一頭亂髮裡，畏畏縮縮，好像一陣風就能吹倒他。但霍以瑾在看到他第一眼時就覺得，那並不是真正的他，他心中自有一番丘壑，只是缺少一個機會，缺少一個人去告訴他「這個世界有多大，你可以有多厲害，你不應該被那樣對待」的機會。

她相信那個男孩將來肯定會比任何人都有出息，所以她不同情他，她不覺得他有什麼好同情的，因為早晚有天那個男孩會把命運虧欠他的都用自己的雙手掙回來。

他是全世界最獨一無二的。

「也不知道他現在怎麼樣了，和他有錢的爸爸離開之後會過得很幸福吧？畢竟他那個爸爸據說是和妻子沒有辦法生出孩子，作為繼承香火的獨子，他應該會過得不錯。而有了機遇，看到了更廣闊的世界，他一定、一定會……」

翱翔於九天之上，不再被任何人、任何思想束縛。

她希望他能好，因為他值得那些好，值得被這個世界溫柔以待……不，他必須好，哪怕以後再也不見，哪怕見面也不相識，哪怕他當年沒有遵守承諾、再沒有聯絡過她，她也始終覺得他們都應該好好的。

「也許他已經變成了一個壞人，把人送進監獄、送進精神病院，甚至他自己過得也很糟糕，為當年拒絕了妳的好意而受盡折磨，接受了他當年那個錯誤選擇的深刻教訓。」

「收回你的話！」霍以瑾猛的睜開眼，坐起來看向楚清讓，氣勢逼人。她有點生氣，不，她很生氣，「你不應該這麼說他，你不知道他遭遇過什麼，也不知道他在遭遇了那些之後仍然沒有放棄奮鬥需要多大的勇氣！你什麼都不知道，怎麼能這麼說他！」

有些人面對暴力早就已經被打怕了，被打得失去了自我，再也扶不起來。但是趙小樹並沒有，哪怕他遭遇再大的苦難，他也絕對不會彎了他的腰，折了他的氣節。

就像是胡楊樹，活著三千年不死，死了三千年不倒，倒了三千年不朽。

「我當然知道，因為我就是趙小樹。」

Q……對總裁的印象……？
第十七印象
戀愛了！

楚清讓終於還是把他對霍以瑾隱瞞的最後一個秘密說了出來，他就是當年青城的趙小樹。

他之所以開口，不是被霍以瑾激得一時衝動，而是當他看見霍以瑾如此為曾經傷害過她的他據理力爭時，他覺得自己不應該再自私下去，不應該再為了自己心裡那點盤算而繼續瞞著霍以瑾真相，她有權利知道他最後變成了一個怎麼樣的人。

「你說什麼？」霍以瑾眨眨眼，好像有點消化不了這個突然而至的消息。

「我是小樹，妳是大壯。」

楚清讓這次是真的豁出去了，再次被討厭就被討厭吧，大不了再追一次嘛，又不是沒追過，他有的是耐心。嗯，這次是說真的，她再重新找了對象，他會等她分手；她結婚了，他就去當她的鄰居，等著她離婚；哪怕是她死了，他還可以等著和她合葬，甚至是追上她一起去奈何橋投胎轉世的機會。反正，他是不會放手的，死也不！

「很抱歉，當年我那麼混蛋，因為一個不知所謂的『爸爸』，和妳不告而別。」

楚清讓覺得他終於明白了霍以瑾為什麼只能給人一次信任。

最初的孽，果然還是在他。他說他要跟爸爸走了，霍以瑾很難過卻還是選擇了祝福他，並且幫他積極的想新名字，約好第二天見面，但他卻因為害怕看到霍以瑾哭，害怕因為見到她的眼淚而沒有勇氣和「爸爸」離開，選擇了像個懦夫一樣逃跑，沒有遵守約定。聽霍大哥說，霍以瑾當天就發病，都是拜他所賜，所以他活該有今天。

一啄一飲，皆是天定，很多年前種下的果，再苦他也會嚥下！他唯一後悔的就是當年對霍以瑾那麼混蛋，害得她傷心了。

「我沒有生氣。」霍以瑾卻搖了搖頭，很認真的看著楚清讓，有那麼一刻她是不知道該說什麼的，直至楚清讓對她道歉。他雖然沒哭，但卻比哭出來還讓人心疼，這個誤會必須要在第一時間解開，「真的，我從來沒怪過你。事實上，我該向你道歉的，我當年太不懂事了，在我根本不知道為一個人的人生負責到底是什麼樣的時候就輕易許出了那樣的承諾，差點害得你沒辦法和楚家團聚。」

「不是楚家，當年那個找到我的人是楚天賜的親生父親，我在他家沒住多久就被他妻子帶去檢測ＤＮＡ，證明了我不是他兒子，然後我就被送回去了，可妳卻走了。我想去ＬＶ市找妳，但是不知道妳的名字，也不知道妳的住址。」

楚清讓把他珍藏在皮夾裡的火柴人遞給了霍以瑾。

「還記得嗎？這是妳畫的，『清讓』也是妳取的名字，我很喜歡。」

要是在這個煽情的時候，她告訴楚清讓，其實楚清讓這個名字她很不喜歡，那是總是和她作對的大哥覺得好的，她圈住它只是想告訴他一定不能取……會不會顯得很不合時宜？

這個時候只要微笑就好了，霍以瑾告訴自己。

楚清讓還是很忐忑的問：「妳真的不怪我？」

「我怪過你為什麼不留下聯絡方式給我，以為你不想和我做朋友了，但現在看來是我錯怪你了，我不知道當年的事情，如果我再堅持一下，再去找找你就好了。我只在病好之後回了青城一次，你卻不在。」

「我現在在了。」楚清讓趕忙道，他很內疚，「這怎麼是妳的錯？是我的錯，我不該不告而別，害得妳……」

他以為是因為他當初那樣的不告而別對霍以瑾造成了很嚴重的心理傷害，他沒辦法改變過去，只能在現在努力彌補。

「李斯特也以為是，但他錯了。」霍以瑾聳肩。

「誒？」

「真的，我騙你這個幹嘛，有錢賺嗎？」霍以瑾更無奈了，為什麼她說了這麼多遍，楚清讓就是不信呢？

——因為我生命裡發生了太多糟糕的事情，這樣的好事我根本不敢往自己身上想。BY：楚清讓。

楚清讓心中最沉重的一塊石頭就這樣被輕易的搬開了，輕鬆到不可思議。多少次他都在午夜夢回中責怪自己，覺得若自己是霍以瑾的話，自己這輩子都不會原諒在他給予好意時卻打開他的手的人。

幸好，霍以瑾不是他。

「我今天坐在大屋前的石頭臺階上想了很久，也許我在心裡小小的怪過你，但我卻從來沒有生過你的氣，一點也沒有。我不給人第二次機會不是因為怕自己改變，也不是因為你的不告而別受到了創傷。」

「那是因為什麼？」

——因為那個時候的我還不愛你。

就是這麼一個再簡單不過的理由。

喜歡有嗎？有。

愛呢？肯定是還沒到那個分上的。

選擇的時候太隨便，付出的信任又太認真，結局能好才有鬼！又或者可以這麼說，如果當時楚清讓的欺騙沒有被霍以瑾知道，她和楚清讓順利的結了婚，那麼她就永遠不會真正瞭解到楚清讓到底是個什麼樣的人，也就失去了真正愛上楚清讓的機會。

霍以瑾在感情上是個慢熱型，她可以第一眼就喜歡上一個人，卻不可能第一眼就愛上什麼人，她需要時間，需要很真實的瞭解，需要緩慢又溫情的相處。所以無論是痴漢的楚清讓、跟蹤狂的楚清讓，甚至是偶爾犯蠢的楚清讓，那都是最真實的他，讓霍以瑾有足夠的時間從這些事情的側面去明白他的執著、他的深情以及他隱藏極深的溫柔，所以她愛上了他。

謝燮曾經向霍以瑾吐槽過：「言情小說裡這些神邏輯喲，不管什麼事，愛上他（她）了，就能作為原諒一切的理由，這也太可笑了吧。」

霍以瑾曾經深以為然。

但在今天坐在青石板上，看著飛鳥閒適的從一碧萬頃的天空飛過如黛的遠山，她突然有了新的認識。

有些事情是真的沒辦法用一句「我愛你」就能原諒的，好比殺父之仇，也好虐身囚禁，那絕對是要不共戴天的，這些若是還能原諒對方，不僅對不起自己，更對不起父母，簡直……說句難聽的話——自己犯賤就別怪別人看你笑話。

但她和楚清讓並沒有殺父之仇，也沒什麼觸及到原則底線的相愛相殺。所以，她和楚清讓之間是可以因為一句「我愛你」就迎刃而解的。

這個世界不是非黑即白，不是一個理論點有錯，整個理論就都是錯的，沒有什麼是一定的。包括她曾經的那一句「我不會原諒欺騙過我的人」。

就像是謝燮問過她：「妳哥、妳的家人騙了妳，妳也不會原諒他們嗎？」

怎麼可能！？只要他們還愛著她一天，她就不可能真的對他們狠得下心腸，因為他們是一家人啊，會互相原諒、互相包容的一家人。

楚清讓就是那個霍以瑾想與之成為家人的人。

自打臉就自打臉吧，有什麼關係呢？世界是在變的，人的思想也是，如果我們永遠只禁錮在一種想法上，世界又怎麼會有今天的大變化呢？

只要是好的、是正確的，那麼自打臉也應該認，而不是死要面子活受罪。

謝燮問林樓：「你到底愛霍以瑾什麼？」

林樓笑著說：「我說了，我不愛她，我只是拿她當朋友那樣喜歡，喜歡她的灑脫，喜歡她的大氣，喜歡她笑容明豔的樣子。」

車內，霍以瑾突然對楚清讓道：「我說當初你怎麼轉變速度那麼快，不是你在我和你的初戀之間最終選擇了我，而是……」

「妳就是我的初戀，不過我愛的是妳，不對，我也愛小時候的妳……呃，這話怎麼聽起來這麼像是戀童呢？妳聽我說，我的意思是我、我、我……」楚清讓越說越亂，他發現無論他怎麼解釋好像都不太合適，最後他自暴自棄道：「我只是無論妳變成什麼樣都會情不自禁的愛上妳。」

——然後會因為不知道妳是妳，覺得同時愛上兩個妳的自己是個人渣而陷入深深的自責，在最後還因為小時候的妳而傷害了長大後的妳……

——這到底算是什麼事啊！命運能不能不要這麼玩人！？

霍以瑾已經先笑開了，怎麼會有這麼蠢的事情發生在她和楚清讓身上。

楚清讓也跟著霍以瑾笑了，發自真心，彷彿連眼角都在笑著的那種，怎麼都掩飾不住的開懷大笑。是啊，他們真的是太傻了，兜兜轉轉一圈下來，不過是自己和自己較勁，真夠遜的。

霍以瑾重新躺下，閉上眼，心想：言情小說誠不欺我，到最後也是總有一款適合我——青梅竹馬梗。

「吶，趙小樹。」

「嗯？」

「這次就算了，下次要是再敢叫我大壯，殺了你喲。」

「好的女王大人！是的女王大人！沒問題女王大人！」

※◆※◆※◆※◆※

凌晨一點半，楚清讓終於安全的把霍以瑾送回了霍家，坐在客廳裡的霍以瑱看向楚清讓的眼神十分不善，給出警告：「這是第一次。」

楚清讓覺得再沒有什麼比這更糟糕的了，因為你永遠賭不起這人到底是說三次紅牌罰下，還是再有一次我就代表月亮消滅你。

霍以瑾本來是想留楚清讓直接在霍家睡下的，他已經開了一天一夜的車，鐵打的身子都受不了，再讓他這麼一路開回北城新區，霍以瑾還不想這麼早以人鬼殊途為結局結束這段好不容易才修成正果的感情。

楚清讓自然也打的是這個主意，要不是條件不允許，他真心很想和霍以瑾上午確立關係，下午就登記結婚，晚上……咳。

結果兩人卻被霍大哥的一句話堵住了——

「你們倆在一起了？」

霍以瑾瞭解她哥，楚清讓是人精，很快就同時懂了霍大哥這麼說的意思，他不是真的在問他們倆的關係，而是他很清楚他們倆在一起了，所以出口提醒他們注意一下行為。

楚清讓要是像謝燮那樣，是這輩子都不可能和霍以瑾有什麼的男性朋友，那麼大可以大大方方的在霍家住下，但他偏偏是霍以瑾剛剛新鮮出爐的男朋友，一個最近風頭很盛、狗仔正愁沒東西可寫他的男朋友。兩人才確立了戀愛關係就直接這樣男未婚女未嫁不清不楚的住在一起，哪怕大家都知道他們不可能直接睡在同一個房間，也不妨礙報紙上亂寫，看過報紙的人浮想聯翩。

霍家不古板，卻也頂不住人言可畏，更何況當年豪放的伊莎貝拉就曾對外直接撂下過霍家自她這一代之後的規矩，戀愛滿一年以上或者訂婚之後才可以無距離交流。

所以，為了霍以瑾的名聲……

「為了避免疲勞駕駛出事故，我特意幫你準備了司機。」做事周詳的霍大哥早考慮到了方方面面，拒人之意也十分明顯。

霍以瑾只能無奈的拖著疲倦的身體，去送她剛上任幾個小時、比她還疲倦的男朋友。

老管家站在霍大哥身後，無奈道：「先生，我們下次找別人麻煩的時候，能不能不要連累小姐？明天是宋家小姐的婚禮，我們家小姐是伴娘，肯定天不亮就要起床，一整天都會忙得跟陀螺似的沒時間休息，現在能多睡一分鐘都是好的。您這樣明著把楚先生趕走，以小姐的性格，能不去送人安慰一下嗎？也不知道您這到底是折磨楚先生，還是折磨小姐。」

「那小子就這麼輕易的拐走了我妹妹，還不許我發洩一下了？」妹控霍以瑱一秒鐘上線。從婚禮彩排上遇到楚清讓開始，霍以瑱就憋著火呢！再一看妹妹這麼晚了才和楚清讓有說有笑的進門……那可是他捧在手裡怕丟了、含在嘴裡怕化了，寶貝了二十多年的妹妹，就這樣便宜了楚清讓，他能忍？

「當然不能！」管家先生很是同仇敵愾。他和他妻子感情很好，但可惜一直沒孩子，等後來妻子去世了，他也沒想著再娶一個，只把霍以瑱和霍以瑾當成了自己的孩子，甚至是孫子輩，愛惜得像是眼珠子。他覺得他很有必要讓楚清讓明白，「霍家上下都是霍以瑾控」這句話可不是浪得虛名。

他們不可能阻止霍以瑾去談戀愛甚至是結婚，但那並不代表他們就能讓楚清讓這麼輕易的抱得美人歸。

管家趙伯語重心長的對他家先生道：「來日方長啊，先生。」坑楚清讓是個長遠的活兒，不用急在一時半刻。

「哦？」霍大哥挑眉。

「先不說他們只是在談戀愛，還沒結婚，哪怕他們真的早早結婚了，不把楚清讓看在眼皮子底下一段日子，怎麼確定楚清讓婚後不會過河拆橋、原形畢露，對小姐不好？您說是吧？」無論如何，他們都不可能放心霍以瑾結婚之後就直接和楚清讓搬出去過兩人生活的。老管家積極的出謀劃策。

愛一個人可以是一個人的事，愛情是兩個人的事，結婚就是兩個家庭的事了。

「今日的後退，是為了他日的得寸進尺啊！呃，不對，恕我失言了……是為了他日的長遠打算啊！」

今天忍了楚清讓，日後才能趁其不備的坑他，哪怕坑不了，霍以瑾看他們目前沒有為難楚清讓，不也會心情舒暢、進而放鬆警惕嘛，到時候才好……

事實最後也證明了，薑還是老的辣，管家趙伯多年的宅鬥經驗是十分有效的。

楚清讓日後最大的心願就是和老婆搬出霍家，他不介意別人說他是入贅，一如他老婆還不介意別人誤以為她嫁給他之後就是為他生兒育女、洗手做湯羹。但他十分介意總是看見大舅子這張容易讓人胃疼的臉！

妹妹婚後，沒一下子就變成空巢老人的妹控霍以瑱表示一臉滿足。他本就沒指望妹妹這輩子能一直不嫁人，但又實在是看那娶了他這麼好的妹妹卻根本配不上的楚清讓不順眼。怎麼辦？大概也就只能這樣稍微「為難」一下了。

這個世上有一種「幸也不幸」大抵如此——在他還不確定能不能和女神順利結婚的時候，大舅子已經做好了在他婚後「開戰」的準備。

※◆※◆※◆※◆※

第二天，霍以瑾倒也沒像老管家預料的那樣天沒亮就起床，她是天亮了之後才起床。

……這不對勁！很不對勁！

霍家的每一個人對此都頗感意外，覺得其中必有深意，卻又無論如何都猜不到是什麼。

霍大哥和老管家想得有點多，以為這是宋媛媛的婚禮突發意外辦不成了，但見霍以瑾什麼也沒說，只是如常的下來吃早餐，便只能小心翼翼的試探：「這個時間點妳要是慢跑完再去宋家，怕是有點來不及了吧？」

「所以今天不慢跑了啊。」霍以瑾一臉的輕描淡寫。

女僕差一點不小心打破了她正在擦拭的瓶子。這一句在霍家絕對算得上是比天降紅雨還不可思議的話了。

——李斯特真這麼神？連霍以瑾對塑形的執著都能管？BY：霍以瑱和老管家。

「慢跑的目的是什麼？是為了身體和身材好。身材好的目的是什麼？是為了漂亮給自己看，讓自己過得舒心。我凌晨才睡下，今天還要累一天，運動量絕對比平時坐辦公室大，肯定能把早上的慢跑補回來，那我早上還起來幹嘛？為了搞壞身體，打破自己的初衷？」霍以瑾想讓自己過得更好的生活態度沒有變，變的只是她遇事之後的態度。

反正像之前那樣，和謝燮、林樓他們大半夜的想戀愛模式不睡，明知道第二天要去當義工忙一整天，卻依舊要早早的爬起來跑步的傻事，霍以瑾是絕對不會再幹了。

管家老懷欣慰，等霍以瑾走了，特意一邊擦著家裡幾位老主人的遺像，一邊翻來覆去的說了好久：「小姐終於學會愛惜自己了，這真是比家族的集團規模更大了還要好的大好事。」

之前霍以瑾那個樣子，趙伯想管卻也力不從心，只能想盡辦法拐彎抹角的提醒，如今霍以瑾自己醒悟了，自然是讓他再高興不過了。

霍以瑱則直接在特助來接他上班的時候表示：「去查查李斯特最近缺什麼，或者有沒有什麼難辦的事。」

如果是霍家能幫得上忙的，他絕對很樂意幫上一把。

穿著花襯衫，戴著紫水晶耳環的李醫生，開心的窩在辦公室裡看存摺帳戶中數字後面的零，想著：要不大家都說呢，就是喜歡和有錢人做朋友！=V=

霍家門外，楚清讓的車已經到了，他來接霍以瑾去宋家。

這位「比霍以瑾睡得遲，起得比霍以瑾早，昨天還連續開了一天一夜的車」的先生，看上去比霍以瑾精神抖擻多了，讓霍以瑾一度懷疑他其實根本沒睡。

楚清讓本來確實是打算不睡的，但最後被阿羅勸住了。

「你總不能真的因為怕這是夢，就一輩子不睡覺吧？哪怕你能，你的身體也扛不住。等你死了，好不容易重新追回來的霍以瑾可就要便宜別人了。你說你到時候虧不虧？」阿羅提醒道。

「死也不要！」楚清讓覺得他做鬼都不會放過那個在他之後和霍以瑾結婚的人。

「是吧？所以你快睡吧。退一萬步說，這是個夢又能怎麼樣？第二天一早你就去霍家堵人，不是夢自然皆大歡喜，是夢的話……你直接吻她好了。」

「這能有什麼用？」楚清讓不解。

「能讓你解饞。反正不管你們有沒有真的在一起，你最少能賺個深吻，這可是你平時想都不敢想的。等她稍微一生氣，你就把你的夢告訴她，她不僅能看到你的一片痴心，還能順便因為你的傻而可憐你，說不定就又能在一起了呢？」

楚清讓沉思了許久才幽幽道：「你這招可真夠厲害。」

「怎麼？你不用？」

哪怕看不到阿羅的表情，也能從他的話語感覺到他充滿了挑釁意味的挑眉。

「用！有便宜不占王八蛋！」

「……你好歹是個國際影帝，偶爾也重視一下偶像包袱吧。」阿羅語重心長道。

然後，就有了第二天一早楚清讓出現在霍家接霍以瑾，發現他沒做夢，他真的和他的女神在一起了的這個更像是夢的大好事。

本來楚清讓還想趁著替霍以瑾開車門、送她上車，順便幫她繫安全帶的空檔香一個的，結果……霍以瑾拿一種看神經病的眼神看了他好久。

「我哪裡做錯了嗎？」

「我有手。」霍以瑾特意把自己一雙指若削蔥根的白皙柔手在楚清讓面前晃了晃，好像生怕楚清讓不懂她的意思，還特意加了一句解釋：「手這種東西呢，重要的用途有很多，其中就包括自己開車門，自己繫安全帶。」

「……」別人家女友都是嫌棄男友不夠體貼，怎麼到我這裡反而是我女友嫌我礙事呢？還能不能好好談戀愛了！

一路就這麼憂傷著、憂傷著，宋家到了。

※◆※◆※◆※◆※

宋家只有宋媛媛和她爸爸宋先生兩個主人……哦，不對，不久之後就變成宋先生和他的私生子以及私生子的媽三個主人了。

本來宋媛媛和吳方這樣好了散、散了好的，宋先生不可能這麼快同意他們結婚，但扛不住私生子迫切的希望宋媛媛能嫁出去。

宋媛媛則因為這個私生子，對她爸爸也算是徹底寒了心。母親在她高中的時候去世了，她如今都這麼大了，其實是不介意爸爸續弦，但她爸爸卻一直推三推四，活像她在害他。等這個只比她小一歲的私生子大學畢業後冒了出來，宋媛媛才算是明白了她父親到底在遮掩什麼。

宋先生愛宋媛媛嗎？愛，不然他不會在妻子去世後，仍然始終不願意把私生子接回來繼承家業。他一直在小心翼翼的照顧著宋媛媛的感情，只是他當年已經不愛宋媛媛的媽媽罷了。

這麼多年後才知道真相，被私生子找上門的宋媛媛不知道該如何面對這一切，她沒立場指責她爸爸，卻也沒立場替已經去世的媽媽原諒出軌的爸爸，所以只能決定儘早的嫁給吳方，好遠離、逃避這個家。

「妳就把財產這麼便宜了那個小三和她的兒子？」霍以瑾這麼問過宋媛媛。

宋媛媛冷笑表示：「遠的香、近的臭，我爸一直覺得因為我而沒能和那個小三結婚是對不起他們母子，如今我被『逼』得早早嫁人，離開這個家，連婚禮的錢都不用他出，妳看他又會怎麼想？」

不得不說，宋媛媛有時候也挺感謝吳方的前女友錢莉，要不是沒有她當初跳出來攪局破壞，讓她提前一步明白了這個世界上有些人能有多麼噁心，大概也就不會有她今時今日的態度了。她爸的財產是她爸賺來的，他想給誰她管不著，但當年就打著真愛的旗號試圖破壞她家庭的女人，她也不會放過她！

最終，宋先生為了宋媛媛，也始終沒有娶那個養在外面的小三，用宋媛媛的話來說就是：「她這輩子做夢都想當宋太太，我偏不讓她如願！」

當然，這些都是後話了。

如今的宋媛媛還在努力忘記她家裡的巨變，積極的笑著準備嫁給吳方，那個會在未來給她一輩子幸福的男人。

楚清讓把霍以瑾送到宋家的時候，比霍以瑾和宋媛媛約定的時間早了五分鐘。

霍以瑾一向很有時間觀念，絕對不會讓自己遲到，卻也特意不會太早，因為怕打擾到宋媛媛休息，給她增加無形的壓力。

結果……

霍以瑾發現她竟然是伴娘裡來得最晚的！

宋媛媛的那一群同樣出身世家的好姐妹們早已經齊聚宋家，拿手機的拿手機，拿相機的拿相機，時刻準備著等霍以瑾進門好合影。

客廳裡的五位伴娘翹首以盼的激動心情，那真的是完全不亞於即將嫁人的宋媛媛。

這五人裡雖然只有一人是和宋媛媛一起在紅領巾義工隊裡當了義工，但另外四人也是因為各自有各自的工作，沒辦法騰出手來專心當義工，但休息的時候也會去幫忙，出錢的時候更是一點都不含糊。她們聽說宋媛媛因為紅領巾義工隊結識了霍以瑾，一個兩個都飲恨得不得了。

五位伴娘基本上都是被宋媛媛拉入霍以瑾這個「邪教」的，有剛接手家族生意立志當女強人所以崇拜霍以瑾的，也有單純和宋媛媛一樣覺得霍以瑾帥氣爆棚才喜歡的，當然，更有因為霍以瑾的家世而湊熱鬧結交的，甚至是抱了上網貼合照好跟別人炫耀的目的，但不管怎麼樣，總之是絕對不會找霍以瑾的麻煩。這讓事先瞭解過一些的霍大哥十分的放心。

為了維持最基本的禮儀，五個伴娘加上宋媛媛都是坐在客廳裡等待，不過從窗戶就能看到霍以瑾的車開進宋家。

然後，她們就成為了除霍家第一波知道霍以瑾和楚清讓在一起了的目擊證人。

當時的情況是這樣的，楚清讓被霍以瑾的那一句「我有手」打擊得不輕，一路上情緒都很消沉，雖然不可能在面上表現出來，但霍以瑾還是肯定能感覺得出來。

於是霍以瑾就直接問了，有什麼不開心的，說出來才好解決。

霍以瑾不是做不到那種對付外人的虛與委蛇，但她實在是不想和身邊的人相處時還這麼累，見一路上自己不論怎麼說，楚清讓的情緒都沒好轉，乾脆在進宋家之前就想著一定要把事情問清楚，不然這一天拖下來說不定要生多少事。

楚清讓雖然會對霍以瑾隱瞞，但那是在霍以瑾不問的前提條件下，問了他肯定說，而且絕對不會騙霍以瑾。

於是，楚清讓就把他本來想接著繫安全帶的時候吻霍以瑾，結果沒吻上的事招了。

「……」霍以瑾沒說話，只是等楚清讓在宋家門口停穩了車之後，直接拉過楚清讓的領帶結結實實的吻了一回，舌尖纏繞，曖昧異常。她最後喘著氣對他說：「我們是戀人，接吻不需要找這些拐彎抹角的理由，想親就親，懂？」

「懂！」回吻，抵死纏綿。

等霍以瑾下車進屋的時候，離她和宋媛媛約定的時間還剩下不到一分鐘，她一邊想著應該不會太失禮，一邊在被女僕領到了客廳後便收穫了一屋子的下巴。

「你、你、你……」

「楚清讓？剛剛那個是影帝楚清讓吧！？」

「女神風投的蘭瑟啊啊啊！」

世家小姐們也會追星，也會有喜歡的偶像，好比她們會崇拜獨立自主的女總裁霍以瑾，也好比她們會喜歡是金融天才的同時又是國際影帝的楚清讓。多少世家在楚清讓的身分爆出來之後，已經迅速把他的名字列入了對各家小姐們擇婿時必耳提面命的名單。

最後還是宋媛媛因為這段日子和楚清讓多有接觸，才把話說了個清楚：「總裁大人，妳和楚清讓在交往？」

「嗯。」霍以瑾如實的點點頭，這不是什麼不能說的事。不過，她皺眉，在考慮到楚清讓另外一層公眾人物的明星身分後，她道：「但是目前我們還沒打算對外公布。」

後面的話不用霍以瑾說，在世家裡長大的各位小姐們就已經知道該怎麼做了。

也不需要她們怎麼保密，只要不說給狗仔聽就是了。世家裡這種找了個公眾人物的例子比比皆是，各大宴會上不知凡幾，若不是故意找碴，基本上沒人會把這種消息透露給狗仔，頂多是在圈子裡傳一傳，畢竟誰又能保證自己沒有那麼一天希望別人行方便的時候呢？

這已經是圈子裡公認的禮貌問題了。

人家真的要是有意在一起，快結婚之前肯定也會找個合適的機會自己主動放消息出去，根本不需要別人多嘴。

※◆※◆※◆※◆※

宋媛媛的婚禮分為上午、下午兩個部分，上午中式，下午西式，差不多要換五套婚紗。她特意選擇了包括霍以瑾在內的六個伴娘不是沒有理由的，好比無論什麼樣的婚紗，她都能和她的六個伴娘湊成一套最經典的彩虹色。

霍以瑾：這個理由真的不怎麼樣。

上午的中式婚禮上，宋媛媛穿的是很傳統的C國唐裝，一襲鮮紅的蘇繡嫁衣，嫁裙上繡著的金鳳像是活了一般，浴火重生。

六位伴娘穿的便是和宋媛媛款式差不多的改版唐裝，只不過顏色是剩下的橙黃綠青藍紫了。

霍以瑾從一開始就堅持要藍色或者紫色等冷色調，因為她這種中西結合療效好的長相雖然在這個看臉的世界一般情況下都會是無往不利的，但是在穿上C國傳統服飾之後卻只剩下了「笑」果。不是說不好看，只是總讓人覺得不倫不類，藍色或者紫色的冷色調還好一點，可是越喜慶顏色的就越奇怪。

這也讓把宋媛媛的婚禮當作自己的婚禮提前體驗的霍以瑾，無奈的取消了她在之前的準備中其實很喜歡的一套C國嫁衣。

霍以瑾本來以為伴娘的工作應該會很忙，結果她卻無奈的發現，她再一次被當作了吉祥物，以及合照對象。

化好了妝、換好禮服的伴娘們，第一件事不是去看還沒畫好妝的新娘子宋媛媛，反而是和霍以瑾開始各種合影……並成功的在宋媛媛也上鏡之後，讓她們的這一套彩虹色禮服登上了網路熱門搜尋。

「原來照片轉發過萬是這種感覺，好讚～」

「過萬算什麼？看我這邊！上次我爸公司年會做活動都沒這麼大動靜呢。」

「啊呀，這張裡我的臉顯得好圓，怎麼辦？QAQ」

「我們是不是忘了什麼？好比……呃，新娘。」霍以瑾小聲提醒道。

新娘正在牆角種蘑菇：「我真傻，真的……單以為找總裁大人當伴娘，能和總裁大人合影，能讓多少人羨慕死，卻忘了這個世界上還存在『對比』這種邪物QAQ……以前也沒覺得自己有多黑，現在深刻的體會到了，有誰還記得我才是新娘啊嚶嚶嚶……」

「……我們還要不要結婚了？」這是唯一的重點始終還能放在婚禮上的霍以瑾。

最終，在中午吉時之前，新郎官吳方帶著伴郎團隊開著一串的車隊到了，才算是化解了霍以瑾有關於伴娘們和新娘總愛一起跑題的無奈。

上午的中式婚禮很簡單，吳方沒有長輩，宋媛媛也只有一個爹——小三和她的私生子在這種時候，宋媛媛肯定是死也不會同意他們出席的——兩家都可以說是親戚人口十分簡單，上午就只請了真正親密的朋友，沒多少人，基本上不是伴娘就是伴郎，最後反而造成了一種賓客比正主還少的神奇局面。

作為家屬出席的楚清讓也就顯得更加突兀了。

別人對楚清讓的乍然出現有點消化不來，楚清讓本人卻對現在這個局面適應良好，準確的說，他已經迫不及待想讓所有人都知道他和霍以瑾的關係了。

但是吧，自己這邊直接高調對外公布了和霍以瑾的關係，先不說霍以瑾她大哥霍以瑱那邊會不會故意卡著他，只說「秀恩愛，分得快」這一句，存在即合理，不由人不信啊！在對待這段來之不易的感情上總是過分小心翼翼的楚清讓表示：萬不能有失！

好吧，說實話，楚清讓其實是真的挺想秀恩愛的。

**提問：人類為什麼要用秀恩愛這種究極大招傷害自己的同類？**

**楚清讓答曰：別人怎麼想的我不知道，反正我秀恩愛的重要目的不過有三，告訴別人霍以瑾是我的，告訴別人我是霍以瑾的，告訴別人我和霍以瑾之間是容不下第三者的！**

無論是喜歡霍以瑾，所以想破壞他和霍以瑾的關係的；還是喜歡他，所以想破壞他和霍以瑾的關係，找霍以瑾麻煩的；又或者是純粹看他們倆不順眼，有私仇，就是為了破壞而破壞的……統！統！咬！死！

於是乎，在今天早上送霍以瑾去宋家，看到客廳窗戶裡那麼多人往外張望時，楚清讓酷愛算計的CPU就吭哧吭哧的再一次運轉了起來。

楚清讓表示，還有什麼會比「先由別人無意中爆了他和霍以瑾在談戀愛的消息，然後再由他們乾脆公開承認」更低調奢華有內涵的秀恩愛方式呢？既滿足了他想公布的需求，又能冠冕堂皇的讓別人覺得他們這不是高調在秀，只是不隱瞞、不狡辯，大大方方的把事實公布給對此事好奇的公眾而已。

這個計畫是不是很棒？

是！

然後，楚清讓就這麼單方面的決定了，在送霍以瑾進了宋家之後，他就一直看著網頁翹首以盼，他和霍以瑾談戀愛怎麼樣也應該算是個轟動事件了，不可能不引起網路上的主意。

可惜，直至中午楚清讓作為家屬去了吳方家吃喜酒，網路上對於楚清讓和霍以瑾的事仍是隻字未提。

楚清讓的內心幾乎都快改成咆哮專場了，連霍以瑾的伴娘裝都登上熱門搜尋了，為什麼他和霍以瑾在一起了的消息還沒有傳出去！早上宋家客廳裡那一群看熱鬧的人，麻煩八卦也請八卦得專業一點好不好？和不在現場的小夥伴廣而告之，消息共用一下會死嗎？還是說難道他和霍以瑾交往的這件事還不如七彩的伴娘禮服勁爆？就沒見過這麼不敬業的八卦好事者！負分！差評！天理何在！

很顯然的，由於霍以瑾和楚清讓缺乏溝通，他們倆的腦電波總是沒辦法協調在同一個頻道，在對於公不公開兩人之間關係的這件事上，他們又一次的不同調了。

霍以瑾以為楚清讓好歹是個公眾人物，公布戀愛關係肯定需要從長計議，好比公關團隊先放出風聲，或者搞幾個煙霧彈，讓粉絲提前有個心理準備，再開始各種宣傳偶像談戀愛不容易，最後在他們真的公證以及粉絲也已經適應了，之後再來個網路公開什麼的。一般明星不都是這個流程嗎？她玩社群網站可是玩出了很多心得。

而楚清讓……其實根本沒在乎過這個。

當演員真的只是他的副業，他喜歡的是演戲，不是喜歡那種被千萬人前呼後擁當偶像喜歡的感覺，他一點都不在乎突然高調公布戀愛消息之後對自己事業的影響。

哪怕阿羅在乎，作為入股了白齊娛樂的隱性大股東之一，楚清讓表示，他根本就不 care 經紀人的所思所想啊！事實上，阿羅也早就做好了楚清讓不 care 他的心理準備，那邊新聞通稿他都準備好了，這邊卻遲遲沒消息，真的讓人很著急是不是！

「怎麼了？」霍以瑾在吃飯的時候偏頭問坐在她身邊的楚清讓。

他們倆吃飯的時候自然是坐在一起的。

事實上，中午請來吃喜酒的人本就不多，在吳家一張加長的長條桌就搞定了，可以說是所有人都坐在一起。下午的西式婚禮以及之後的自助餐宴會才是重頭戲，無論是和宋家有來往的合作夥伴，還是吳方認識的事業上的小夥伴，接的都是下午那場的白金色喜帖。

「沒什麼。」楚清讓搖搖頭，他總不能直接跟霍以瑾說，我在先下手為強的想辦法趁著覆水難收的公眾壓力逼妳哥不得不公布我們倆的關係吧？這不是故意找家庭矛盾嘛。

霍以瑾嘆氣，她覺得自己和楚清讓的關係真的是任重而道遠，需要很大的毅力才能處得好。她能理解楚清讓的童年養成了他如今什麼話都愛憋在心裡的性格，小時候他想找人說，也沒人會對他有那個耐心不是？只是……

放下筷子，霍以瑾直接扳正了楚清讓的腦袋對著自己，鼻尖頂著鼻尖，她對他說：「現在你有我了，你有什麼不高興的可以直接跟我說，我不會嫌你煩，也不會不幫你，好嗎？」

「好。」楚清讓情不自禁的就勢稍微一向前，擒住了霍以瑾的唇，輾轉纏綿。

旁邊的人無不默契的偏頭，假裝自己什麼都沒看到，只想著：臥槽，燒死旁邊這對算了！為什麼他們兩人之間的粉紅泡泡會讓我覺得比今天的新人還盛！

霍以瑾則覺得她悟了，楚清讓原來是想……咳，雖然上午才說了想親就親，但是在別人婚禮上這樣喧賓奪主確實不太合適。她私下悄悄捏了捏楚清讓的手，示意他適可而止。

楚清讓立刻心領神會，oh yeah，成功過關！

中午匆匆吃完飯，一行人就直接開車去了聖洛迪教堂。教堂一直在承辦婚禮，所以婚禮設施準備的十分齊全，不僅會對新人開放舉辦結婚儀式的禮堂，還備有專門的休息室，方便新娘補妝以及來賓休息。儀式之後的自助餐也是在教堂後面半開放式的露天草坪餐廳舉行，一半是能玩自助燒烤的草坪，一半是室內可以供人跳舞的大理石舞池，設計得美奐美輪，見之忘俗。

儀式開始的時間大概是在四點，因為……新娘和伴娘們換衣服、化適合禮服的妝容可是十分費事的。

這一次新娘和伴娘們的禮服都換成了西式，主題是粉色的漸變色，從新娘的白色婚紗開始一直到最後一個伴娘的粉紅色低胸短款小晚禮。七個高眺白皙的美人站出來看上去會是一個整體，單獨拿出來又不失個人特色。

霍以瑾由於擔任的是在儀式上遞戒指給新娘的伴娘位置，便只能穿著最顯嫩、最接近白色的一款淺粉色禮服，沒什麼花裡胡哨的妝飾，只是稍微挽了個髮，簡單又大方。

宋媛媛一臉羨慕嫉妒恨的表示：「不知道的還以為妳是我妹妹呢。」

「有個頭比姐姐高的妹妹？」

「……總裁大人，不要這樣打擊人啊，嚶嚶嚶……」新娘子再一次去牆角種憂鬱菇了。

「別哭啊，沒事的。妳雖然矮……但妳沒胸啊！」旁邊一看就是損友類型的一個伴娘如是安慰道。

「妳！」

一時間所有伴娘都笑開了。

笑笑鬧鬧，下午四點很快就到了，這時才有伴娘忙碌中發現新娘最重要的四樣東西——西式婚禮傳統，一件舊物、一件借物、一件禮物、一件藍色的東西——少了一樣，婚紗是宋媛媛母親當年的婚紗，手環是向最好的好姐妹借的，捧花是藍色的，但什麼是送的禮物呢？

宋媛媛看了看霍以瑾，示意問她能不能說。

霍以瑾乾脆直接說了：「這場婚禮是我送的。」

「！」沉默三秒鐘後，伴娘們羨慕嫉妒恨的尖叫聲差點震翻了教堂的油畫屋頂。

於是繼伴娘禮服之後，總裁大手筆送好姐妹一場天價婚禮的新聞再一次紅遍了網路，粉絲有志一同的表示：我不敢求總裁送我一場婚禮但求總裁把我娶了！

楚清讓一刻不停的盯著手機，心想：哼，晚了，你們的總裁已經答應娶我了！

呃……好像有哪裡不太對。

婚禮儀式上一切順利，也沒出現什麼新娘落跑、新郎舊愛跑出來砸場子的狗血事件。

宋先生挽著女兒的胳膊把她送上聖壇後哭得像個淚人，小天使孤兒院的孩子們穿著得體的小禮服充當了花童的角色，身體不能動的小橋由楚清讓推著坐在第一排觀禮，牧師代表上天問新郎新娘可願與對方共度一生，在得到肯定答案後，送上了最真摯的祝福。

在所有來賓起身鼓掌的祝福聲中，吳方和宋媛媛以甜蜜的一吻結束了整場儀式。

儀式之後，晚宴之前，是最傳統的新娘拋捧花環節。

包括霍以瑾在內的女性和小孩都起鬨站在了新娘身後，等待著這一份祝福。不像大部分小說裡女主角千躲萬躲不想搶到捧花，霍以瑾是真心挺想要的，因為……她果然還是不能忍受無法在朋友圈「傲視群雄」。

就在捧花被高高拋起的那一刻，霍以瑾身邊的人忽然一下子很有默契的全都讓了開來，正好讓她接到了那一束藍色捧花。

宋媛媛笑著轉身：「妳送我一場婚禮，我也送妳一場，可好？」

必須好啊！楚清讓大概是比霍以瑾還激動的那一個了，也不知道現在就開始籌備婚禮最快能什麼時候娶到新娘！

所有人都發出了善意的哄笑。

但讓楚清讓鬱悶的是：都到這分上了，網路上竟然還沒有消息！你們是要怎樣啊！(╯‵□′)╯︵

整場婚禮，只要不是需要伴娘陪在新娘身邊的時候，楚清讓就像是要立志做一塊霍以瑾的狗皮膏藥似的，緊貼在霍以瑾身旁，半步不離。如果不是怕觀感不好，他都想把自己貼在霍以瑾身上死不下來了。

可無論是中午那頓基本上只是紅領巾義工隊內部吃吃喝喝的中式喜酒，還是晚上那頓到處都是人的西式婚禮自助餐，大家都像是瞎了一樣，對他和霍以瑾的同進同出熟視無睹。

——如今連安排霍以瑾接捧花這一齣都有了……

——你們就一點都不震驚嗎？別說你背過去之後那此起彼伏的驚呼聲就不叫震驚啊，我不信！但是怎麼就突然都這麼厚道了呢？苦苦守著一個驚天八卦就是不和別人說！

——Tell! Me! Why!?（告訴我為什麼？）

大家的心裡其實也在想著，霍氏國際這是要逆天嗎？前不久才和林氏能源就新能源的問題達成戰略同盟，今天霍家二小姐就和女神風投的ＣＥＯ蘭瑟高調出席友人婚禮，搞壟斷都不是這麼個搞法吧！？好想跟別人八卦……但是根本不敢說啊！嚶嚶嚶，三方哪個都惹不起！

當新娘宋媛媛和新郎吳方在著名樂隊的演奏下跳了第一支舞之後，這場婚禮的舞會就算是正式開始了。

楚清讓的悲劇也正式拉開帷幕。

因為請霍以瑾跳舞的人大概都能直接從舞池一路排到教堂外面去了，最可恨的是這些人還男女不忌！

邀請霍以瑾跳舞的男人們，楚清讓還可以用眼神一一瞪回去。但女人怎麼辦？孤兒院的孩子們怎麼辦？最重要的是謝燮和林樓這兩個人他瞪了也沒用啊，連新娘宋媛媛都玩 high 了非要進來攙和一腳。不對，好像女人來找霍以瑾共舞就是從宋媛媛這個新娘開始的！

本來身為伴娘的霍以瑾只是和那邊伴郎團中的一個陪著新娘新郎跳了一曲，後來見小橋眼巴巴的看著，霍以瑾就主動和坐在輪椅上的他玩笑著跳了一曲。結果自此就像是打開了什麼奇怪的開關，先是引得孤兒院的小孩一個個來找霍以瑾跳舞，等楚清讓好不容易把這些孩子都盼完了，想著總算輪到自己這個正牌男友了吧……宋媛媛和一眾伴娘團就來了。

「總裁大人，能請妳跳一支舞嗎？」

女人能和女人跳嗎？為什麼不行！婚禮上，新娘的話就是最大的。說實話，兩個美女共舞，不是比一個美女和一個醜男的搭配來得養眼？幾乎所有的人都在起鬨，霍以瑾也就從容優雅的上了，男步跳得比在場大部分男性還流暢好看！

新娘之後是伴娘，伴娘之後是伴娘的女性朋友們，朋友還有朋友，幾乎ＬＶ市和宋家來往不錯的世家圈裡的小姐們都輪了一遍。

各個名媛的社群網站裡不知道有多少霍以瑾的粉絲在眼巴巴的想著：放過那個總裁讓我來！

霍以瑾的身分就這樣成功從吉祥物變成職業舞伴。再加上霍以瑾從小就有這方面的專門訓練，她根本不會覺得累，反而把這當成了一件放鬆的事情樂在其中。

因此，她基本上沒留給楚清讓什麼時間，楚清讓只能一邊推著小橋，一邊眼神幽怨的望著舞池裡的霍以瑾。

等小橋神助攻藉著身體不適的名義把霍以瑾好不容易拉回來的時候，林樓和謝燮又端著雞尾酒過來了。這兩個傢伙看楚清讓不爽已經是不需要說的事實了，雖然他們肯定不會破壞霍以瑾和楚清讓，但學霍大哥那樣致力於找楚清讓麻煩還是不成問題的。

兩個人輪流的找理由和霍以瑾跳了一圈又一圈，也不知道林樓對霍以瑾說了什麼，反正基本上後面都是林樓的專場了。

小橋都只能無奈的給楚清讓一個「我只能幫你到這裡了」的眼神。

一直到婚禮結束——孩子們早已在九點之前就被送回孤兒院洗洗睡了——大部分來賓都腳步

虛浮的飄著坐上各家司機所開的車離開後，楚清讓都沒能和霍以瑾跳成舞，他的眼神都已經不能用幽怨來形容了。

霍以瑾傾身上前，啄吻著楚清讓的唇角，用帶著酒後特有的慵懶語調安撫：「乖啊，以後有的是機會，我們倆的婚禮上我肯定陪你跳個夠。」

楚清讓……滿點復活！就是這麼沒出息！只要霍以瑾哄一哄心情就瞬間美麗了！

——不服你咬我啊！

——我們的婚禮，嘿嘿，想想真是把持不住！

很多、很多年後，楚清讓還會這麼和他的小孫女講，當午夜十二點的鐘聲敲響之前，王子不早不晚的剛剛好按時把不會變身灰姑娘的女王殿下安安全全的送回了魔王的巢穴。

魔王霍大哥：呵呵。

第二天，新婚的吳氏夫妻搭乘中午的飛機，飛往了著名的海灘，開始了他們的蜜月之旅。

※◆※◆※◆※◆※

一週後，楚清讓終於明白了林樓那天在宋媛媛的婚禮上到底對霍以瑾唸了什麼咒，讓霍以瑾願意陪他跳了一曲又一曲——林家派來常駐C國的負責人與林樓終於交接完畢，這天上午十點，霍以瑾在機場送別了林樓。

楚清讓本來也想去送林樓的，奈何他還有工作——《主守自盜》劇組休息夠了自然又要開工了──又因為公眾人物的身分太惹眼，被林樓、謝燮乃至霍以瑾一起殘酷的拒絕了。

謝燮則因為公司的突發事件而「遺憾」的讓霍以瑾代表了他。

「我以前可沒發現他這麼捨己為人過，把輕鬆的工作推給我，自己去處理麻煩的事情。」霍以瑾笑著與林樓一起取笑謝燮，她不希望謝燮和林樓因為這件事情而生疏了，所以耐心的解釋道：「對於謝燮來說，送人才是最要命的，他那個玻璃少女心根本見不得這種送別的場面，生怕他哭得太丟人。」

「我知道。」

林樓依舊是那麼一副吸血鬼出行的打扮，大簷帽、大圍巾外加一副大墨鏡的全副武裝，不少人都在朝這邊看，以為是在機場遇到了什麼大明星。

幸而林樓的保鏢團不是吃素的，這才讓霍以瑾和他留下了足夠的私人空間。

林樓藉著墨鏡遮擋，在別人看不到他的眼神的情況下，近乎貪婪的注視著自己眼前的霍以瑾，就像是看一眼少一眼似的，怎麼都捨不得放開。

他和霍以瑾同歲，從小學一路升到高中，當了整整十二年的同學，其中三年還同班，卻從來只能如現在這般在暗處悄悄的看著她，不敢靠近、不敢深入、不敢……讓她有一絲一毫的發現。

小學時，他看著她被她哥保駕護航著從一圈的媒體記者中殺出重圍，手牽手走進了他的隔壁班，他想，她笑得可真漂亮，要是能和那個女孩在同一個班級該多好。

高中的時候，他們終於同班了，她是班長，他是體育股長，她是學生會會長，他是體育部部長，他看著她和謝燮一起上學一起下學，他想，她笑得還是那麼漂亮，要是能和她當朋友該多好。

長大後，他們終於是朋友了，他卻又想著……人心不足蛇吞象，不管他想什麼，此時都已經不重要了，他知道她很幸福，就已經是他這一輩子最滿足的事情了。

「妳會一直幸福下去的，對吧？」

「當然，我們都會一直幸福下去。」

那天婚禮上，林樓與霍以瑾在月下共舞時這樣一問一答。

他一手抓著她細長的手指，一手握著她不足盈握的腰，呼吸著她身上淡淡的香氣，感受著她溫熱淡甜的氣息，好像他已經擁有了全世界。

今日機場裡，他笑得輕鬆隨意，他對她說：「我又不是不回來了，也不知道謝燮那個傢伙傷感個什麼勁。」

她跟著他一起笑了，「是啊，真不知道謝燮的腦袋在想什麼。」

——他在想這是給我最後與妳獨處的機會，他在想我真的不會再回來了。他不說，我不說，妳便永遠都不會知道。

——一如妳不會記得小學六年級時，我和一群搗蛋鬼被罰站在老師辦公室，妳則是替老師在辦公室裡在同學的作業本上蓋小紅花獎章。我以為妳也是被罰的學生，提醒妳不要亂動東西，不然老師會更生氣。

——妳沒有直接反駁我，反而體貼的應下了罰站之說，對我說，沒事，老師不會知道的。

——我再沒回答妳，不是因為不想和妳說話，而是一心只有一句絕對不適合在那個時候說出口的話，妳笑得可真漂亮。

出關之前，林樓在一眾保鏢的層層包圍下，最後回頭看了一眼霍以瑾……

她笑得還是那麼漂亮。

Q…對總裁的印象……？
第十八印象
《有一個男孩叫小橋》

林家的私人飛機上，林樓終於摘下了隱形眼鏡，露出了自己本身的瞳孔顏色——白得彷彿與眼白已經融為一體的白色瞳孔，只有在模糊間才能依稀看出那十分淡的粉色作為區分瞳孔與眼白的特徵。

他的頭髮、眼睫毛以及眉毛，其實也是這樣的銀白色，只不過都被特意染成了黑色作為掩飾。從小到大，一直如此。

誰能想到呢？他那當年全校都以為是叛逆標誌的一頭白毛，才是他的本來面目。

隨行的管家在林樓沒入座前就拉下了整個機艙的窗簾，避免林樓直接曝曬於陽光之下。他看著神色懨懨的林樓，最終還是決定僭越的問一句：「您這又是何苦呢？」

林樓閉目養神，並沒有回答管家的問題，因為對方確實是僭越了。他已經不是小孩子了，很清楚自己在做什麼，以及這麼做會得到什麼結果，他很肯定自己能接受這個結果，並不需要別人在他已經做完之後再說什麼。

於是，整個機艙就這麼尷尬的沉默了下去。

一路無言，林樓甚至小睡了一會兒，直至快到E國他才終於開口問了管家一句：「陳叔，你知道什麼是白化病嗎？」

「當然知道。」管家陳叔幾乎不用思考就立刻答道，他伺候了林樓和他母親兩代人近幾十年的光景，對白化病可以說是再清楚不過，「簡單來說就是像您和夫人的外表這樣，白頭髮、白眼睛，有可能會怕一點光，但在其他方面您和正常人是一樣的，您不比他們壽命短，不比他們體格弱，更不比他們智商低，只是外表不太一樣……」

管家陳叔越說越激動，他想對林樓說這話已經很多年了，這也是林樓早逝的母親想告訴林樓的：你與別人一樣，甚至比他們更出色，根本沒什麼好怕好自卑的。

林樓對這一席話卻沒什麼觸動，因為從小到大他不知道從他爺爺奶奶那裡聽了多少遍這樣類似的話，他早已習以為常，他也從來沒有因為自己有別於常人的長相而產生過什麼自卑的心理，他只是……

「你知道它在我看來是什麼嗎？」

陳叔回答不上來，只能安靜的等待林樓的答案。

林樓想了想，卻最終什麼都沒說，因為他也不知道該如何說。

白化病一般不是家族遺傳就是近親結婚的結果，換句話說就是它是別人傳給林樓的，如果林樓結婚，他也會就這樣傳給他的孩子，孩子還有孩子，子子孫孫無窮匱也。哪怕大部分不會發病，只要遺傳到一個就夠受的了，自己就是個很好的例子。

他可以不在乎白化病從小到大帶給他的影響，不在乎那些來自別人異樣的目光，但他又如何能保證他的兒子會不在乎？他的孫子不在乎？

林樓不能說他父母太自私，為了自己的愛情，明知道他們結合後的孩子肯定會有白化病，卻完全不顧也許林樓會在乎世人的眼光堅持把他生到了這個世界。畢竟他們給了他一條命，子不言父母之過，所以他唯一能做的就是好歹不讓他的孩子徒增這樣的煩惱。

煩惱為什麼從小到大就自己與別人不一樣；煩惱為什麼身邊的人不是拿他當脆弱的瓷器，就是視他如怪物，不只是言語會傷人，好奇眼神也會；最煩惱的還要數當看到喜歡的女孩時，會猶豫自己和她在一起會不會害了她。

林樓身邊所有的人都告訴他：你與別人是一樣的，沒什麼不同，你能跑能跳，會長命百歲。

但若他真的與旁人一樣，又何須別人來反覆告訴他這些根本不需要說的話？

說到底，他還是與別人不同的。他日曬後容易出現各種光感性皮膚炎甚至是併發細胞癌；視力只是常人的十分之一，眼睛會畏光、流淚，眼球震顫甚至是散光；最可怕的是還有可能在體力或者智商上發育較差等等，這些種種都是白化病有可能遇到的事情。

林樓從小到大不知道看了這些內容多少遍。他比較幸運，小時候基本上和正常孩子一樣，長大了才漸漸有了畏光的毛病，卻也不見再有其他上述的問題。

但他又怎麼敢保證他的孩子還能像他這麼幸運？他怎麼敢對他愛的人保證，他們的孩子一定是好的！？

所以，如果不能保證這些的話，他寧可不要戀人，也不要孩子！

也許這樣才是真正的自私，剝奪了一個孩子誕生的可能，但這也是林樓從小琢磨到大的減輕傷害最好的辦法。

林樓的母親早逝，沒人能說得清這和她的白化病有沒有關係。她小時候也和林樓一樣，除了外表以外與正常孩子無異，但等漸漸長大了，各式各樣的毛病就接踵而至，特別是在生了林樓之後，更是以一種肉眼可見的速度憔悴下去。林樓的父親深愛林樓的母親，到最後卻也只得到了一捧黃土，和一個與妻子一樣是白化病的獨子。

林樓算過一筆帳，在他母親早逝的這件事裡，痛苦的是兩個家庭，他的母親、他的父親，他的祖父祖母、外祖父外祖母，以及他自己。而如果他不結婚呢？痛苦的便只有他自己。

沒有一條路可以讓所有人幸福，他選擇了讓盡可能多的人幸福的那條路。

當然，如果，他是說如果，如果他愛霍以瑾，霍以瑾也愛他，那麼他大概也會和他的父母那樣，為了愛情奮力一搏。他不會替霍以瑾決定她能不能愛什麼人，又或者是該不該愛什麼人。

但……林樓笑著想，幸運的是，她不愛他。

所以也就沒有如果了。

現實是，在等了這麼多年後，他終於和霍以瑾成為了很要好的朋友，而霍以瑾也找到了她的良人，能永遠笑得那麼漂亮。

這就夠了。

※◆※◆※◆※◆※

在飛行了十三個小時之後，飛機終於落地，林樓這才看到謝燮發的簡訊：「不用謝。」

林樓一愣，不過很快他就反應了過來，快速打開手機上網，看到了C國的網路上正以一個神奇的速度迅速躥紅的新話題——《路見不平》。

《路見不平》就是林樓和霍以瑾當初在餐廳裡遇到的那個真人類綜藝節目，演一個事件給路人看，然後錄下路人的反應進行播出，讓觀眾反思。霍以瑾當初信以為真的挺身而出，這事在播出時並沒有引起多大的廣泛關注，沒想到反而在已經過去許久的當下，因為霍以瑾的爆紅也跟著再一次被翻了出來，並在網路上引起了極大的反響。

這件事情真的是純屬意外，沒什麼團隊在炒作，不過……

由這部影片引出的「林霍ＣＰ」，其呼聲之高，其躥紅之快，很顯然就是幕後推手的手筆了。在網路搜尋熱門關鍵字上，林霍ＣＰ甚至壓過了霍以瑾和影片本身，這一看就很明顯了，不下大功夫捧，根本沒這個效果。

林樓和霍以瑾的社群下面都開始瘋狂的被人留言「在一起」、「在一起」、「在一起」，同人圖、同人文，甚至是同人影片，如雨後春筍般一夜之間遍布了網路，還有了專門的版面，各式各樣的劇情、截圖互動……以及謝燮那句「不用謝」之前的另一句簡訊「聽說我家樓下今天摔了不少家具」。

這一切的種種都為林樓指明了真相。

他看著那些「在一起」的言論，發自真心的笑了很久，哪怕明知道不是真的，這麼胡思亂想一回好像也不錯，畢竟他和她在照片裡看上去是那麼登對又那麼幸福。他一直堅信，如果霍以瑾喜歡他，他一定有那個能力給她最大的幸福。

值了，真的值了。

幾個小時之後，在林樓珍而又重的把這些評論、圖片以及影片統統都保存好之後，他發了一篇綴著Ｅ國首都座標的文：「飛機已順利降落，人已安全到家。十年前的同學，十年後的共事，如今業已事了，期待下個十年我們還有機會再聚。**謝燮、霍以瑾。**」

沒有鄭重其事的解釋，也沒有欲蓋彌彰的「我們只是朋友」，只一篇「我已回家，霍以瑾還會一直在C國」的發文就足夠說明一切。

「又給你添麻煩了，結果還是你幫忙才解決的，真的是……」霍以瑾特意打來了電話。

「我們之間不需要說這個吧？」電話裡，林樓的語氣永遠是那麼輕鬆調侃，「現在妳還有空打電話給我？難道不應該去想辦法安撫一下妳家的醋罈子嗎？我可是在第一時間直接把他設黑名單了，否則那後果我都不敢想。」

「已經和他說過了。也不知道他突然又發了什麼瘋，非吵著要即刻對外公布我們正在交往的消息。到底他是公眾人物，還是我是啊？平時還滿正常的，卻總會在關鍵時刻莫名其妙的任性一下，我感覺他經紀人阿羅都快哭了。」霍以瑾明明是在說抱怨的話，但卻是只有在最親密的人之間才會如此大方的說出口的話。

林樓到這時，才徹底明白了謝燮的那一句「不用謝」真正包含的意思。

早在宋媛媛婚禮的時候，謝燮應該就看出來了楚清讓想要趁機公布關係的打算，所以才有了今日之運作，藉著霍以瑾的誤會，即便現在楚清讓已經不再顧及直接對霍以瑾說出自己的打算，霍以瑾也是不會信了……突然莫名的有點想同情楚清讓了呢。

不過，同情歸同情，誰會不樂意多看一段時間的戲呢？特別還是情敵倒楣的戲。=V=

所以林樓對霍以瑾說：「別在我面前秀恩愛啊！我告訴妳，我去死去死團的怒火豈是爾等凡人能承受得住的？妳別得了便宜還賣乖了，楚清讓要不是因為太在乎妳了，又怎麼會在你們兩人的事情上總是失去理智？俗話說關心則亂，等事情過去了，他也就停止了。」

「嗯，我也是這麼想的。反正是不能按照他的想法直接公開，在這個炒得這麼火熱的節骨眼上再來一桶油……嫌不夠添亂啊？我絕不慣他這個想一齣是一齣的臭毛病。」
「沒錯！男人就是欠調教！哥們百分百支持妳！」
「……身為男人的你是以什麼立場說出這話的？」
「呃，和妳開睡衣派對的好姐妹立場？」
霍以瑾噴笑出聲：「難得你這麼惦記，什麼時候回來再來一次？我這邊可以考慮幫謝燮入手一套更少女心、更適合他的睡衣。」
「大概要十年？咳，不開玩笑、不開玩笑……我這次能回C國也是藉著新能源的事情。現在一切走上正軌，由專業人士接手了，我這個二世祖也該老老實實繼續當我爸的苦力了。我們家都在E國，短時間內回去的可能性微乎其微。」
他們現在還都年輕，正在奮鬥期，自然是要以事業為主的。霍以瑾對此表示理解，因為她接下來的計畫就是努！力！工！作！把這三個月落下的工作進度都重新補上。
「工作重要，家庭內部團結更重要。」林樓笑著提醒。
「安心吧，楚楚很善解人意的。」霍以瑾是這麼回答的。

※◆※◆※◆※◆※

正主楚清讓表示：我可以一點都不善解人意的！真的！
但是吧……楚清讓這邊其實也還有《主守自盜》的工作，一部電影少說也要密集式的拍三個月，想不善解人意都不行。於是，楚清讓只能按捺下全部的不甘心，奮力投入到辛苦的工作裡，安慰自己：工作完之後老子又是一條好漢！

可惜好漢先生最終還是沒來得及比自己的女友更漢子，就在《主守自盜》拍攝完成之後，好漢楚先生被他的女友搶先一步安排好了一切，通知他隨時可以公開了。

「正好還能順便為電影的上映預熱，多好的話題。」霍以瑾如是說。

作為一個成功的商人，霍以瑾這種哪怕是自己的八卦新聞都能利用一下的性格，和她大哥、祖母等長輩那真的是一模一樣，家學淵源，一脈相承啊！

「先是我們兩人在一起的消息，之後是小金熊電影節的送審、參選，以及紅毯頒獎典禮，不管能不能得獎都是個一連串的話題，電影節之後緊接著就是正式上映的時間，不愁沒有票房。」

《主守自盜》本身是偏向一些討論人性、社會等深度層次方面的文藝片，如果不花大力氣宣傳，真的很容易最後落得叫好不叫座的結局。對於導演來說，口碑很重要；但對於商人霍以瑾來說，什麼都是虛的，唯有錢才是永恆的。

楚清讓在高興的同時又有點委屈，倒不是說他反對利用自己的戀情做宣傳，但這樣處處周詳、環環相扣的安排，怎麼想都應該由他來吧！？

——QAQ親愛的，妳這麼酷炫，我真的很怕有天妳發現自己也能和自己生孩子，乾脆不帶我玩了啊啊啊！

看著那邊莫名其妙又在發神經的楚清讓，霍以瑾也有點小憂傷。

「過來。」最後，霍總裁還是只能祭出情侶間的大招，一吻封脣，整個世界都安靜了。意猶未盡的退出後，霍以瑾挑眉再問：「不鬧了？」

「嗯。」心滿意足楚表示：這一招大概能制我一輩子了……嗯，跪求用一輩子啊！就這麼愉快的決定了吧！

在小橋做手術之前，楚清讓終於從地下轉入地上，名正言順的成為了王的男人……咳，不對，是總裁的男人。他得償所願的可以開始光明正大的和霍以瑾秀恩愛，整個人都蕩漾得不得了，風格如脫韁野馬一般再難轉回男神頻道。

他休息在家為霍以瑾做個飯要拍照PO文；中午為霍以瑾送個愛心便當要拍照PO文；下午在霍以瑾的公司等著霍以瑾下班好出門約會，必須要拍照PO文！

秀得全世界在還沒反應過來他們兩人真的在一起之前，他已經習慣性的舉起了手中熊熊燃燒的火把。

然後……

_(:3」∠)_然後就沒有然後了，在一陣哭天抹淚中，粉絲們直接接受了這個設定，直接跳過牴觸環節，各種吐槽秀恩愛了。

楚清讓各種樂此不疲，最後更是直接把自己的網頁名稱改成「想叫霍清讓但經紀人不讓只能還叫原名的楚清讓V」，並趁著霍以瑾不備，把她的名字改成「想讓楚清讓叫霍清讓但他經紀人不讓的霍以瑾V」，用以明志。

而透過這件事，就像是打通了楚清讓秀恩愛的任督二脈一般，他覺得再沒有什麼會比直接用霍以瑾的社群帳號發文更能秀恩愛的方式了。

於是……

**想叫霍清讓但經紀人不讓只能還叫原名的楚清讓V（楚清讓）：**廚藝增長的正確方式——找個根本不會照顧自己又死也不肯按時好好吃飯視工作為生命的女朋友。［照片］［照片］［照片］

**想讓楚清讓叫霍清讓但他經紀人不讓的霍以瑾V（霍以瑾）：**老規矩，又一次發錯帳號了。

**想叫霍清讓但經紀人不讓只能還叫原名的楚清讓V（楚清讓）：**啊，對不起，這次是真的搞混兩個帳號了。

**我想當霍以瑾的女朋友：**別的我不管，只想說——不放總裁正臉還好意思發文！？同意的請按讚。

**去死去死團資深會員：**燒燒燒！

**楚楚你風格變了：**自從男神談個戀愛變透逗之後，我發現……也滿好的。

**總裁大人我的嫁：**總裁一發文我就知道又是楚楚你這個小妖精在調皮了。

**楚清讓全國後援會：**為什麼別人家男神是男神，我家男神卻非要當男神經病呢！？男神你好歹顧一下你的偶像包袱吧，它被丟棄了這麼多年令我好傷心啊！QAQ

**坐看花式秀恩愛：**這根本是已經連掩飾都懶得掩飾了吧！？

**懶得想名字了：**_(:3)∠)_如果網站開通合併帳號的功能，我第一個幫影帝大人您報名，省得您如此掩耳盜鈴，您不累，我都替我們家總裁大人累。

**後面還有XXXXX條評論，點擊查看。**

霍以瑾已經決定假裝自己沒有社群網站了。她表示，她最近的主要戰場是朋友圈，終於能用楚清讓一雪前恥了！

※◆※◆※◆※◆※

終於到了小橋即將做手術的那一週，果然如霍以瑾當初所料，他吃到了幸運雞腿。

所有人都在恭喜著小橋，只有小橋撇嘴，對霍以瑾道：「我覺得我終於參悟到了幸運雞腿的真奧義。」

霍以瑾一邊餵他，一邊故意陰沉沉的道：「你知道的太多了。」

然後，小橋用全身最大的力氣把雞腿弄到了盤子外面，面無表情、但聲線卻包含演技的說道：「啊呀，一不小心掉出去了。」

所有人都愣住了。

霍以瑾的反應自然是最快的，撿起雞腿道：「三秒定律，食物掉在乾淨的桌面上，三秒以內還是能吃的，拯救成功。」

所有的孩子都很配合的笑了，然後卻都小心翼翼以他們自以為別人不會發現的擔憂目光看著小橋。

幸運雞腿存在的意義就在於它的「靈驗」，而小橋的手術成功率……卻低到了一個可怕的程度，大人們本想用幸運雞腿給他信心，卻反而讓他操心別的孩子的想法。故意把雞腿弄掉，這樣一來，無論最後手術結果如何，都能圓得回來，成功了自然是雞腿靈驗，失敗了自然也是雞腿靈驗，因為它掉了。

霍以瑾看著小橋，無奈的揉了揉他的頭，「你真的是知道的太多了。」

小橋的一雙眼睛還是又大又亮，他看著她說：「存在即合理，我身體都這樣了，老天爺總是要給我一些補償的。」

老天爺如果能說話，它一定會對小橋說：你也太小瞧我能給予你的補償了。

在《主守自盜》入圍了小金熊電影節，導演嚴正、主角楚清讓和祁謙等主要人員受邀走上頒獎典禮晚會紅毯的那天，手術後恢復得不錯的小橋第一次真正意義上只靠自己從輪椅上站了起來，腳踏實地，從未有過的感覺。

當時宋媛媛和綿綿都在療養院陪他看頒獎典禮的網路直播，在她們因為小橋能站起來而激動的時候，小橋卻只顧得上為楚清讓和祁謙高興。

因為《主守自盜》不僅入圍了最佳導演的提名，還意外得到了最佳男主角和最佳男配角的提名，並一舉拿下這三個大獎，成為當晚最大的贏家。

導演嚴正終於一嘗夙願，讓世界明白他除了會拍賺錢的商業片，也能拍出藝術電影；祁謙憑藉這個最佳男配角獎，成功打破了由他爹祁避夏保持的在國際各大電影節上獲獎最多的紀錄；而楚清讓則為自己又添了一個影帝的頭銜。

C國網路上的網友們因為這樣從未有過的戰績而引以為傲，相關消息的轉發量甚至一度引起社群網站伺服器的系統當機。

以霍以瑾為代表的電影投資商也終於鬆下了一口懸著的氣，有了這三個獎盃，哪怕文藝電影不賣座，也肯定是不會賠本了。尤其是霍以瑾的公司noble服飾，本就在國際上有著不小的名氣，如今算是徹底穩固了一線奢侈品大牌的地位，完成由「需要贊助電影才買廣告出現的牌子」到「電影會主動說起這個牌子以突出劇中主角或配角的有錢程度」的質的轉變。

當三個獎項結果都出來之後，各國的攝影師不約而同的給了坐在前排栗色中分大波浪捲的霍以瑾不少鏡頭，各國主持人對此的花式調侃十分相似——也許這位紅裙子小姐才是這屆小金熊的最大贏家。

然後霍以瑾已經對外公開的身分背景，就開始被各國娛樂媒體深度八卦給他們的觀眾——出身C國傳統豪門，祖母是伊莎貝拉，大哥是霍家家主霍以瑱，至交好友中有林樓、祁謙，男友是楚清讓，自己本身又一手締造了noble服飾的今天……

怎麼看都是人生大贏家啊！

於是，繼爆紅C國網路之後，霍以瑾就這樣莫名其妙的成為了全球的網路紅人。

不過，這些對霍以瑾來說，卻還不如楚清讓在上臺領獎時說的一句獲獎感言讓她開心。楚清讓說：「終於能真正休息下來安心在家為我瑾做飯了，希望能爭取表現，早日轉正。」

我瑾，我的霍以瑾——常追楚清讓社群網站的人，對這個秀恩愛的暱稱都特別熟悉。

雖然沒能按照預期在三個月內結婚，但霍以瑾還是很希望能儘快結婚，好騰出時間專注發展事業。所以可以說，楚清讓的這一獲獎感言，正好搔到了霍以瑾的癢處，龍心大悅。

找一個能在事業上幫到自己，又特別樂意在自家做飯，長得還讓她倍有面子的丈夫，這不正是她當年所求的嗎？雖然中間有一些波折，最終不還是找到了嘛，oh yeah～\(≧▽≦)/

網路上的粉絲們此時則在瘋狂的轉發著一篇新文章——「我個人覺得最應該頒發給楚清讓的是『最佳秀恩愛技能』獎，頒給楚清讓和霍以瑾的是『最該燒死的存在』獎。不信大家可以感受一下：［圖片］x9」

圖片裡的主要內容是楚清讓最近幾天的發文內容，以及他在頒獎典禮上的那一句希望轉正的感言。

走紅毯之前，楚清讓的網站貼文分別是這樣的——

「和我瑾第一次一起出國旅行，好開心，我瑾今天真漂亮！［霍以瑾在機場的背影照］」

「和我瑾第一次住得如此之近，就在隔壁，只隔了一堵牆！［牆的照片］」

「馬上就要出發去會場了，我瑾真漂亮！［霍以瑾化妝時的黑白側影照］」

走紅毯的時候，楚清讓的網站貼文則是這樣的——

「和我瑾全程手挽手是不是！是不是！是不是！［霍以瑾的手］」

「偷拍一張我瑾坐在禮堂裡的照片，怎麼感覺看上去比昨天更漂亮了！［霍以瑾側影］」

「剛剛經紀人不讓我在頒獎臺上照我瑾，so sad，也不知道頒獎晚會的直播是不是把我瑾拍得美美噠，跪求私信截圖！」

無數粉絲表示：「這愛女友成痴的程度簡直喪心病狂，還能不能好好當影帝了？你的網站裡除了霍以瑾，能不能有點別的主題？」

楚清讓一本正經的真的回答了一句：「不能。」

之後，楚清讓更是以實際行動貫徹了這句話。

自電影節結束後回國開始，除了為霍以瑾投資的《主守自盜》賣力宣傳以外，楚清讓基本上告別了演藝工作，社群網站也很少登入了——他表示，真的熱戀了誰有空天天上網？有這時間看看女友工作的樣子發發花痴也是極好的。而一旦他發文，就確定一定以及肯定是發霍以瑾相關的事情，各種秀恩愛。

楚清讓的粉絲紛紛表示：活在楚清讓的社群裡你會發現，在楚清讓奇妙的審美裡，霍以瑾一天比一天漂亮，並且你自己也開始被楚清讓洗腦，相信霍以瑾真的看上去一天比一天漂亮，雖然楚清讓缺德的最多只給看側臉。

霍以瑾的粉絲則驚恐發現，想要瞭解她們家總裁的最新動態，追霍以瑾的社群還不如追楚清讓的。

最後連很滿意楚清讓這個狀態的霍以瑾都忍不住想問一句：「女神風投這是要倒閉了吧？」

「怎麼可能！？」楚清讓立刻否定了。

女神風投主要是做天使投資，是風險投資的一種，簡單來說就是你看好某個新概念又或者技術，在對方事業剛剛起步缺人缺錢的時候給予前期投資，然後坐等回報。

最典型的例子，某知名水果手機最初的投資人瑪律庫拉，他僅用了二十五萬的投資換來了今日水果公司百分之三十的股份，市價保守估計在幾十億。

楚清讓目前就已經進入了獲得回報的後半期，手上掌握著不少國際上賺錢的大企業的股份，不需要他去操心公司的運作，只要坐等收錢就 OK，所以他才能這麼閒。

楚清讓覺得很有必要讓他的女朋友知道這個，因為：「沒有錢我怎麼養妳？」

「我養你啊。」霍以瑾很自然而然的回答道。

其實一說完，霍以瑾就後悔了，因為……

楚清讓的少女心被成功點爆，這傢伙沒羞沒臊的程度遠超一般人的想像，完全不會覺得被老婆養有什麼丟人的，只會跟個高中女孩似的又跳又叫，然後……發文：「好開心好開心好開心，我要出門跑三圈冷靜一下，我瑾說要養我一輩子！\\\\(≧▽≦)//」

社群網站下很快就有了評論：「你缺錢？」、「式秀恩愛又創新高」、「我家總裁大人肯定沒說一輩子這三個字！」……

謝燮剛好推門進來，然後就帶著一臉「見鬼了」的表情退了出去。楚清讓這種二八少女懷春蕩漾的蠢樣，他無論看見幾次都覺得傷眼。等了一會兒，確定楚清讓已經冷靜之後，謝燮這才重新敲門進來，在談完工作後一臉嚴肅的對霍以瑾說：「如果這就是妳想出來的逼著我進來之前不得不敲門的噁心招數，那麼，妳贏了。」

霍以瑾&楚清讓：「……」

※◆※◆※◆※◆※

晚上下班之後，霍以瑾就帶著楚清讓去療養院看小橋。

小橋手術之後住院觀察了一段時間，確定不會出現術後併發症，就直接被轉到了療養院，進行各種復健訓練，第一次真正去嘗試著做一些在正常人看來再稀鬆平常不過的小事。

好比，站起來。

不過，小橋目前也就只能站起來一會兒，他這輩子都不可能和正常人一樣。事實上，他能活到能夠做矯正手術的年紀，並真的在很小的成功機率中活下來，已經快跟幸運女神的私生子比肩了。當初說什麼手術之後就會變得和大家一樣，不過是一個所有人都知道的不可能成型的另類祝福，所以如今這樣小橋並不失望，反而知足萬分。

最起碼，他在霍以瑾面前表現得很開心。

霍以瑾在楚清讓開車回去的路上，想著剛才看到小橋故作開心的樣子，心理就有種說不上來的難受，她很清楚小橋真正在發愁什麼，卻又不知道該如何幫他解決。

早在小橋打掉那隻幸運雞腿時，霍以瑾就意識到了，小橋在一心求死。

小橋沒有說出「不如讓我死了算了」的喪氣話，但他的身上卻無處不在散發著這種感覺。療養院裡也不是沒有人這麼背後議論過，覺得也許死亡才是對他最大的仁慈。

不是小橋沒有了小時候的堅強和樂觀，而是他漸漸長大後明白了更多的事情，好比他即便手術成功也只能依靠別人活著。現在他年紀還小，有很多人願意可憐他，願意做慈善捐錢給他，但等他年紀更大了呢？等他成年了呢？他從一出生開始就沒有為這個社會、為身邊的人創造任何價值，反而一直讓別人不斷的給他東西、照顧他，一味的為他付出……

……那個孩子開始感覺到不安了。

曾經，小橋想努力活著，為了孤兒院的院長、為了那些關心他的人、為了他自己，更因為他真的以為手術之後他就能和正常人一樣，努力學習、努力工作，能賺很多的錢回報給曾經幫助過他的人。

但當他發現自己無論如何都沒有辦法變成正常人時，他又該怎麼辦呢？

這個問題甚至連霍以瑾都不知道該如何回答。

不是小橋不想努力，而是他根本無從努力，他這輩子最大的限度也僅在「站起來」這個程度上，他還是沒辦法去上學，沒辦法去工作，沒辦法去做很多事，唯一的好處大概就是他這個病是絕症，沒得治，不會花費天價的醫藥費。

其實也不是真的就沒有出路，好比霍金一樣，當個純靠腦力的科學家。但科學家又哪裡是那麼好當的呢？

小時候我們會為了自己將來是當科學家還是當太空人而煩惱，長大之後我們就會發現自己當年想得有點多。小橋很聰明這點沒人否認，但也不是聰明到絕無僅有。哪怕是霍金，他也是在二十歲才得了漸凍症，有之前二十年正常學習的基礎。

但小橋這樣卻連學校都去不了。

霍以瑾倒是有心想花錢請老師單獨教授小橋，但怎麼樣做才能讓小橋接受呢？又怎麼讓將來也許無法成為科學家的他不會更自暴自棄呢？

對以前覺得自己將來肯定能成為富一代的小橋來說，接受這些肯定沒問題，但如今……對於其實已經對自己喪失信心的小橋，霍以瑾突然有點無處著手了。因為她不是小橋，根本沒有那個站著說話不腰疼的立場讓他振作起來。

等霍以瑾再回過神來的時候，才發現楚清讓已經直接把車開到望庭川，並沒有送她回霍家。她問：「有事？」

「本來準備了一個驚喜，想等徹底完成再給妳，如今我卻覺得不如早點告訴妳。」楚清讓回答道。

霍以瑾雖然覺得自己現在沒什麼心情看驚喜，但也知道這是楚清讓的一片心意，他想讓她高興起來。所以她沒有阻止他，並在心裡打定主意，無論如何一會兒都要表現得開心一點，好不讓精心準備過的楚清讓失望。

善意的謊言，霍以瑾曾經覺得那也是一種欺騙，如今才發現，果然還是要分情況的，這個世界真的沒有那麼絕對。

等進了楚清讓的家裡，楚清讓拿出一個紙箱子，然後開啟筆記型電腦裡的一個資料夾。

「這是什麼？」

「妳看看不就知道了？」楚清讓笑著遞上了紙箱。

紙箱子裡其實是小橋這麼多年一直在寫的日記，他拿筆寫字其實也是有點勉強的，總是歪歪斜斜，但他依舊堅持了下來。說實話，以一個七歲的孩子來說，他會的字真的不少。當然，不會寫的時候他也會選擇用畫畫代替，又或者請人代筆，霍以瑾認出了不少宋媛媛的筆跡。

小橋在五彩繽紛的本子上寫了不少傻氣的話，比他平時對外表現出來的更像一個真正的孩子。霍以瑾匆匆翻了翻幾本日記，發現裡面的語言十分簡單，卻很有畫面感，讓她對小橋的成長彷彿身臨其境，看到有趣的地方還會忍不住會心一笑。

日記裡，小橋很少會寫自己身體的痛苦，但也不算是只報喜不報憂，大部分內容都給了霍以瑾一種原來小橋的世界是這樣的感覺。好比他會寫「今天和綿綿吵架了，唉，女孩子真麻煩，明明是她罵了我，結果最後她卻因為她罵我的話哭得比我還傷心」，末尾還要神來一筆的說一句「昨天看到的那朵奇形怪狀的雲，今天也不知道還能不能再看到」。

「你怎麼有這個？」

「當然是小橋給我的。」

楚清讓其實早就感覺到小橋這種在手術之前就以為自己肯定活不下去了的想法，因為在手術之前，小橋把他的日記交給了楚清讓保管，並特意告訴楚清讓可以給別人看，他不介意。

很顯然的，小橋當時在想如果自己死了，便用這些日記安慰面冷心熱的霍以瑾。

日記的最後是小橋把日記交給楚清讓之前的那一晚寫的，他很笨拙又認真的寫下了特意給霍以瑾看的最後一段——

「我過的每一天都很開心，哪怕沒有父母，沒有健康，甚至沒有離開過孤兒院太遠的地方，但那些與開心並沒有太大的關係，頂多是開心和更開心的區別。所以，我真的很開心。所以，請不要為了我不開心。」

小橋還不太會說大道理安慰人，也不知道怎麼像個大人一樣交代遺言，他只會說：「我很開心，活著的每一天都很開心，所以哪怕是這就死了也很開心，請不要因為我而不開心。」

但就是這樣的小橋，在手術成功活下來之後，反而變得不知道該如何開心下去了。

楚清讓把筆記型電腦遞到了霍以瑾眼前，霍以瑾這才發現那個資料夾是一些有關於封面和文字檔案，她終於猜到了楚清讓的打算，說：「你想出版他的日記？」

「是啊！」楚清讓點點頭，「不過，準確的說不應該用想，而是馬上就能出版了。現在一切準備就緒，就等書號申請下來了。」

「！」霍以瑾再一看封底，C國最大的出版社，半官方性質的那種，很多書籍都暢銷海外。

「海外版也有，不過目前只聯絡了英文的，應該能在差不多時間和國內同步上市。」

「你真的確定這個能賣出去？」霍以瑾真正想問的其實不是會不會有人買，而是能被楚清讓看上眼的東西一般都會有很大的價值，無數外媒都說過女神風投的CEO蘭瑟有一雙魔鬼的眼睛，能看到別人看不到的價值。所以霍以瑾想確定楚清讓這到底是出於對小橋的感情，還是他真的覺得這些日記有價值。

楚清讓的笑容給了霍以瑾答案，是後者。

「妳自己看應該也發現了，小橋的文筆雖然不可能像文學大家那麼辭藻華麗，又或者緊湊凝練，但他有屬於他的天賦——畫面感，他能用最簡單的句子勾勒出讓人很容易想像出來的畫面。妙語連珠談不上，人生感悟更稀缺，但是這些樸實無華的文字很溫暖，那種字裡行間流露出的對未來的堅定和希望，相信我，會讓很人多覺得很窩心，進而買下它的。」

**問：人們在什麼時候最容易被感動？**

**答：當他感覺到人性的溫暖與希望的時候。**

小橋的日記就帶著這樣的魔力。日記裡幼稚的圖畫、簡單的詞句，連小孩子都看得懂，但偏偏經過巧妙的組合會形成一種說不上來的吸引力。

「當然，我也不能否認小橋的身世會成為主要賣點之一。」楚清讓據實以告，這也是一種無可避免的手段，他還把他和霍以瑾的影響力算了進去，不過這個可以之後再說，「小橋手術之前我就在開始籌畫了，我當時做了兩手準備，如果他活下來，這就是授人以魚不如授人以漁，讓小橋明白他不是無用之人，他能傳遞一種正能量給別人，他也能養活自己，甚至是回報社會……」

有些人恨不得當一輩子米蟲，無事生產，覺得讓別人養著自己是理所當然；但是也有那麼一些人，會更希望自己能去創造價值，能為這個社會做些什麼，只一味索取他會不安。小橋屬於後者，所以真正的對他好不是一味的給他錢，而是讓他也能依靠自己去做些什麼。

「……如果他去世了，那日記出版後的所得就會按照他日記裡希望的那樣，全部捐給小天使孤兒院。」楚清讓真的是一個很體貼的人，即便他自己並不承認，「當然，同時也能用不斷的忙碌拖住妳，讓妳不要太傷心的想念小橋——咳，假設他去世了的話。」

霍以瑾覺得哪怕這裡面沒有她，只是楚清讓遇到了小橋，他也一定會為了他的這個小粉絲去做這些事，一定！

「我本來想等弄好了之後再和小橋說，一起當作驚喜送給妳，但看到妳今天的樣子，我就改變了主意。我想告訴妳，親愛的，妳不是救世主，不能操所有人的心，但是沒關係，有我陪妳一起，幫一個是一個。」

某年某月某日，霍以瑾的祖母伊莎貝拉告訴她：「懂妳的人最溫暖。」

最後被定名為《有一個男孩叫小橋》的小橋日記，緊趕慢趕的終於趕在當年小橋被孤兒院院長撿到的十月十日於全國上市，那天同時也是被小橋認作是生日的日子，轉眼間他已經八歲了。

霍以瑾和楚清讓以及整個紅領巾義工隊在孤兒院為小橋過了一個十分熱鬧的生日，他再一次吃到了幸運雞腿，預祝他的日記能大賣全國。

也不知道那隻幸運雞腿是不是真的帶有某種奇怪的魔力，還是楚清讓的眼光真的很好，再不然就是楚清讓和出版社以及公關團隊的炒作運作能力太逆天，或者是三者都有，小橋的日記在上市的兩個月內就銷售出了十萬冊，迅速登上了全國各大圖書銷售排行榜的前幾名。

十二月二十五日聖誕節，英文版的《有一個男孩叫小橋》在A國順利上市，並在接下來很短的時間內取得了完全不遜色於C國的銷售成績。

不少國際友人都表示希望能夠捐款或寄禮物給小橋，最後卻被小橋拒絕了，豐厚的版稅稿酬讓他已經不再缺錢，如果對方是寄給孤兒院裡別的孩子，他則不會拒絕。他不僅不缺錢，甚至還在琢磨著怎麼把一部分錢捐給孤兒院，而不被孤兒院院長拒絕。

隔年年初，E國知名出版社以天價迅速買下了小橋日記在E國的發行版本權。而以此為標誌，正式宣告了《有一個男孩叫小橋》風靡全球，打破了各國多項圖書銷售類的紀錄。

白齊娛樂買下了這本書的影視版權，後來拍攝的電影不出意外的再次掀起了一股全球熱潮。

這本被譽為創造了銷售奇蹟的書籍，不僅解決了小橋這一生優渥的生活問題，也如楚清讓所料的那樣為小橋找到了人生方向，他也許未必真的能成為一個像霍金那樣的天才科學家，但只要他努力，他肯定能成為一個出色的作家。比起理科，情商方面更高的小橋更適合走比較抽象的文藝之路。

※◆※◆※◆※◆※

當然，這些都是以後的事情了。

如今還是日記即將出版卻還沒出版的那年秋天，楚家在苦苦掙扎數月資金仍無法到位後，不得不宣告了破產。

楚先生不願意認命，於是他極富創意的帶著媒體找上了霍以瑾所在的 noble 服飾。

找霍以瑾？

是的，找霍以瑾。

也不知道楚先生是怎麼想的，他覺得雖然因為私生子名單和楚母私下約見楚清讓的影片，讓他再也沒了立場道德綁架楚清讓，但他還可以逼著霍以瑾這個正在和兒子交往的女朋友就範，逼著霍家不得不出手幫他一把。

霍以瑾在剛聽到保全部部長打公司內線對她說楚先生帶著一幫子人和媒體在 noble 服飾外面靜坐時，她甚至有點懷疑是不是自己的耳朵出了問題，她憑什麼幫他？

「他的意思是要嘛我幫他，要嘛就不走？」霍以瑾只能想到這種無賴思路。

「不。」謝副總搖搖頭，表示霍以瑾遠遠小看了楚先生的噁心程度，「他說如果妳想順利嫁入楚家，並得到楚清讓生父生母的祝福，他很樂意這麼做，而如果在同時妳能高抬貴手的幫一幫長樂實業上上下下幾百名員工，和anti-chu打一場官司要回部分的錢就更好了。」

「哈？是他腦子有洞，還是我腦子有洞？他到底哪來的自信認為我會幫他？」霍以瑾感到不可思議極了。

謝副總嗤笑道：「他是以為民眾的腦袋有洞。」

C國自古以來就重孝，兼之古代男尊女卑的傳統婚姻觀念影響，一直到今天，很多人的想法都是但凡男方對丈母娘家好一點，那就是打著燈籠也沒處找的好女婿，而女方要是敢哪怕有一丁點對婆家不用心的地方，那就是惡毒、該死。

同理可證，楚家有難，霍以瑾不幫忙，說得過去？

最可怕的是這種想法不是楚先生一個人有，而是整個長樂實業的失業員工以及部分被煽動的網友都是這麼覺得。

他們說：妳霍以瑾和霍家又不是沒有錢，既然有錢為什麼不幫一下婆家？而且我們也不是要妳的錢，只是想讓妳幫忙打個官司而已，明明是很簡單的一件事。妳不幫就是為富不仁，大難臨頭各自飛，只認錢的拜金女人！

這論調奇葩到讓謝副總想打人。

霍以瑾聽完之後不怒反笑，她真的算是開眼了，強盜邏輯到這個程度也是不容易。

先不說她還沒和楚清讓結婚，沒什麼婆家、不婆家的一說，更不用說楚清讓和楚家關係不僅不好，還勢如水火；只說打官司是這麼好打的嗎？她能替破產的長樂實業告 anti-chu 什麼？惡意競爭？有證據嗎？沒有證據那怎麼贏？不贏怎麼辦？

這些不是沒有人想到，只是他們想到了也不會去管，他們只會認為：誰讓妳霍以瑾有錢有能耐呢，妳霍以瑾不是號稱什麼樂於助人嘛，那妳為什麼不幫我們？既然妳那麼樂善好施，那就活該被我們賴上，妳就必須替我們解決了。如果妳贏不了官司就是妳不關心解決，妳不關心那贏不了的後果就該妳來賠！

這種簡直比吃了蒼蠅還讓人噁心的小心思，簡直是司馬昭之心路人皆知。

但偏偏霍以瑾不能跳腳、不能罵，因為誰讓她現在沒事，出事的是她男友的家族呢？一旦她表現得強勢一點，那肯定會有很多正義魔人要站出來指責她了。

他們看的永遠不是誰有理、誰沒理，而是誰看上去更「可憐」。

更有人會說，既然楚清讓和楚家有心結，那妳霍以瑾作為楚清讓的女友，妳為什麼不從中調解一下呢？楚清讓不幫楚家，到底是他自己這麼想的，還是妳自私的不讓他幫呢？

歸根結柢一句話，誰讓她有錢呢！

仇富是一種很微妙的心理，一般人在平時未必會有多嚴重，甚至是輕到彷彿不存在，可一旦遇到了霍以瑾現在面臨的這種情況，它就能很神奇的起到嚴重的偏向性。

楚先生就是算到了這點，才有膽子帶著員工來 noble 服飾大樓下鬧事。選擇從霍以瑾下手，而不是直接去霍氏國際找霍以瑾這個「親家」，自然是因為霍以瑾一個「女流之輩」怎麼看都比較容易因為被嚇唬到而妥協。

「妳別出去了，就當妳不在。我去解決，我和楚家沒關係，也就沒什麼所謂幫不幫的。之後什麼事都推到我身上就 OK 了。」謝副總在這種時候也只能想到這麼一個自汙的辦法。

「你和我出面能有什麼區別？不過是欲蓋彌彰和不蓋而已，到最後還是我的錯。」

甚至霍以瑾如今的沉默都已經是錯的了，故意躲著不出面，網路上不是沒有聲音在罵霍以瑾裝模作樣，連婆家都不幫，還提什麼幫別人。

「就這麼妥協了，妳甘心？」謝副總怎麼都不想嚥下這口氣，他也不相信霍以瑾能嚥下。

「怎麼可能甘心！」

Q：對總裁的印象……？
第十九印象
謝謝大家，我們在一起了。

霍以瑾從小到大還沒被誰這麼威脅過，她也永遠不會接受任何人的威脅。楚先生以為他能威脅她什麼？網路上的名聲？別鬧了，雖然她總愛開玩笑和謝燮他們說自己是網路紅人不是總裁，但關鍵時刻她只會是noble服飾的總裁！

說句老實話，noble服飾是奢侈品，本身的消費市場走得就是頂級的客群，她不覺得她在網路上的名聲不好能對noble服飾本身產生多大的影響。他們是高級訂製的奢侈品服飾公司，又不是賣名聲的，如果現在爆出來的是什麼衣服品質問題，又或者是設計抄襲，霍以瑾大概會愁死，但只是自己作為總裁的名聲……那算什麼啊？

所以在和謝副總說完之後，霍以瑾就起身離開了辦公室，帶著謝副總以及她的一干女秘書、女助理下了樓。

一群纖細高挑的女孩子走在一群鬧事者的包圍裡，氣勢卻一點都沒落下。

在眾秘書的保駕護航下，霍以瑾徑直走到楚先生面前道：「楚先生是吧？抱歉啊，之前只在電視和報紙上見過您。楚家沒出事之前，大概是您太忙了，也沒見您平時打個電話給楚清讓什麼的，倒是最近打得挺勤的。」

霍以瑾的諷刺之意不言而喻，她對楚先生的敵意不僅是因為他這次威脅她，主要還是為楚清讓抱不平。但凡在楚清讓小時候他們能對他好一點，楚家和楚清讓也不至於走到今天這一步，可對方對此不僅沒有絲毫反省，反而變本加厲的想要利用楚清讓。遇上這種只會利用兒子的父母，也許當年楚清讓被換走才是真正的幸運。

楚先生很顯然聽明白了霍以瑾的意思，也已經準備好了應對的臺詞。

但沒等楚先生開口，霍以瑾就繼續道：「您先別說話，聽我把話說完。您也許覺得您雖然出軌了那麼多次，在外面養了那麼多兒子、情婦，有心養兒子玩困獸鬥，無心經營公司，最後走到如今這一步的這些種種都是有什麼見鬼的苦衷和理由，但在我看來，我卻是沒興趣聽的，也沒那個必要聽。我屬於不聽理由派。」

「事實上，我也不需要聽。因為您和楚清讓的恩怨，我比您以為的要瞭解得多。您今天來到底是為了什麼，又是為了誰，這些大可以晚點討論。我現在只想問您一句，您越過您那麼多私生子以及親生兒子楚清讓，直接找上我，楚清讓他知道嗎？」

「他、他不接我電話，我也是沒辦法，我……」

「這麼說就是他不知道囉？您有想過您這麼一鬧、這麼一逼，會對我造成什麼影響嗎？您可以不在乎我，那麼您有想過楚清讓在知道之後該如何自處、該如何面對我嗎？還是說在您看來，您的幸福要比您兒子的幸福重要得多？管他會不會感情不和，管他會不會和女友鬧翻，您自己的需求才是第一位？」

「我沒什麼需求！我是在說楚家，是在說長樂實業上上下下幾百位員工！」楚先生表現得大義凜然極了，「在這些人面前，男女之間的私人感情總該先放一下吧？」

「如果放下私人感情，您又有什麼立場站在這裡威脅我？」霍以瑾雙手環胸，表情冷硬的繼續說道：「您是不是忘了什麼？好比我還沒和楚清讓結婚。我和他還在談戀愛的階段，不提我和他私人感情提什麼？即便結婚了，我嫁的也是楚清讓，不是楚家，不是長樂實業。長樂實業是您的，不是我的，霍家也不是我的，是我哥的。您經營不善弄垮了自己的公司，您又憑什麼來這裡理直氣壯的要求我哥為您的過錯買單！？」

想幫楚家，肯定不是以霍以瑾的 noble 服飾一力就能做到的。楚先生的目的很顯然是希望能透過霍以瑾，逼著霍以瑾身後的霍家出手——霍家不是霍以瑾的，而是她哥的。

霍以瑾永遠是強勢的，不會屈服，也絕不低頭，哪怕過剛易折，她也不會改變。

「所以妳的意思是……」楚先生怎麼都沒想到霍以瑾會比她的大哥霍以瑱還要強硬，這種我就是不幫你、你能把我怎麼樣的態度是他始料未及的。

——我的意思還不夠明顯嗎？當然是讓你立刻給我滾蛋！

就在霍以瑾還沒開口這麼說的時候，楚清讓終於帶著人匆匆趕到了，風塵僕僕，氣喘吁吁，卡在這個關鍵時刻，向他爸爸楚先生跪下了。

「您就非要逼死我才甘心嗎？」他問他。

「您就非要看著我孤家寡人了才開心？」他問他。

「您就非要我有一丁點的幸福也沒有了才滿意？我沒有親情，沒有家，沒有歸宿，就只剩下以瑾了，看著她連這個唯一都沒有了您很有成就感？」他問他。

一連三問，問白了楚先生的臉，也問清了螢幕後面一群看熱鬧還嫌事不大的人的良心。

楚清讓表示：扣大帽子這種事情誰不會？演出慘兮兮模樣又有多難？我可是專業的！

他那被逼到極致，要哭不哭，故作堅強，又實在是沒轍了的表情，不知道讓多少在螢幕後面看到的人心都碎了。

現場局勢立刻變了，最起碼在看到直播影片的網友心目中，楚先生再一次回到了千夫所指的正確位置。

楚清讓不留任何機會給楚先生，把自己小時候的事情都說了出來，他是一點都不介意利用那段往事。

「一出生我就被抱錯，去了資源匱乏的小鄉下，養母改嫁後的丈夫喝醉了酒就打人，最後他也真的打死了自己的親生兒子，養母受不了刺激得了精神病。對待妻子和親生兒子都是如此，您覺得養父對我這個不明不白的野種會如何？」

「好不容易十三歲被親生父母找到了，生母卻偏愛她養大的兒子，對我熟視無睹；生父在外面有一大堆親生兒子，根本不缺我一個；被楚天賜陷害，我一個人住在外面，最後甚至連外面都容不下了，非要把孤身一人的我遠遠的送出國才能安心……您當時可有一點想過我？可有一點想過只有十幾歲的我該如何面對這種另類的遺棄？」

「但誰讓你們是我的父母呢？誰讓你們生了我呢？我不能怨你們，怨了就是我不孝了。我惹不起，躲起來總可以吧？你們不養我，我自己養自己；你們不把我當家人，我自己找。」

「結果在我的事業好不容易有了起色，終於找到了一輩子的戀人時，您又出來攪局了。」

「您這到底是要幹什麼！？」

是啊，楚先生這到底是要幹什麼？要逼死自己的兒子才甘心嗎？所有聽到這話的人都不禁這麼想到，怎麼會有這樣的爹？兒子一再忍讓、一再退步，他卻不感到羞愧，反而步步緊逼，得寸進尺。

「我沒求你幫我什麼，你小時候是我對不起你。你身世可憐，只是楚家這麼多員工，又有哪個不可憐？他們誰不是上有老下有小，說丟了工作就丟了工作，連最後的資遣費都發不出來，他們的孩子怎麼辦你有想過嗎？是我當日瞎了眼，那麼多兒子裡只有你有出息，卻偏偏辜負了你，但你現在既然有本身，就幫幫他們吧……求求你了，幫幫他們吧……」

楚先生咬死了不是為了自己，只是為了自己的員工。

楚清讓等的就是他這句話，順勢便道：「楚先生，您這是要偏心偏到什麼時候？都到這一步了，還說這樣的謊話有意思嗎？所有的兒子裡就我出息？那擁有 anti-chu 的楚北又算什麼？您與其讓我去告 anti-chu，為什麼不直接帶著人去找楚北呢？那樣豈不是更方便？」

長樂實業的員工在前面楚家舊事時都表現的很漠然，因為那與他們無關，就像楚先生說的，楚清讓小時候可憐，他們誰又不可憐了？但聽到說 anti-chu 是楚先生的私生子楚北的公司時，他們卻不可能再沉默下去了。

大家都有腦子，你說 anti-chu 害得楚家破產，但 anti-chu 卻是你的私生子開的，兒子會恨老子恨到這種程度嗎？別是你和你那個私生子聯合起來演戲給我們大家看的吧？

於是，楚清讓成功的成為了被父親和他的私生子聯合起來欺負的苦主。

「你說什麼？」

楚先生是真的不知道楚北就是 anti-chu 的幕後老闆，但這個時候他這麼說也是沒人會相信的，大家都在心裡推論：你剛說了對別的兒子都不錯，怎麼就能不知道其中最看好的楚北的產業？他這個產業哪裡來的？還不是你這個當老子給的錢？

楚清讓好像覺得還不夠似的，當著眾人的面向楚先生磕了重重的三下頭，額上立刻出了血，可見磕下去的時候有多狠。

再抬頭時，他說：「不管您是真不知道，還是在演戲，誰讓我是您兒子呢？這真的是最後一次了。如果您簽下保證，和我斷絕父子關係，讓楚太太也簽下和我斷絕母子關係的協議書，我就幫您這最後一次。不是為了我自己，而是為了我的戀人以後不再受到騷擾。如果只是我，您再怎麼做，我都下不了這個斷絕關係的手，但您萬不應該來找以瑾的麻煩，不說她一個女孩子，她是您的小輩，您這麼逼她，讓她怎麼辦？只要您簽了，我會仁至義盡的去告anti-chu，不管告不告得贏，資遣費由我一力承擔，能安排工作的我也會盡力，如何？」

霍以瑾在一邊終於明白了楚清讓留楚先生到今天的真正目的，他要和楚先生斷絕關係，他要所有人都看著他是怎麼仁至義盡，怎麼被逼得不得不和楚先生斷絕關係！

霍以瑾太過強硬，楚清讓卻能屈能伸，在任何時候都能忍得下去，實在是和霍以瑾再互補不過了。

最後的結果可想而知，哪怕楚先生不想就這麼放過楚清讓這個兒子，他帶來的那些楚氏員工也會逼著他不得不簽下這個協議，典型的搬起石頭砸自己的腳。

霍以瑾自始至終都沒說話，只是看著楚清讓跪下的身影，想著這樣的他卻比任何時候都顯得高大筆挺。

楚清讓最後被攙扶起來的時候，他一下子抱住了霍以瑾，並在她耳邊小聲的說了一句：「配合我。」然後便大聲道：「妳又何必為了我去當這個惡人？我知道妳在為我的過去抱不平，妳心疼我，但我又如何能狠得下心讓妳單獨面對這些？這個惡人就由我來當吧。」

幾句話，順利洗白霍以瑾剛剛的強勢，也洗白了自己。

愛情永遠是最好的藉口。

霍以瑾需要做的就是配合幾個對應的表情，還算輕鬆。

事情順利結束。

※◆※◆※◆※◆※

因楚清讓的賣力演出，網路上幾乎沒人會站在楚先生甚至是楚氏員工那一邊了，大眾只覺得他們太過貪婪自私。

連媒體都架設了一個網頁：道德綁架——請不要讓道德二字蒙羞。

而霍以瑾和楚清讓這對ＣＰ則因為這件事，成功登上了國民ＣＰ。感情真摯，總是為彼此考慮，關鍵時刻哪怕讓別人誤會自己也要保護對方……天啊，這還讓不讓人找男女朋友了？和楚清讓／霍以瑾一比，我男／女朋友那個媽寶／沒擔當的就是渣啊渣！

楚北的身分在noble服飾樓下被楚清讓乾脆俐落的爆出來之後，被譽為那一年的年末大戲就此拉開了帷幕，引起了社會各層的廣泛關注。

不是大家都這麼閒，實在是參與進這事的人成分比較複雜。

楚家是世家，鬧出來的事卻是金融經濟，楚清讓和楚天賜被抱錯的事則涉及了醫院醫療，後來小橋的日記上市還影響了一下文學界，楚清讓本人又是影帝外帶霍以瑾這麼一個網路紅人，大概除了體育界和這事搭不上邊以外，基本上都快成為全民參與的大事件了。

大家好像都能從這件事情上看到一些自己比較關注的影子，並從中得到些什麼回饋。

演藝圈想著楚清讓不愧是楚清讓，哪怕休息在家為女友做飯的時候，都能連續霸著頭條不下來，這宣傳的技能點直接點滿級了吧？

金融圈想著如何在不把自己牽扯進去的情況下，從楚家的戰爭中獲得點好處呢？

丟孩子，算是這件事的主要責任人兼源頭的仁愛私人醫院，則在努力的想要挽回醫院的形象。他們吃的是整個南山半坡的富人飯，失去了信任，這可不是客源少不少的問題，而是關乎還能不能繼續開業下去的大事。

世家圈看得就複雜一些了，一如他們兔死狐悲的複雜心情。楚家好歹是名門，突然就倒下了，還不是死於政治鬥爭，而是死在自己的下一代手裡，這事怎麼聽怎麼玄乎，讓人難以接受。

至於與之完全沒有牽扯的普通人，那看的就是純樂子了，還有什麼豪門狗血八卦能比這個更勁爆？這極大的豐富了大家業餘的娛樂文化生活，聊天的時候不說一、兩句楚家，出門都不好意思和人打招呼。

網路上為這事更是都快吵翻天了，並再一次打破了公共平臺轉發量、評論數以及參與總人數的世界紀錄。

後來等事情好不容易有點降溫的趨勢了，楚太太要和楚先生離婚的消息再一次如冷水入油，就這樣炸開了。

有人說楚太太這麼做是不對的，也有人說她做得對，不管怎麼樣，楚家的事算是短時間內別想從大眾的視野中消失。連同之前的事嘈嘈雜雜再次吵了起來，各有各的立場，這中間的每個環節好像都能拉出來當個不錯的辯論主題。

而不管怎麼討論，大家還是有一個不改的共同認知——楚先生是人渣，楚清讓這個兒子真的已經仁至義盡了。

大家都在說：你瞧，這個世界就是這麼奇怪，孝順的孩子往往不得父母心，得了父母心的卻偏偏是不孝子，但到最後卻還是需要孝順的孩子出馬收拾爛攤子。一頂「孝順」的大帽子扣下來，楚清讓真的不容易啊……

「孝順」的楚清讓每每看見這樣的言論都要笑著跟霍以瑾分享：「也不知道楚先生有沒有看到這篇發言，看到了一定會把鼻子都氣歪了吧？啊呀呀，真應該想辦法讓他看一看呢。」

霍以瑾很是同仇敵愾的點點頭說：「必須讓他看到！」

霍以瑾沒有因為楚先生如今人人喊打的事情而抹消多少對楚先生的厭惡，反倒更加生他的氣了，因為霍以瑾獲得了來自她大哥的禁足令。

霍大哥對於霍以瑾當日只帶著幾個人——還都是女孩子——就下了樓的輕率舉動很不滿。特助先生攔著楚清讓不讓他見霍以瑾的原話就是：「霍總對於這件事相當的不高興。」

這個霍總很顯然不是霍以瑾這個小霍總，而是她哥霍大，誰來求情都沒用，霍以瑾是徹徹底底把她哥惹毛了。

「當時楚家那些失去了工作的員工已經在情緒不理智的邊緣了，妳就帶著那麼幾個人下去，萬一發生暴動怎麼辦？別以為我沒看出來，妳和楚清讓之前根本就沒說好。他是後來趕到替妳圓場的。用那種強硬的態度跟人硬碰硬，妳不要命了嗎？我告訴妳霍以瑾，妳不要妳的命，我還要呢！」

霍大哥這輩子最大的黑歷史就是小時候很蠢的以為他妹妹掛過一段時間，那讓他留下了足夠深刻的心理陰影，他和霍以瑾萬事好商量，獨獨在健康啊、生命之類的字眼上沒得商量，零容忍。

於是霍以瑾就以二十五歲的高齡再次享受了一把小時候的禁足待遇，工作全部沒收，每天的活動範圍僅限家裡，老管家趙伯全程監督，用電腦、手機等設備的時候只能娛樂，連男友和朋友來探望的時間都會有一定的限制。

而趙伯對於霍以瑾的身先士卒也是十分生氣，再怎麼樣，霍以瑾的安全都應該是第一位的！

「妳這是禁足還是享受？」謝副總在電話裡很是感慨了一番蒼天無眼，為什麼他小時候調皮搗蛋之後的禁足就是被逼著在家寫作業，而霍以瑾卻是被逼著娛樂！？

同人不同命的霍以瑾卻覺得謝副總的禁足比較幸福：「享受？我這些天都快閒得長毛了好嗎！？」

霍以瑾是真的拿工作當興趣愛好來對待的，哪怕強迫症得到了緩解也沒改變這點。

「我沒被禁足過。」林樓和楚清讓在多線通話裡同時道。

這兩人一個是被全家覺得虧欠良多的心肝寶貝，一個是全家都懶得搭理的小透明，自然和禁足二字絕緣了。說實話，他們對於霍以瑾和謝燮還有點小羨慕呢。

所以說，幸福往往是對比出來的，很多人其實都是身在福中不知福。

等林樓和謝燮都掛了電話，霍以瑾才問楚清讓：「楚家的事情你到底打算怎麼辦？這麼多天了，一天動靜都沒有。」

網路上鬧得那麼大，幾乎所有知道這事的人都有一個共同的疑問在不斷關注：楚清讓什麼時候告楚北？

楚清讓對外一直保持沉默，對霍以瑾的回答也只是一句：「還沒到時候。」

「那什麼時候才能到時候？」

「楚北主動找我的時候。」

「楚北主動找你？」他有病嗎？哪怕是腦洞很大的霍以瑾也實在想不到楚北有什麼理由必須找上楚清讓。

「因為他討厭我吧，還能因為什麼？」楚清讓的語氣聽起來輕鬆極了，好像已經等不及被楚北找上門，「我暗中幫了anti-chu的事，最初只有我知道，後來妳和謝燮以及謝燮找的那個駭客朋友也知道了，還有沒有別人我就不知道了，但我能知道楚北肯定不知道。」

霍以瑾聽了一腦門子知道不知道的，還是沒想明白楚清讓的打算。實在是有些時候楚神經的腦袋，她這個正常人真的理解不了。

楚清讓也沒為難霍以瑾，據實以告：「我正等著要和楚北演一齣化干戈為玉帛的好戲。」

在楚清讓最初的計畫裡，最後這一段肯定不是什麼化干戈為玉帛，但無論他最初到底打算幹什麼都不太適合說給霍以瑾聽，也不適合如今把那個計畫付諸行動。早在還沒和霍以瑾重歸於好的時候，楚清讓就已經對計畫做出了改動，重新譜寫了一個只有楚先生和楚太太倒楣，剩下的大家都得到 happy ending 的好結局。

「妳不會以為我真的能放著長樂實業上上下下那麼多突然失業的員工不管吧？」楚清讓這麼問霍以瑾。

霍以瑾尷尬一笑，她還真的以為楚清讓就是這麼打算的。

楚清讓在心裡想著：嗯，我當初也確實是這麼打算的。但為了霍以瑾，他肯定要改口：「那些人我不敢沾，誰知道會不會留下什麼隱患，但我也是會為他們打算的，好比幫他們找一個敢接手他們的人。」

那個人就是楚北。

前面說過了，楚太太和楚先生是老來得子，意思就是他們之前很多年都沒有兒子，以楚先生那種性格，他肯定是會在外面要些私生子以備不測的，而楚北就是給了他這個 idea 的泉源。

楚先生的其他私生子可以說是他處心積慮要的，楚北卻真的是個意外，他媽媽就是那種典型的上當受騙、在不知情的情況下當了小三的倒楣灰姑娘，還是虐戀情深版。

楚先生在這個故事裡當了一回霸道總裁，特別渣的那種。一夜風流後，被誤當陪酒小姐的女孩就這麼失了清白又懷了孕。於是乎當超音波照出來是兒子後，楚先生打開了多要些私生子的腦洞，哄騙著女孩替他把這個兒子生了下來。

女孩以為楚先生年輕又多金，和她是真愛，又聽楚先生說家裡不同意他和普通人結婚，需要生米煮成熟飯，怕家裡把還在肚子裡的孩子打掉，必須先生下來這飯才能算是熟了，便信以為真的答應了。

但這女孩也不是真的就是個傻子，一開始她是被楚先生哄住了，後面又怎麼可能一直上當受騙？很快，楚先生已有家室的事情就暴露了。

女孩也算是個有骨氣的，死也不肯當小三，哪怕楚先生抬出來「我愛的其實是妳」的終極大招也沒用，女孩抵死不從，甚至想要去找楚太太來壓住楚先生。然後楚先生這個奇葩就把女孩囚禁了，一直囚禁到楚北出生。

誰也不知道楚先生到底喜不喜歡這女孩，反正能知道的是被囚禁的女孩黑化了。

之後的故事大家都知道，楚北從小被他恨著自己老子的母親撫養長大，還沒學會說話就學會了恨，在楚先生面前小意溫柔，背地裡卻恨不得弄垮他的一切。他們母子的仇恨目標一直很明確，要讓楚先生失去當年那說把她囚禁了就把她囚禁的肆無忌憚的力量。

處心積慮到今天，不管外面如何鬧，楚北的母親卻是實打實的開心，看上去一天比一天年輕。

有這麼一個神奇的母親，自然造就了楚北神奇的性格，不然 anti-chu 這種奇葩名字也就不會誕生於世。

而能逼到楚氏破產，也足夠說明他的腦子不錯。

於是，這位腦子不錯、性格神奇的、楚先生真正的大兒子，很快就想通了是楚清讓在背後利用他，並在想通後一如楚清讓所料的找上門來，開門見山道：「別說那些沒用的，直說吧，我要做什麼才能讓那個男人更痛苦？」

楚北對於楚清讓利用他的這件事，其實並沒有多大的反感，因為楚清讓求的目的和他剛巧不謀而合——不想讓楚先生好過。

要是楚清讓急吼吼的直接和楚北說「我們兩人合夥弄死我們的老子吧」，楚北還不一定能看得上楚清讓，只會覺得這傢伙太沒腦子了。如今透過這些事，楚北看到了楚清讓的腦子，也看到了他的可怕之處，他自然知道怎麼做才更有利於自己。

最主要的是，楚北真的很欣賞楚清讓能讓楚先生這麼痛苦的本事，相信楚清讓還留有後手能讓楚先生更痛苦，他媽媽知道後一定會更開心的。

楚清讓雖然覺得他最後一定能說服楚北，但沒想到楚北會這麼乾脆，在詫異之餘也沒有多廢話，大方俐落的把他的打算說了出來。

現在外面都在傳楚先生和楚北聯合欺負人，楚先生雖然人人喊打了，但被迫和楚先生相提並論，楚北肯定不太高興。

所以楚清讓告訴楚北的就是：「anti-chu 處處和長樂實業過不去的事你知道，我知道，大家都知道，但是沒證據。那麼為什麼你不能反過來說呢？」

「反過來？你是說……其實是代替楚先生執掌長樂實業的楚天賜處處和我過不去，然後嫁禍給我？我身為楚先生的私生子，以為楚天賜是楚先生和楚太太真正的兒子，心有愧疚，步步忍讓？」這個說法倒是能說得通，卻沒辦法坑害楚先生啊！

楚清讓搖搖頭，「這怎麼夠？」

楚清讓安排的故事是這樣的——

楚北身為楚先生的私生子，一直自強不息，建立 anti-chu 的目的就是希望楚家能意識到，他根本沒想過回去，甚至想圖楚家什麼。

但木秀于林風必摧之，楚北不想跟楚家攪合，楚家卻始終不願意放過楚北。楚天賜怕自己養子的身分爭不過楚北這個好歹留著楚家血脈的人，處處陷害楚北。楚先生一開始不知道，知道的時候，楚家已經出現了虧空，便繼續利用楚天賜的手陷害楚北，把楚家的失利安到 anti-chu 的頭上，說是他們搞破壞。

楚北一直不知道幕後黑手是自己的父親，只以為是楚天賜，不想手足相殘，讓父母著急傷心，便只能默默認下這些誣衊，這才步步忍讓。

楚北聽後表示，他必須公道的說一句，在陷害楚先生的這件事情上，他不如楚清讓。

「別人能信嗎？」

「為什麼不信？楚先生利用楚天賜的事是真的，我這裡有大把的證據。至於他利用楚天賜到底是幹什麼，我不說，誰又能知道？」楚清讓要弄得楚先生身敗名裂，自然是把各種證據都提前準備好了。

楚北只剩下了點頭的分。

「而且這不是還有我幫你作證嘛！我在楚家失業的員工面前立了軍令狀，要和你打官司。但如果我最終跟你達成私下的和解，你接收了楚家目前還沒找到工作的員工，我們兩人握手言和。別人又會怎麼想？」

「想我還算是有良心？」從針對楚家的那一天開始，楚北就沒想過自己能得什麼好名聲。

「他們會好奇我為什麼能跟你達成和解，然後自己去找到之前我說的『真相』。在公關這方面，我相信你對我的能力應該是沒有異議的吧？」這一手楚清讓已經玩得是爐火純青了。

「但是安置這些人……」

「你不想要楚家嗎？」楚清讓把他之前準備好給楚北的餌拋了出來，「楚家只是一時的資金斷鏈，只要注入這筆錢，楚家這盤棋就還有活起來的可能……」

楚先生如今還在鬧，為什麼？就是為了這個可能性。但是沒人肯借錢給他，一是楚清讓和楚北在暗中的破壞，二是大家都想吞下楚家這塊蛋糕，巴不得他破產，誰又可能巴巴的去做什麼費力不討好的事情。

「當你得到了楚先生最後的希望時，他會如何呢？他會『瘋』。我這裡有個安全措施極佳的精神療養院可以推薦給你。」楚清讓的養母就在這裡得到了「全方位的照顧」。

楚北必須再公道的說一句，在報復仇家的這件事情上，他也是不如楚清讓啊！

最後，楚北順利的得以「正名」；楚家易主，長樂實業的員工們重新有了工作，得到了很好的安置；楚太太和楚先生離婚成功，被她之前的娘家接了回去，自此就失去了她的消息，此生再也沒有出現；楚先生和楚清讓的養母當了一對好病友；全國人民得到了茶餘飯後維持好幾個月的八卦……

「你得到了什麼呢？」霍以瑾問楚清讓，「別跟我說什麼精神上的快樂啊，我不信。」

「小橋的書怎麼能這麼暢銷？」因為上市的時候正好趕上了楚家戰爭甚囂塵上的好時候，搭著楚清讓的順風車被全國關注，「我現在的口碑怎麼能這麼好？妳嫁給我之後怎麼能全無婆家困擾？《無與倫比的伊莎貝拉》沒上映之前怎麼能依舊維持著這麼高的關注度？」

都是因為楚家鬧大的事情啊！

「我得到的太多了。」楚清讓總結，「只是妳不是我，所以妳不太能知道，不過我會全部都告訴妳的。」

霍以瑾一愣。

「我總覺得我們之間缺少溝通，早晚會出問題，所以我保證，從此以後我會努力的全無保留，有一說一、有二說二，好嗎？」楚清讓很認真的看向霍以瑾。

感情這種事情是需要磨合的，不是你愛我、我愛你的就能完了。兩個不同的人，需要透過不斷的發現問題、解決問題、商量著達成一致，經過歲月的洗禮才能真正做到和諧的共同生活。

楚清讓和霍以瑾都各有各的心理問題，性格、脾氣也各不相同。楚清讓太想討好霍以瑾，想要遷就她，卻反而讓霍以瑾不痛快……這些問題都需要慢慢解決。

楚清讓不知道何年何月何日才能如願，但他知道他和霍以瑾有一輩子的時間慢慢磨合。

一如霍以瑾的祖父和伊莎貝拉，哪怕老了，他們兩人還會因為不同的飲食習慣爭得像個幼稚的孩子呢，但誰能說他們不愛彼此？

直到死亡也不能把他們分開。

當然，這些話都是虛的。

楚清讓目前只想著一件實事——第一次告白是霍以瑾主動，第一次約會是霍以瑾主動，第一次親吻是霍以瑾主動……無數個第一次都是霍以瑾，求婚這件事怎麼樣都不能再讓霍以瑾搶到前面了！

「你說我怎麼求婚才能顯得比較讓霍以瑾滿足呢？」楚清讓找阿羅參詳，「霍以瑾似乎挺喜歡言情小說的，我從中取取經？」

「千萬別這麼做！想弄死你自己嗎？」阿羅是個難得的明白人，「怎麼求婚不重要，重要的是霍以瑾她哥同意了嗎？謝變那關你過了嗎？據說她家管家趙伯也很難纏啊，還有那個什麼林樓，你確定他真的能停止？」

想娶公主，後面總會跟頭龍。想娶女王，後面會跟一排噴火龍！

※◆※◆※◆※◆※

霍以瑾發現楚清讓最近變得有點奇怪，好像在瞞著她什麼，神神秘秘的，連他身邊的人也變得很奇怪，總是在迴避與她對視。

「他有小三！」謝副總不吝嗇用最大的惡意去揣測楚清讓。

霍以瑾毫不客氣的給了謝變後腦勺一下，「別鬧，我很正經的跟你討論問題呢。」

「我沒鬧啊，我也很正經的提供可能性給妳啊！」謝副總為自己據理力爭，「我告訴妳，這年頭渣男可多了，知人知面不知心。」

「我相信他不會。」霍以瑾很堅定。

「Why?」謝副總對於霍以瑾這種莫名的信心難以理解，雖然都說人戀愛之後智商會降低，但就謝副總所瞭解的來看，女人在戀愛後對於男友的掌握程度卻會一個個堪比福爾摩斯再世，特別是在懷疑對方有小三這方面總能一擊就中。反倒是霍以瑾這樣對楚清讓毫不懷疑的……「妳其實根本不愛他吧？」

霍以瑾瞪了一眼謝燮，「我又不是小孩子，怎麼會連自己的感情都分不清？只是我也不知道為什麼，就是相信他不會背叛我。」

「妳完了——！」謝副總誇張的慘叫一聲。

不懷疑男友一般只有兩種可能：一，她不愛他；二，她愛慘了他。當然了，能讓霍以瑾對「楚清讓愛她、不會背叛她」這件事這麼有信心，這也足夠從側面說明了楚清讓的平時表現到底有多可靠。

謝副總對楚清讓徹底認輸。一如楚清讓所料，他的求婚之路上最先倒下的肯定是謝燮這個紙老虎。

阿羅對楚清讓簡直無力吐槽：「你故意弄出這些事，就是為了從霍以瑾的角度直接收服謝燮？那萬一霍以瑾沒有相信你，你豈不是偷雞不成蝕把米？很容易把一樁求婚的美事變成人間倫理慘劇啊！」

「我對霍以瑾有信心。」交往了這麼長時間，要是楚清讓還不瞭解霍以瑾，摸不透她的想法，他也就不用說什麼他愛她至深了。

「那接下來呢？該怎麼辦？」

「以不變應萬變，我又不是會讀心術，能算無遺策的猜到霍以瑾全部的所思所想。」

楚清讓頂多能知道個大概，好比基於他和霍以瑾的感情以及霍以瑾的性格，推算出霍以瑾肯定不會懷疑他會做什麼對不起她的事情，進而透過霍以瑾之口成功擊破謝燮。至於接下來霍以瑾的反應，楚清讓只能說霍以瑾的腦洞一定會很大，但大到哪種程度他就不能把握了。

事實上，霍以瑾「不能把握」的腦洞這次反而挺正常的——她自己是這麼認為的。

她結合言情小說的基本模式，對楚清讓最近種種的奇怪行為找到了有理有據的解釋：「他想給我一個驚喜！」

——離真相已經真的很近了。

「驚喜？」謝燮皺眉，「總要有個什麼理由讓他準備驚喜吧？」

霍以瑾的臉色大變。

楚清讓在霍以瑾看來就是個典型的言情小說女主角性格，非常注重什麼紀念日啊、節日驚喜的，哪怕在平時的交往裡也不忘時不時製造個小浪漫。如今這麼煞費苦心的準備，那肯定是因為有什麼重要節日要到了，但糟糕的是她怎麼都想不起來。

「我該怎麼辦？」

忘記什麼普通節日或者紀念日也就算了，要是忘記這個看上去很重要的日子，霍以瑾已經可以想像戳在自己頭上的箭頭標籤了——**渣男**。

「妳是女的，不怕。」謝副總這麼安慰霍以瑾。

霍以瑾幽幽的看了一眼謝副總，「這是性別的問題嗎？」

謝副總試著套入了一下他家裡的情況，媽媽充滿期待的準備了紀念日驚喜，爸爸卻忙著家族裡的事情而全然忘記了，結局……

「妳自求多福吧親。」

一場家庭矛盾的爆發如今看來已經是不可避免的了。

霍以瑾憂傷極了，為什麼她家男友就這麼注重這些呢？_(:3)∠)_

「別身在福中不知福啊，我告訴妳。」

謝燮算是發現了，他上輩子一定是作惡多端，這輩子老天爺才會特意安排這麼一個霍以瑾作為對照組在他身邊，一路被比成渣的長大。小時候他被他媽媽天天命令在家裡寫作業，她卻被她全家勸著出門玩一玩；長大工作之後他天天盼休息，她被她哥懲罰的方式是只能休息；哪怕談個戀愛呢，對方的煩惱也是如此的討人厭！這比直白的秀恩愛還讓人手癢的想打她！

那一天，謝副總的煩惱日常依舊是「為什麼我會和霍以瑾成為朋友呢？」這一千古難題。

最後霍以瑾決定的策略也是以不變應萬變，她先把禮物準備好，不管那個節日是什麼，等楚清讓說了之後，她就順手推舟送上禮物，以示自己沒有忘記這個紀念日。嗯！霍以瑾覺得自己簡直太機智了，默默的為自己按了三十二個讚。

於是，這次輪到楚清讓覺得霍以瑾最近很奇怪了，這次她怎麼能這麼安靜，不科學！

※◆※◆※◆※◆※

但不管這兩人怎麼互相揣測對方，日子依舊要過，轉眼就到了《無與倫比的伊莎貝拉》的首映會。

雖然《無與倫比的伊莎貝拉》是伊莎貝拉逝世十周年的獻禮，但翁導最後選擇的電影上映日期卻不是伊莎貝拉去世的日期，而是她的生日。呼應她遺言中引用的那一句電影臺詞：「死亡不是終點，而是另外一場旅行的開始。」

翁導表示，還有什麼會比出生日期寓意開始更好的日子呢？

首映會那天萬人空巷，哪怕不能進去看首映會，也有無數粉絲在電影院外徘徊，因為翁導力排眾議的採用了一個很奇葩的首映方式——電影不僅會在電影院裡播放，還會在外面廣場的大螢幕上如賽事轉播一般同時播放，所有在廣場上的人都能看到。白氏電視臺甚至獲得了首映會全程的獨家轉播權。

不少人都覺得翁導這是破壞了電影界的基本秩序，電影剛上映就已經免費對外播放了，那後面怎麼賺票房？又讓別的電影往後怎麼做？

翁導卻很堅持，他拍這部電影本身並不是為了賺錢，私下裡他已向主要投資方的霍氏兄妹保證，賠的錢他會私人全部補上。因為他只是想圓自己一個年少時的夢，他想讓所有人都知道——他愛她，他不是個連告白都不敢的懦夫，他最終沒和她再一起，只是因為她不愛他，而不是別的什麼原因。

好比他的告白促成了自己的戀人和她的戀人在一起什麼的。

的後果。

這種執念已經成魔，連霍家兄妹都有點害怕他們要是不成全翁導，會不會鬧出什麼不堪設想

首映會上群星熠熠，不只是參與了電影演出的各個大牌巨星，和伊莎貝拉生前有過交情的老牌巨星以及翁導這些年捧起來的當紅明星都悉數到場，不少人都在調侃說哪怕是小金人的頒獎典禮來的重量級名人，都不會比這次的首映會更齊全了。因為有霍家的面子在，來的名人不侷限於演藝圈，各界名人彙聚一堂，再難複製。

霍以瑾左手她哥、右手楚清讓的走了一次紅毯壓軸——翁導和飾演霍以瑾祖母的女星走了開場——在閃成一片的鎂光燈和粉絲的尖叫聲中，留下了永遠的紀念。

「真正的人生大贏家也就如此了吧？」

網路上圍觀的粉絲以這個標題架起了高樓。

電影首映會前面的廢話很少，很快就進入了看電影的主題，燈光熄滅，電影開場，飾演十六歲自己的楚清讓站在伊莎貝拉的病床前，聽她溫柔的對他說：「演戲是一件快樂的事。」

翁導做了最後的劇本調整，並沒有把伊莎貝拉和楚清讓的全部對話放在片頭，只放了最關鍵的一句，之後就倒敘起了伊莎貝拉的回憶，從她放棄繪畫藝術轉入電影學院開始，演繹了她跌宕起伏的一生。電影全場三個小時，一直演到了霍以瑾十六歲那年伊莎貝拉重病入院，如一個圓一般，再一次回到了伊莎貝拉與楚清讓在病房前的對話。

就在所有人都覺得這是要結束的時候，電影卻在尾巴處再次插入了一個關於霍以瑾和楚清讓相遇的插敘，講述楚清讓是怎麼得以見到伊莎貝拉的原因。

霍以瑾剃光了自己頭髮的舉動，讓觀眾是既窩心又覺得總裁小時候怎麼能傻得這麼可愛。然後霍以瑾的假髮被吹飛，楚清讓英雄救美。粉絲們驚呼原來還有這段往事，也算是真正給了他們一個有關於霍以瑾為什麼最後選擇楚清讓的交代。

電影真正的結尾就結束在霍以瑾和楚清讓手牽手準備從人群中跑走的那一幕，霍以瑾的背影與初入電影學院的伊莎貝拉緩緩重疊。陽光下，是伊莎貝拉本人的原聲引用的電影臺詞遺言，她說：「死亡不是終點，只是另外一場旅行的開始。」

翁導沒有拍伊莎貝拉的死亡，也許是不捨，也許是無法面對，只是透過霍以瑾的背影點題，預示著作為伊莎貝拉後代的霍以瑾，是被伊莎貝拉精心教養長大的生命延續。

在所有人都以為這會是一部悲傷的文藝片時，翁導卻想到了這樣一個別出心裁的預示著勃勃生機的結尾。

片尾曲以幻燈片的形式放了很多伊莎貝拉生前的照片，從年老時開始一張張倒敘著，換到了她第一次問鼎小金人影后上臺領獎時最美的笑顏。

燈光重新亮起，掌聲久久無法平息，所有人和鏡頭都不由自主的對上了霍以瑾，他們這才發現，霍以瑾穿的那一身顯得有些復古的長裙正是現在電影螢幕上伊莎貝拉穿著的禮服，只是因為霍以瑾和伊莎貝拉的氣質不太一樣，這才讓人在一開始並沒有聯想在一起。

翁導從電影還沒開場時就已經埋下了這個「開始」的伏筆。

只播放這一次，不會再有的片尾曲結尾處，出現了霍以瑾祖父年輕時的身影，他就坐在頒獎典禮下面的觀眾席，為伊莎貝拉的獲獎不斷鼓掌。那是連霍以瑾都沒看過的片段。

就在霍以瑾還沒來得及驚訝時，與霍以瑾的祖父造型十分相似的楚清讓已經單膝下跪，將早就準備好的戒指盒打開遞到霍以瑾的面前，沒有任何花裡胡哨的戲碼，也沒有什麼心靈雞湯式的告白，只有一句最質樸的話：「嫁給我，好嗎？」

不論場內場外，所有人都在跟著起鬨：「嫁給他！嫁給他！嫁給他！」

最後的最後，是廣場大螢幕上霍以瑾把指若削蔥根的白皙右手遞給楚清讓的動作，以及一句很輕但十分堅定的：「好。」

——總有那麼一天你一定會遇到那麼一個人，讓你原諒世界之前對你全部的苛待。BY：楚清讓。

《總裁大人の求愛攻略02》完

Q：對總裁的印象……？
番外
在一起之後的那些瑣事。

**【楚清讓平生第一恨】**

排除萬難，霍總裁終於得到了一場人人豔羨的世紀婚禮，這極大的滿足了她永遠都能是「別人家小孩」的追求完美的心理。

哪怕是作為這場婚禮強制買一送一的贈送品楚清讓同學，也沒讓霍以瑾丟臉，成為了唯一能與她天價的鑲鑽拽地式皇冠頭紗比肩的婚禮裝飾品。

婚禮前，霍以瑾對楚清讓道：「婚禮的傳統各式各樣，忌諱五花八門，我覺得我們重點注意一下大方向上的要點就成，在意的太多，反而容易造成更多的負面情緒，你看呢？」

「我全聽妳的！」只要妳能嫁給我，讓我幹什麼都行！楚清讓如是說。

自公證之後，楚清讓就始終處在一種「天上真的掉餡餅了」的中彩券頭獎後始終不可自拔的狂喜中，智商自此掉到谷底、再也沒有爬回來的可能了。他對此一點都不擔心，因為只要聽霍以瑾的就好了啊！\\(≧▽≦)//

霍以瑾對於這一情況滿意極了。

「我查了很多資料，個人比較傾向於婚禮上只有兩個絕對不能打破的禁忌。一，舉行儀式之前，新郎絕對不能看到新娘穿婚紗的樣子。」

「這意思是說我在那之前有好幾個小時都無法看到妳？」

楚清讓目前最怕的就是霍以瑾離開他的視線，然後突發意外和別人跑了。天知道哪裡來的別人，又或者霍以瑾為什麼會在婚禮之前和別人跑了，但他就是止不住的擔心！

Anything is possible!（一切皆有可能！）

有好幾個小時不能把霍以瑾控制在自己的視線範圍內，這能忍？

霍以瑾只默默看著楚清讓，沒說話。

「妻奴」楚清讓立刻表示，能忍，能忍，必須能忍：「怎麼可能忍不了呢？為了妳，我也一定會保持安靜與低調的。」

「很好。」霍以瑾很滿意楚清讓識相的態度，「第二，舉行婚禮的前一天，整整二十四個小時，新娘和新郎是不能見面的，也不能打電話或透過任何方式聯絡彼此。」

「……我剛剛好像幻聽了。」楚清讓開始逃避現實，由「幾個小時」升級到「二十四個小時外加幾個小時」什麼的，這已經嚴重超出了他能承受的心理範圍。想想吧，二十幾個小時，都快夠霍以瑾跑出地球了，這絕對不行！

霍以瑾繼續默默看著楚清讓。

「我偷偷的看著妳，不讓妳發現還不行嘛？」楚清讓委屈極了。

「不行！」能不能把你痴漢的本質收一收啊大哥！你這是要徹底放棄治療的節奏嗎？說好的一代影帝男神呢？不知道我當初看上你的就是你的「姿色」嗎？

最終，霍以瑾和楚清讓以「阿羅代替楚清讓看著霍以瑾」為兩人共同退一步的條件，達成了讓彼此都只能算是勉強同意的一致。

但這還不是最讓楚清讓崩潰的，真正讓他崩潰的是霍以瑾這麼做的理由，他這輩子都忘不了當他得知霍以瑾這麼一番「折騰」的理由後那一刻的複雜心情。

真相揭露得很快，並沒有讓楚清讓久等。

就在婚禮之上，神壇和牧師面前，霍以瑾對楚清讓小聲道：「小說裡都說總裁在第一次看到女主角穿著新婚禮服那一刻會無比驚喜與感動，為什麼我沒有？」

「……」大概是因為妳對自己的身分至今都沒找到定位？

這就是楚清讓如何在霍以瑾穿著婚紗的驚豔造型前依舊把持住了自己，沒有當場露出跪舔女神、痴漢臉等失態舉動的故事，簡直感動C國！（此處應有掌聲）

※◆※◆※◆※◆※

**【楚清讓平生第二恨】**

自楚清讓報完仇之後，他全部的精力都投放到了霍以瑾一人身上，變成了徹徹底底的居家婦男。上得廳堂下得廚房，洗衣服做飯，看家帶孩子——霍以瑾在婚後因為有了楚清讓，終於能一嘗養寵物的夙願，千挑萬選的才決定養了一隻雪橇三傻中的哈士奇，為了般配謝副總家的「兒子」，她決定為自己的狗取名叫「孩子」。

謝副總表示：般配在哪裡妳告訴我！？

沒能把老婆的完美主義治好，自己倒是先被傳染了一身「臭毛病」——阿羅語——的楚清讓表示：做了這些就能滿足了？別開玩笑了，這才哪兒到哪兒，我做的還遠遠不夠，必須改進！

怎麼改進呢？

從生活情調改起！

重大節日，比如老婆生日、結婚紀念日以及中外兩大情人節等必須過，其他各國不同的適合情人過的節日，好比日本的白色情人節就選擇性的過；每天早餐桌上一朵表達愛意的鮮花，風雨無阻的中午送飯，早午晚三頓外加一頓夜宵的表達「我愛妳」，再配合上時不時的禮物驚喜，生活浪漫……楚清讓表示，他的目標是讓老婆每天都過得像是第一次談戀愛！

楚清讓想得挺好的，安排的也挺好，老天爺也很配合……但是當事人不配合，那就沒有什麼用了。

作為最重要的當事人之一，霍以瑾表示，她工作那麼忙，哪有那個美國時間回回配合喲。網路上有男性說，這個世界上比「明天是什麼日子」更可怕的問題是在晚上的時候被幽幽的問一句：「今天是什麼日子？」

霍以瑾對此真的是深有體會，因為剛剛她才被楚清讓這麼問了一句。

「……」霍以瑾倚在床頭，抱著筆記型電腦打字的手不可避免的停頓了一下，轉頭看向身旁一臉怨念望著她的楚清讓，不太確定的猜道：「你的生日？」

楚清讓搖搖頭，他的表情更加幽怨了起來。

「我們第一次約會的紀念日？」

霍以瑾真的快敗給楚清讓了，要是楚清讓只關心幾個比較重要的日子，好比結婚紀念日什麼的，她其實也是能記住的，但楚清讓偏偏還要紀念什麼第一次約會、第一次牽手、第一次親吻、第一次交往、第一次交往百天，甚至連第一次吵架之後和好的日子都要慶祝一下周年，她哪裡有空關心這個！？

楚清讓還是搖搖頭。

霍以瑾懶得猜了，決定祭出大招。她合上筆記型電腦，一個翻身跨坐到楚清讓身上，手指嫻熟的劃過他禁忌的鎖骨，暗示意味十足的表示：「如果我說我們現在關燈睡覺，你覺得怎麼樣？」中！

言情小說中百試百靈的究極模式——用身體安慰，再一次超越了一切，獲得了大成功。

霍以瑾事後躺在床上，真心開始有點明白為什麼總裁們都那麼愛抽事後菸了，和言情女主角似的生就一顆七竅玲瓏心的人過日子，壓！力！實！在！是！太！大！了！

第二天早上霍以瑾起身，準備和楚清讓一起去晨跑，結果就聽楚清讓趴在枕頭上眨著眼睛充滿期待的問道：「妳知道昨天是什麼日子嗎？」

「……楚清讓，你給我適可而止一點啊！」霍以瑾算是看出來楚清讓到底在玩什麼把戲了。

「切。」楚清讓只能十分不甘心的看了一眼小楚清讓，然後穿上運動服陪霍以瑾大清早起床出去發洩他過剩的精力。

**【「求助」大家還記得樓主嗎？對，沒錯，就是前段日子來論壇求助過的ＩＤ為「我家總裁不好騙」的樓主！我們家總裁真心不好騙，很多招用一次行，第二次就不管用了。如今「忘記紀念日勾起對方的愧疚感，好讓總裁報以床事」的大招也被戳穿了啊啊啊！所以說，我家總裁大人不愛吃胡蘿蔔會營養失衡啊好煩惱，怎麼才能騙她把胡蘿蔔吃了呢？保佑進帖回覆的好人每天都能性福！】**

0L（楚清讓）：如標題。

1L：又見樓主，樓主是有多飢渴？真讓吾輩女漢子只能說一句……幹得漂亮！PS：樓主的歪樓技巧依舊有如神助，至於胡蘿蔔這種不容於世的大反派，天亮了，就讓它消失在塵世間吧，強扭的蘿蔔不甜。

2L：樓主這次竟然忘記說每次都會有的「吾輩平生三大恨，最恨至今還和總裁的大哥住在一起」了。

……

10L（楚清讓）：哦哦，被急糊塗了，這麼重要的事情怎麼能忘記！論壇有神明！跪求卡密薩瑪（神）平了樓主的平生三大恨，哪怕其他兩個解決不了，好歹也解決一下住宿問題啊，又不是沒有別的房子，真心不想再於祖宅和總裁的大哥住在一起了！這輩子都不想再看到他的臉了！跪求！

11L：為什麼總覺得樓主和總裁的大哥有姦情？

12L：我一時手賤查了一下樓主的ＩＰ，這熟悉的數字讓我至今都沒辦法相信樓主是眾所周知的那兩人中的任何一個，只想說，樓主你確定你沒被盜號？跪求醒醒！

13L：其實這熟悉的抱怨句式我也有所預感，12哥來對個暗號唄。

……

32L：這裡是12樓，暗號是樓主社群網站名稱「安讓想和總裁大人攪姬」。

33L：……這裡是21樓——雲清也想和總裁大人攪姬，經常能在我家坐擁千萬後宮的總裁大人社群網站下看到12哥熟悉的身影呢。

34L：好巧好巧！我也總能看到21弟呢！

後面就沒了，楚清讓機智的緊急聯絡論壇管理員刪了他發過的帖子。好險，差點就暴露了好嗎！？上個論壇諮詢一下床事都有被扒馬甲的危險世界簡直太糟糕了。

楚清讓的社群網站貼出一張照片，寫道：「早安，今天早上的天空很藍呢～」

**楚楚全國後援團：**我楚的照片主題永遠只有他老婆一個！今天影帝夫人跑步的背影依舊是身材好到爆呢！

**安讓想和總裁大人攪姬：**別以為刪了帖子我就不認識你了！

**雲清也想和總裁大人攪姬：**看照片除了我總以外的微小背景，依稀能判斷出還在南山半坡，意思就是說依舊住在霍大哥家唄？

**懶得起名字了大家湊合看吧反正意思都能懂：**我楚的參賽格言一定會是我有總裁我驕傲！

**後面還有XXXX條評論，點擊查看。**

——所以說到底要怎麼樣才能從霍家搬出去啊！？誰家結婚之後還要和大舅子住在一起的？看到他的臉就會胃疼好嗎？影響我吃飯還沒什麼，最主要是怕影響我老婆吃飯啊！她還不愛吃胡蘿蔔，到底要怎麼做才能讓老婆營養均衡呢？藥補總不如飯補！BY：歪樓一把好手楚。

※◆※◆※◆※◆※

**【楚清讓平生第三恨】**

這是發生在楚清讓和霍以瑾終於搬出了霍家祖宅之後發生的故事。

楚清讓的小人天天都在心裡歡呼。

霍以瑾則無奈發現，哪怕舉行了婚禮，她也沒能保持在同輩人中的領先優勢，早在她還沒遇到楚清讓之前，她朋友圈裡曬孩子的就已經大有人在，還不分男女。既然連婚都結了，她又怎麼能讓自己輸在孩子身上呢！？

「我覺得這件事特別好解決，老婆！」楚清讓對於造孩子這事，無論是過程還是結果都保持著百分之一千的熱情。

「你生？」

「……要是可以，我真的挺想替妳生，沒開玩笑。」

懷孕期間的什麼妊娠反應啊、腳腫尿頻啊、這兒疼那兒疼渾身難受的，楚清讓真心是恨不得替霍以瑾把這些罪都受了，可惜沒轍，他唯一能做的就是提前做好一切能讓霍以瑾更舒服一點的準備，好比去學個按摩什麼的。

「等我想想吧。」

生孩子和結婚不一樣，結婚禍害的頂多是她自己，生孩子就意味著要對另外一個生命負責，她生了她或他，總不能不把孩子養好、教好，不想辦法讓孩子順遂一生吧？一旦這麼細究起來，裡面的麻煩事就太多了。

霍以瑾查了不少資料，然後她得出了一個結論：「書上說，從優生優育的角度來講，女性的最佳生育年齡在二十三歲到三十歲之間，男性的則為三十歲到三十五歲左右。」

「所以？」

「所以我現在二十六，達到標準了，你才二十七，不夠。」

「老婆，其實我一直有一個深藏心中多年的秘密沒有告訴妳，我當初認識妳的時候騙了妳，我不是比妳大一歲，而是四歲，所以說我已經三十了。」

「你猜我信嗎？」

「……我猜妳信。」

「呵呵。」

「那怎麼辦啊？這又不是我想年齡不夠三十的！」

「等唄～」霍總裁早已掐指一算，想好了懷孕的最佳年份，「三年後，我二十九，你三十，我們有兩年的最佳時間生孩子。我們必須爭取讓孩子在一個最佳最科學的契機下被孕育。有良好的環境生長，最優組合能最大機率的讓我們孩子的智商不至於輸在起跑點上。」

「那不生之前……」我們的床事怎麼解決！？

「你當然還是可以拿我記不住紀念日來當藉口做一些事的，戴套又不影響什麼！」

「好的老婆大人，是的老婆大人！」\\(≧▽≦)/

——結婚之前我怎麼沒發現我即將嫁的是個蠢貨呢？心好累。BY：霍以瑾。

三年後，二十九歲的霍以瑾在楚清讓三十歲生日那天一擊命中，懷孕了。幾乎是在能查出來懷孕的第一時間就被查了出來，霍以瑾和楚清讓對這個等待三年的孩子都是十分在意的，生怕霍以瑾太忙，一個不注意就沒了這段緣分。

楚清讓很顯然是夫妻倆中對這件事最緊張的那個，生生把懷孕注意事項的書和影片看出了恐怖故事的效果。

一天晚上，楚清讓輾轉反側，翻來覆去的像是烙煎餅似的，終於把霍以瑾翻出了火氣：「你到底想怎麼樣？」

「不然我們把孩子打了吧。」

「……」What the fuck are you talking about!?（你ＴＭＤ說什麼！？）

「我不是不想要孩子，我就是害怕那些書裡說的懷孕之後有可能碰到的糟糕後果，流產、大出血，甚至是癌症……」

「你就不能往好處想？」

「……我能承受得住一輩子沒有孩子，卻一點都承受不住有可能失去妳的這種猜測。我查過了，它現在還只有米粒大，不要說痛覺了，連大腦都沒有，根本不能稱之為一個人。」楚清讓對即將有孩子的喜悅早已經被霍以瑾有可能很難受這個想法而吹得煙消雲散，一百個孩子都比不過一個霍以瑾，「誰也不能阻止我讓妳幸福！」

——哪怕是我的孩子也不行。孩子長大了也很麻煩的，有可能會不聽話，會叛逆，會傷了霍以瑾的心，想想簡直就像是外星生物要侵略地球一樣可怕。

霍以瑾在楚清讓的腦洞衝破銀河系之前終於強行拉住了他：「你不想要一個和我長得很像的

女兒了？我們家有這方面的遺傳喲～看我祖母的照片就知道了，女兒都會像家裡的女性長輩，而不是男方。」

討厭自己的孩子像自己的，全世界大概也就唯獨楚清讓這傢伙了。

但哪怕聽霍以瑾這麼說了，楚清讓依舊沒敢放鬆警惕，盯霍以瑾盯到了公司裡，幾乎已經到了寸步不離的地步，連上廁所也跟著，他向霍以瑾發過誓：「這小東西但凡讓妳遭一點罪，我就剝奪它繼續活下去的權利！」

「楚清讓，你叫誰孩子小東西呢！？我孩子的生存權利你憑什麼剝奪啊！」

「我不管！」這是楚清讓第一次在霍以瑾面前能如此堅持，一般霍以瑾想要的，他都堅持不過一個回合，這次已經是史無前例的鐵了心了。

大概沒有長出大腦的孩子也是有先天的危機意識的，真的一點都沒找霍以瑾的麻煩，懷孕不要說什麼誇張的每天吐啊吐的，霍以瑾總覺得肚子裡揣著一個比平時還輕鬆了不少，最起碼不用擔心生理期了。

等能透過超音波確定性別的時候，楚清讓第一時間陪著霍以瑾去看了，是個女孩！

楚清讓為此整整高興了三天，就差登報慶祝了。然後楚清讓想讓霍以瑾打孩子的想法就徹底沒有了，他之後的人生中每天只剩下了兩件大事：一，照顧老婆；二，為了即將來到的迷你版霍小瑾而努力傻笑。

「妳說我們家女兒叫什麼名字好呢？霍寶貝怎麼樣？」

「……你覺得呢？我們家是要排輩分的好嗎？」

（謝燮：意思是不排輩分就可以這麼叫了！？）

「哦，對，那我們女兒這一輩是什麼字？」

霍以瑾卡住了，霍家人丁稀薄，她之前又完全沒考慮過下一代的問題，所以……

「所以我就來找哥你了。」

霍大哥只問了一個問題：「為什麼你們對於孩子姓霍這件事能毫無異議到一點違和感都沒有？」

「我女兒為什麼不能姓霍？」霍以瑾很不解。

「別人會以為楚清讓是入贅的吧？」

「我老婆都不介意別人以為是她嫁給了我、為我洗手做湯羹，為什麼我要介意別人以為是我入贅？」楚清讓是這麼回答的。

霍以瑾沒說話，只是點了點頭表示贊同，他們夫妻的事只是他們夫妻的事，和別人怎麼想有什麼關係？

「……你們會幸福的。」霍大哥向這對奇葩夫妻跪下了。

霍以瑾和楚清讓想了N個月之後，終於為孩子取了一個一看就是他們孩子的名字——霍之楚，小名楚楚。

「就這破名字你們真好意思說想了幾個月？」謝燮的吐槽一如既往的犀利。

二月十四日凌晨兩點十四分，霍之楚同學在仁愛私人醫院於這個準得特別奇葩的點上不早不晚的呱呱墜地，順產，母子均安，一點也沒費事，半點苦都沒遭。從凌晨一點多左右霍以瑾突然感覺有點肚子痛，從吃著巧克力慕斯進產房生子，前後都不到一小時。

楚清讓一路跟進了產房，就等著能在第一時間抱好他的小公主，全程監護，一刻不離的看著，不讓孩子有一絲一毫出他當年遇到的狗血意外的可能。

負責接生的醫生一臉喜氣的恭喜楚清讓：「是個兒子！」

「……」說好的女兒呢！？女兒呢！女兒！

據說是霍之楚同學當年在子宮裡的時候擺的姿勢有點奇葩，關鍵部位一直掃不到，就這樣一路被楚清讓當作女兒期待著出生了。

正好霍之楚這個名字很中性，孩子滿月酒的請帖上當初定的也是「吾愛」二字，而不是「小女」。只要把粉紅色的嬰兒房重新刷個色，然後把楚清讓當時一個激動不小心從小女嬰到十二歲小女孩的公主裙全買了個遍的東西都壓箱底，再重新買一套男孩子的用品衣物就OK。

至於楚清讓被吹散了、至今沒能找補起來的已經粉碎的玻璃心……霍以瑾表示，等和兒子相處久了，他也就好了。

楚清讓好得也確實挺快，因為不幸中的萬幸，孩子不像他——萬歲！\(≧▽≦)/

他安慰自己：老話說得好，兒子像媽。沒事，還是有機會能得到一個霍小瑾的……嗯，雖然現在這個是男版，可其實一旦接受了這個設定，想想還有點小激動呢！

然後，霍之楚同學就越長越大，很快從紅皮猴子進化成了人見人愛的白皮包子。

楚清讓卻越看越覺得不對勁，直至他有天無意中看到了他最討厭的大舅子霍以瑱小時候的光屁股照，他才終於明白了這種違和感從何而來。

……老話還說了，外甥肖舅！

※◆※◆※◆※◆※

**【兒子萌萌噠】**

前面說到，霍以瑾在情人節生了個兒子，取名叫霍之楚。

霍之楚小朋友出生的那一年，春節來得特別晚，甚至排到了西方的情人節之後。換句話就是，作為一個差幾天就能屬龍的兔寶寶，霍之楚同學在出生五天後就迅速兩歲了——虛歲。

但是哪怕「兩歲」了，霍之楚的臉依舊沒長開，紅彤彤，皺巴巴，跟個小老頭似的。楚蠢爹也還沒有認出他的兒子特別像他的大舅子，又或者可以說他當時根本沒看出他的兒子像任何人，除了猴子這個進化之初的先祖以外。

楚清讓覺得霍之楚簡直醜得反人類，而最討人厭的是這麼個醜小子竟然還有臉和他搶他老婆，並且搶成功了！

「這還有沒有王法了！？」楚清讓打電話問他的經紀人。

經紀人阿羅表示：「你的王法是什麼？你老婆必須和你在一起，不能管你兒子？」

「是啊。」楚清讓完全沒覺得他這個邏輯有什麼問題，特別的理直氣壯，「兒女都是債，早晚有天會離開，只有戀人才是互相陪伴一生的良人。對這麼個注定要離開我們的小東西投入這麼多感情有什麼用？棄我去者昨日之日不可留啊。」

「你的養父養母、渣爹渣媽當年肯定也是這麼想的。」阿羅迅速開了嘲諷。他一直以為楚清讓這種童年缺愛的一定會對自己的孩子特別好，如今看來，他大概走上了另外一個怪圈──我當年好不了，憑什麼你能好！

楚清讓一下子沉默了下來，他進行了深刻的反思，語氣十分沉重道：「你說得對，我不應該這麼說的……」

「知錯能改，善莫大焉。」阿羅很欣慰，楚清讓看來還有救。

「……我應該和他比慘！」

「啊？」

說完，楚清讓就果斷的掛了電話，風風火火的去了老婆的房裡開始憶苦思甜，一邊抱著兒子晃──在以為是女兒的時候他練習了很長時間的抱姿，這些天為了避免老婆勞累生氣，也一直是他抱著兒子，沒有讓老婆看出他其實不太喜歡這個兒子，動作十分熟練──一邊對老婆假裝突然感慨道：「他可真幸福啊！」

「幸福？」

「當然！妳看，不要說最基本的吃喝穿了，只說住，為了重裝他的房間，我們重新搬回了霍家不說，還為了彌補前面誤以為他是女孩的事情，翻了倍的為他重新裝修臥室。全家都圍著這麼一個小祖宗轉，我估計新年的時候他的壓歲錢都能直接買間房了。而我呢？」

被從醫院抱錯，養母改嫁，養父是個暴力分子。第一個新年養母就懷孕了，誰還顧得上他這個拖油瓶？沒被餓死都只能說是一個生物學上的奇蹟，一個不屈的靈魂在和命運殊死抗爭，然後僥倖贏了，贏了很多次。楚清讓都覺得自己大概是產生了受虐抗體，這才活了下來。

後面幾年就更不用說了，在毒打謾罵中艱難生存，還要不斷的幫忙幹著超出他這個年紀範圍的工作。不許哭、不許鬧，只能安靜的縮在角落裡，因為大人們說他的存在本身就是個錯誤，無論他如何表現，都令人厭惡。

遇到霍以瑾學會反抗之後的那幾年也只是從單方面挨打，變成了他和養父的二人對打，並且總是因為年紀小輸上一籌，只能以命相搏。

基本上每一年都要見血……從某種意義上來講，也算是開門見紅了。

霍以瑾是這麼安慰楚清讓的：「我的第一個新年是在急診室裡度過的，好幾年都是這樣，所以也不能怪我小時候我哥不喜歡我，誰能喜歡一個讓自己的父母新年的時候在醫院裡陪著別人度過的人呢？」

小時候霍以瑾的氣喘真的很嚴重，春季開花的時候要發病，夏天太熱了要發病，秋天落葉了要發病，冬天太冷了還要發病，好像全年三百六十五天就沒有不在醫院度過的時候。

所以，真要計較起來她和楚清讓小時候誰過年比較慘，真不太好說，因為他們倆基本上都是在生命邊緣徘徊。

霍大哥更慘，明明有父母在，卻只能自己一個人或者是和祖父待在家裡單獨過，因為父母、祖母肯定是要去醫院陪著妹妹的，任誰在這種時候心裡都會很難平衡。這讓理解了這一層的霍以瑾十分不好受。

楚清讓立刻忘記了自己的初衷，開始不斷的安慰老婆：「現在一切都好了，我們一家不是每年都和妳哥一起過年嘛，他不再是一個人了。」

「但你不是不喜歡和我哥一起過年嗎？」楚清讓雖然不說，臉上甚至也掛著微笑，從不擺臉色給霍以瑾看，但霍以瑾還是知道的，楚清讓並不想和霍以瑱一起守歲過年。

「誰說我不喜歡？」楚清讓在老婆面前根本從來沒有過立場這種東西，「我超高興的好嘛！哪怕我被楚家接回去之後，都沒過得這麼開心過！」

這話楚清讓倒也不算騙霍以瑾。

他十三歲被楚家認回，還沒住到過年，就再一次被孤零零的送走了，哪怕過年也不許回楚家本家。唯一負責照顧他的保姆也已經過年放假回家了，只剩下他一個人坐在空蕩蕩的大廳裡看著電視上讓他一點都笑不出來的晚會，把聲音開到最大，假裝他並不寂寞。午夜十二點的時候鞭炮聲不絕於耳，他一個人站在廚房裡，煮著冷凍餃子，對自己說：「新年快樂。」

而哪怕就是這樣平靜的「新年」他也沒過幾個，十六歲時再一次被打包發配了A國，A國並沒有過C國春節的習慣，哪怕有慶祝也不會全國性的放假，楚清讓又正在創業期，恨不得一個人掰成兩半使用，便再也沒有了過年的習慣。

事實上，他倒是喜歡這種在忙碌中不知不覺年就過去了的感覺，因為這樣的話，他就不會更加清晰的認識到自己有多麼孤家寡人。

可以說，在二十六歲再次遇到霍以瑾之前，楚清讓的新春佳節過得是一年不如一年。

說到最後，楚清讓甚至都忘了自己本來的裝慘目的，只是很平靜的向霍以瑾敘述他過去的每一個只有他一個人的新年：「我真的很高興能在接下來和妳……以及妳哥一起過年，過一個真正的、熱熱鬧鬧的團圓年。」

沒有獨自一個人過過這種舉家團圓日子的人，永遠都無法理解那是一種怎麼樣的感覺，以及終於不再是一個人過年後的欣喜與感激。

「現在我們還有了兒子。」霍以瑾笑了，伸手摸了摸霍之楚小朋友的小嫩臉，Q彈絲滑，跟熟雞蛋似的，非常有手感。

霍之楚小朋友的表情順利完成了由「●_●」到「●0●」最後到「●︿●」的轉變，他目前還不怎麼能看得清楚人，只能憑臉上的觸感感覺到總有神經病不斷的碰他的臉，完全無法理解這種被摸的樂趣。他還反抗不能，簡直沒有活路啊！他使出渾身解術伸手揮舞一下趕走侵略者……咦？誰又打了他！？

「這蠢貨怎麼總是自己打了自己還要生氣？」

「管家說小孩子都這樣的，這個時候他還沒學會控制自己的身體，根本不會意識到這是他自己打了自己。」

然後霍之楚同學就哭了。在得不到安慰，只是被蠢爹蠢媽圍觀的情況下，還不會讓自己受一絲一毫委屈的小朋友就開始扯著嗓子嚎啕大哭。

初為人父人母的楚霍二人立刻慌了手腳，至於什麼艱辛的童年啊、老婆重視兒子多過自己啊、小時候和哥哥相處不好的問題……那是什麼？能吃咩？能讓兒子的哭聲不要把護犢子的老管家和霍大哥召喚過來嗎？誰還有那個空想這些有的沒的！

※◆※◆※◆※◆※

**【霍之楚小朋友的第一篇作文——《我的家人》】**

轉眼間，霍以瑾和楚清讓唯一的寶貝兒子霍之楚就要上小學了。

從朝夕幼稚園直升朝夕小學，霍以瑾的母校。班導師剛巧正是以前帶過霍以瑾的班導師郝老師。從前活力四射的漂亮女老師，如今已經成為了成熟穩重的資深老教師，職稱往上升了不少，職位卻始終未變，不是郝老師自己不想往上爬，而是比起坐在辦公室裡，她更願意當個教書育人的老師。

看到昔日的班導師，霍以瑾不禁有些感慨。她一直以為小學的很多事情她都已經忘得差不多了，可當她再一次看到郝老師時，那些過去多年的記憶卻都一下子翻湧了上來，清晰可見，其中印象最深的便是郝老師為她上過的兩節課。

其中之一，便是在小學六年級即將畢業那年的最後一節課，郝老師只做了一件事——聽寫全班同學的姓名。

那是郝老師入職後的第六年，也是她帶到畢業的第一屆學生。年輕漂亮的女老師穿著精緻的OL套裝，行走在同學的課桌之間，帶著說不上來的氣質。她用溫柔而又帶著無限眷戀的聲音說：「當你們長大之後你們便會發現，如今你們擁有的是多麼彌足珍貴的感情。」

也許有不愉快，但那些都是真實的、不做作的。上一刻還在發誓再也不理那誰誰了，下一刻又會好得像是一對死黨，只因對方一句發自真心的「對不起」。

這樣很少參雜雜質的感情，長大之後再難複製。

在送兒子去上學的時候，霍以瑾順便和郝老師聊了起來，她這才知道，郝老師帶了這麼多屆學生，這個在最後聽寫全班姓名的傳統一直都保持著。

而郝老師的第一節課，也往往會有一個傳統，班上的每個學生都要寫一篇最少八十個字的作文——我的家人。

那是年幼的霍以瑾決定喜歡郝老師的開始，因為郝老師說，「家人」是一個人最不可替代的驕傲。

郝老師特意用「家人」，而不是簡單的用「爸爸」或者「媽媽」來代指，是因為在她看來，家人的定義不一定非要是血脈親人，而是那個會持續給予一個人力量、密不可分的很重要的人。兄弟姐妹是家人，養父養母也是家人。家人這個詞與血緣無關，更多的是一種情懷，一種遠勝於血濃於水的深刻感情。

當然，大部分人的家人還是血親，好比霍以瑾。她很重視她的家人，覺得郝老師和她的想法很吻合，所以十分喜歡這個小學時的班導師。

不過，也有人的家人不可能是血親，好比楚清讓。他的家人只有霍以瑾……唔，如今勉強加上他兒子霍之楚，算半個吧，兒子那張越來越像大舅子的臉真的好糟心。而也因為郝老師的這個理念，楚清讓決定跟著霍以瑾一起喜歡這個小學班導師。

霍之楚小朋友開學的第一節課，也果不其然的聽到了來自老師同樣的作文任務。

霍之楚從小就養成寫日記的好習慣——向小橋哥哥學的——所以寫作文對他來說不是什麼難

事，況且還老師還只要求寫幾十個字，更別說寫的還是他最熟悉的家裡人。他舉著小手，對郝老師表示他只發愁一件事：「八十個字不夠寫怎麼辦？」

全班小蘿蔔頭在那一刻雖然還不太明白什麼叫「別人家的孩子」，卻已經覺得自己受到了一萬點的傷害：八十個字竟然還嫌少！天啊，我十個字都不一定能湊齊呢！

「你想寫多少都沒問題。」郝老師笑了，總覺得這個場景似曾相識啊！在很多年前她帶的第一屆學生裡也有這麼一個小女孩，事事要強，又真的有那個本事做到事事完美，老話說得對極了，兒子肖母。

「對了，寫完了，一會兒大家要一個一個上來唸你們的作文喲～」

霍之楚心滿意足的坐下，拿出鉛筆立刻在方格本上刷刷的開寫，下筆如有神助，很顯然他早就已經打好了腹稿。他旁邊有點肉肉的女同學看上去都快哭了。

霍以瑾和楚清讓悄悄站在門外看著班裡兒子的表現，相視對看，然後默契的笑了。

楚清讓在那一刻終於有了一種油然而生的驕傲：這麼優秀，不愧是我和我老婆的好兒子！

不過，等霍之楚小朋友第一個寫完，並第一個站到講臺上去唸了作文之後，楚清讓的心情就沒那麼明媚了。

「《我的家人》。大家好，我叫霍之楚，今年六歲半。我的家裡有九口人。」

門外的楚清讓一臉疑惑的看了看霍以瑾，怎麼數他們家都只有三口人吧？「剩下的那六口哪兒變的？」

霍以瑾聳肩，「我怎麼知道。」

霍之楚小朋友用清脆的聲音繼續唸著：「在這九個人裡，我最喜歡的是媽媽。我的媽媽有一頭捲捲的長髮，眼睛大大的，像是裝了星星在裡面，特別漂亮。她很忙，卻從來不會丟下我，她是世界第一好的媽媽。」

霍以瑾聽著兒子簡單的形容，卻感覺那是再辭藻華麗的語言都比不上的，心裡美滋滋的。

楚清讓也很滿意：嗯，不錯，兒子很有思想，知道要把媽媽放在第一位，棒棒噠，之前的教育沒白費。今天做他最喜歡吃的東西給他吧。\(≧▽≦)/

「其次是我的舅舅和管家爺爺。」

「嗯……嗯？」楚清讓一下子睜大了自己的眼睛：啥？第二是霍以瑱？我呢？你親爹我呢？今天晚上你別想吃冰淇淋了我告訴你霍之楚！這事我們倆沒完！

「我的舅舅可厲害啦，問他什麼問題他都知道，他長得特別高，就像是一座山一樣。舅舅公司裡的人都特別聽舅舅的話。管家爺爺總是笑咪咪的，彎著眼睛，對我特別好，我要什麼他都給我。媽媽和舅舅不讓我多吃糖的時候，管家爺爺就會悄悄給我，我覺得如果我的爺爺奶奶還活著，他們一定就是管家爺爺這樣的吧。」

本來楚清讓還想向霍以瑾抱怨一下自己在兒子心中的排位問題，結果一聽這小鬼祭出了最大的殺器——自家老婆早逝的爹媽，再一看老婆果然紅了一雙眼睛，楚清讓哪還顧得上自己，只能不斷的安慰老婆了。

「爸媽在天上看著呢，我們一家能這麼幸福，他們肯定特別高興。」

「嗯。」霍以瑾的一生在別人看來都是十分順風順水的，但誰又想過她在高中的時候就失去了她的雙親。

不知不覺間，霍之楚又連續爆出了四名「家庭成員」：「謝燮叔叔、林樓叔叔、媛媛阿姨、小橋哥哥是我媽媽最好的朋友，媽媽說他們就像是家人一樣。所以我覺得他們也是我的家人。」

「……」楚清讓表示：這絕對不能忍了！不！能！忍！竟然到現在還沒有我的名字！我在兒子心目中的地位是有多低啊？最後一位嗎？

霍以瑾的憂傷很快便被楚清讓極具顏藝的表情逗笑了，「都跟你平時說要對兒子好一點，你不聽，現在傻了吧？活該。」

——這日子沒法過了！BY：楚清讓。

「最後一個家人是我們家最特殊的一位。」

霍以瑾拍拍自家老公：「看，兒子說你最特殊的呢！好啦，別氣了，重量級人物總是要壓軸出場嘛。」

楚清讓沒說話，只是心想著：這還差不多，算這小子識相。

「牠叫『孩子』，是我媽媽養的寵物，是一條哈士奇犬。不知道為什麼，牠長得特別小，只到我的小腿高。」

「……」霍以瑾和楚清讓一起陷入了詭異的沉默，人不如狗啊人不如狗。

「加上我，一共九口人，這就是我的家人，他們是我最重要的人，我會一直愛他們。」

「我呢？我呢？我呢！？」不要說連狗都不如了，這是直接被兒子從記憶裡抹消了嗎？

霍之楚終於發現了站在後窗的父母。他真的像極了他的舅舅，小小年紀就學會了冰山臉技能，一點都沒有被抓包的尷尬，反而很鎮定的重新拿起他的作文本補充道：「哦，我們家還有我的爸爸，其實是十口人，是不是很意外？」

——意外你頭啊意外！信不信你老子我讓你變成一個意外！

楚清讓徹底炸了。

——不要以為我不知道你作文紙上根本沒有最後那一句話啊！明顯是你臨時編上去的好嗎！？你這小子給我放學之後等著啊啊啊！

「謝謝大家。」霍之楚不疾不徐的鞠躬，在同學們的掌聲中回到了自己的座位上，小脊背挺得直直的，特別的凜然正氣，只不過……咳，他始終都沒有回頭看他老子一眼。

霍以瑾只能替兒子掃尾，安慰老公道：「我們兒子這麼有急智，你該為他開心啊。」

「這叫急智嗎？」

「總比兒子小時候你總趁著我不的時候威脅兒子說『不許再抱我老婆，聽到沒有？你以為眼淚很了不起嗎？心機這麼重，哼』，然後等我臨時回家看到時騙我說『我在講故事給兒子聽呢』來得有急智。」霍以瑾無不嫌棄的看著楚清讓。

楚清讓這傢伙真的很神奇，他連他兒子的醋都吃。

「妳怎麼不說兒子也吃我的醋呢？」

「你們真不虧是父子倆。」霍以瑾如是說。

「我才不要和從小心機就這麼重的人當一家人呢！」楚清讓淚奔了。

霍之楚小朋友表示：所以說這個世界上我最喜歡媽媽了。爸爸太討厭了，總是跟我搶媽媽，還威脅我！才不和爸爸當一家人呢，哼！

番外《在一起之後的那些瑣事。》完

《總裁大人の求愛攻略》全套兩集完結，全國各大書店、網路書店、租書店持續熱賣中！

殭屍王妃
NOVEL 偽裝的魚
水々 ILLUST
末世殭屍貓娘×抖S美人王爺
讓人氣得心跳加速、怒得口乾舌燥的主寵系調教(?)文
殭屍王妃
殭屍王妃
殭屍王妃
殭屍王妃
全套四集，全國各大書店、租書店、網路書店持續熱賣中！
典藏閣
飛小說
華文聯合出版平台
www.book4u.com.tw
采舍國際
www.silkbook.com
不思議工作室
立即搜尋
版權所有© Copyright 2015

飛小說系列145

# 總裁大人の求愛攻略02（完）

出版者■典藏閣
作　者■霧十　　繪　者■久木
總編輯■歐綾纖　　企劃主編■PanPan
製作團隊■不思議工作室
郵撥帳號■50017206 采舍國際有限公司（郵撥購買，請另付一成郵資）
台灣出版中心■新北市中和區中山路2段366巷10號10樓
電　話■(02)2248-7896　　傳　真■(02)2248-7758
物流中心■新北市中和區中山路2段366巷10號3樓
電　話■(02)8245-8786　　傳　真■(02)8245-8718
ISBN■978-986-271-674-8
出版日期■2016年3月
全球華文國際市場總代理／采舍國際
地　址■新北市中和區中山路2段366巷10號3樓
電　話■(02)8245-8786　　傳　真■(02)8245-8718
新絲路網路書店
地　址■新北市中和區中山路2段366巷10號10樓
網　址■www.silkbook.com
電　話■(02)8245-9896
傳　真■(02)8245-8819

☞您在什麼地方購買本書？☜

1. 便利商店（________市／縣）：☐7-11　☐全家　☐萊爾富　☐其他________

2. 網路書店：☐新絲路　☐博客來　☐金石堂　☐其他________

3. 書店（________市／縣）：☐金石堂　☐蛙蛙書店　☐安利美特animate　☐其他____

姓名：________ 地址：________________________

聯絡電話：________　電子郵箱：________________

您的性別：☐男　☐女　　您的生日：西元________年________月________日

（請務必填妥基本資料，以利贈品寄送）

您的職業：☐上班族　☐學生　☐服務業　☐軍警公教　☐資訊業　☐娛樂相關產業

☐自由業　☐其他________

您的學歷：☐高中（含高中以下）　☐專科、大學　☐研究所以上

☞購買前☜

您從何處得知本書：☐逛書店　☐網路廣告（網站：________）　☐親友介紹

（可複選）　☐出版書訊　☐銷售人員推薦　☐其他________

本書吸引您的原因：☐書名很好　☐封面精美　☐書腰文字　☐封底文字　☐欣賞作家

（可複選）　☐喜歡畫家　☐價格合理　☐題材有趣　☐廣告印象深刻

☐其他________

☞購買後☜

您滿意的部份：☐書名　☐封面　☐故事內容　☐版面編排　☐價格　☐贈品

（可複選）　☐其他

不滿意的部份：☐書名　☐封面　☐故事內容　☐版面編排　☐價格　☐贈品

（可複選）　☐其他

您對本書以及典藏閣的建議________________________

________________________________

________________________________

✌未來您是否願意收到相關書訊？☐是　☐否

✎感謝您寶貴的意見✎

**印刷品**

$3.5
請貼
3.5元
郵票
不思議信箱
FUSIGI POST

235 新北市中和區中山路二段366巷10號10樓

**華文網出版集團 收**

**（典藏閣－不思議工作室）**